星ちりばめたる旗

小手鞠るい
Rui Kodemari

ポプラ社

星ちりばめたる旗　目次

装幀……アルビレオ
装画……西山竜平

星ちりばめたる旗

第1章　私たちはどこへ行くのか

アメリカで生まれ育ち、日本語を知らない、日本人の顔をした母は、アメリカで産んだ四人の子どもたちに、小鳥の名前を与えた。

長男の名前は、ロビン。

ダークグレイの背と尾羽、胸から腹にかけての羽毛はくすんだオレンジ色、目のまわりだけが白く、まるで笑っているようにも見える、ひょうきんな顔つきをしたこの鳥は、フロリダ州をはじめとするあたたかい地方で冬を過ごしたあと、春になると、産卵と子育てをするために、私たちの暮らしている北東部の森にもどってくる。雪どけのやっと終わった、まだ枯れ葉の降り積もったままの庭や野原にアメリカン・ロビンの姿を見かけたら、それは春が巡ってきた証《あかし》だと歌われている詩もある。長い冬に倦《う》んでいる人々に、待ち遠しくてたまらない季節を連れてくる鳥。一刻も早く、幸せな家庭という砦《とりで》を築きたかった母にとっても、兄の誕生は、結婚後、来る日も来る日も待ちわびていた春の訪れだったに違いない。

長女の名前は、チカ。

姉の名はチカディという小鳥から取られている。すずめくらいの大きさをした小鳥で「チカディーディーディー」と、愛らしい声で鳴く。ブラック・キャップト・チカディという名の通り、頭に黒いベレー帽をかぶっているような姿形。厳しい冬のあいだも北東部から去っていかず、雪におおわれた野原の枯れ枝から枯れ枝へと飛び移りながら、枝に残っている木の実をついばんで、果敢に越冬する。チカは漢字で「千佳」と書く。姉の名前にだけは漢字があった。母方の祖母の名前の「佳乃《かの》」の一字をもらったんだよと、私に教えてくれたのは母ではなくて、父だった。

次女の名前は、ジュンコ。

私の名前だ。私と同じ黒い目をしたダーク・アイド・ジュンコという小鳥。ピンク色のくちばしと足、全体的には黒っぽい姿をしている。おなかの毛はまっ白で、尾羽はあざやかな黒と白の二色。飛んでいるときにはこの尾羽が、少しだけ広げた扇子《せんす》のように美しく、森の緑や雪原に映える。鳴き声は地味で「チチチチチ」。低木の茂みのなかや、土手の斜面に空いた穴などを使って、地面に近い場所で子育てをする。雛鳥《ひなどり》たちは、まだうまく飛べないうちに巣立ちをし、よちよち歩いて親のあとを追いながら、大きくなってゆく。ある意味では、私も同じだった。ほかの三人ほど母から可愛がられていないとわかっていながら、兄や姉や妹と違って、高校を出たあとも親もとから遠く離れた場所へは行かず、いったん離れてもまた舞いもどってきて、病を得た母の面倒を最後まで見ていたのは、私だった。

三女の名前は、フィービー。

大きさや姿形はジュンコに似ている。ジュンコと違ってくちばしと足は黒く、尾羽の色は灰茶色。見た目よりも鳴き声に特徴があって、笛を吹いているかのように「フィービーフィービー」と元気よく囀《さえず》る。地上に落ちている木や草花の、実や種をついばむジュンコとは対照的で、この鳥は、飛んでいる虫を空中で捕まえて食べる。動きがすばしこい。飛ぶのも速い。音もなく、空気を切り裂くような飛び方を見せてくれる。木の枝に留まっているとき、「はやく、はやく、飛んできて、わたしはここよ」と、仲間たちに合図をしているかのように尾羽を上げ下げしている小鳥がいたら、それがフィービーだ。妹もまた、私よりもおませで、私よりも早くボーイフレンドをつくり、私よりも先に結婚し、子どもを産んだ。

ロビンみたいに大柄な体軀《たいく》の持ち主で、朗らかで、鷹揚《おうよう》で、気のいいロビン。

チカディみたいに人なつこくて、社交的で、誰にでも分け隔《へだ》てなく優しいチカ。フィービーみたいになんでもてきぱきできて、負けず嫌いで、気の強いフィービー。

子ども時代、私たちはそれぞれに、自分たちの名前が気に入っていた。私は「Junco」という、ちょっと変わった綴《つづ》りの名前がひそかに好きだった。ロビンとフィービーは、アメリカでは珍しい名前ではない。チカとジュンコはかなり珍しい。珍しかろうとなかろうと、飛べる名前を持っているというのは、私たち共通の自慢の種だった。

アメリカで生まれ育ち、アメリカ国籍を有する、いわゆる日系三世の小鳥のきょうだいのうち三人は、日系二世の母親が「こうなってほしい」「こうあってほしい」と強く願った、理想の人生を築き上げることに成功した。つまり、私の兄、姉、妹は、母の悲願を叶えてあげることができた。三人とも小鳥のように飛んでみせた。

例外は、私だ。

私にだけは、できなかった。

私は、母が生きているうちに、母の悲願を叶えてあげられなかった。

母の悲願とは、日本人の顔をした息子と娘たちを完璧なアメリカ人として育て上げ、鏡に映った顔を除いて、完全にアメリカ化させることだった。勤勉でまじめで従順で、模範的なマイノリティであるジャパニーズ・アメリカンでありながらも、ごく普通の、どこにでもいるようなアメリカンに仕立て上げる。

そのために母は、家庭内から意図的に、徹底的に容赦なく、日本語や日本文化を払拭《ふっしょく》しようとした。当然のことながら、会話は英語だけ。お米ではなくてパンを主食とし、お正月ではなくて感謝祭やクリスマスを盛大に祝った。和風の料理が我が家の食卓にのぼることはなかった。お醬油やごま油の匂いのかわりに、うちにはいつだって、バターと牛乳と砂糖の混じり合った、甘ったるい香りが漂っていた。日曜日の午前中は家族揃って教会へ行き、牧師の説教を聞いて賛美歌を歌った。靴をはいたまま家のなかを歩き回ることは許されていたが、日系人たちの集まりや催し物に参加することは許されていなかった。母は日本という根を地中深く埋葬し、外に飛び出てこないようにしようと努めた。

あるとき父が庭の片すみに植え込んだ竹を、彼女は根こそぎ引き抜いて処分してしまった。

「竹は怖いの。放っておいたらどんどん広がって、そのうち、家の床を突き破って芽が出てくるのよ」

母と同じアメリカ生まれの日系二世で、母同様、日本語の読み書きはほとんどできない父の考え方は、母ほど極端ではなかった。父と母は家庭内の日本を巡って、しょっちゅう夫婦喧嘩をしていた。母をアメリカ化主義者だとすれば、父は和洋折衷推進者だった。

「私の両親が日系一世だったために、言ってしまえば私たちが日系人であったがために、どれだけ苦労させられたか、つらい目に遭わされたか、苦労を知らずぬくぬくと育ったあなたには、理解できないんだと思うわ」

母は西海岸生まれ、父は東海岸生まれだった。

「いや、理解はしている。頭では理解できているつもりだ。しかし、いつまでも、過去にこだわっていても仕方がないだろう」

「そうよ、過去にはこだわりたくないし、過去のことなんて、すっかり忘れてしまいたいの。あんなひどい過去のことなんて。だからこそ、子どもたちには、私たちの過去とは違う過去を与えてあげたいの」

「パールハーバーを忘れてしまえ、か」

「そうなの。忘れたいのよ、何もかも。なかったことにしてもらいたいくらい、記憶を喪失したいくらい」

そんな会話——もちろんふたりは英語で話していた——を聞くともなく聞きながら、私たち四人は、リビングルームに置かれていたテレビの前で無邪気に笑い、無邪気に遊んでいた。世の中の多くの幼い子どもたちがそうであるように、母にいったいどんな過去があったのか、どんな苦労があったのか、思いを馳せることもなく。

いつの頃からか、父は母の意見に同調するようになった。正確に言うと、母のやり方に口を挟まなくなった。おそらく父は、母と口論することに疲れ果ててしまったのだろう。家のなかで、家族のあいだで、日本が話題になることは滅多になくなり、たとえ誰かが話題にしても、それは日本という外国に関する話に過ぎなかった。それは遠いよその国で起こっている出来事であって、われわれとは直接、関係がないのだ、というふうに。

両親の教育方針が功を奏して、兄も姉も妹も、優秀な成績で大学を卒業し、兄は医師、姉はコミュニティカレッジの教師、妹は不動産専門の弁護士になった。三人とも日系人ではないアメリカ人と結婚し、子どもを育て、中産階級か、それ以上の階層の人たちの暮らす瀟洒《しょうしゃ》な住宅街に住み、車を二台持ち、白いピケットフェンスに囲まれた芝生の庭を管理し、大型犬を飼い、週末には近所の人たちを招待して、裏庭でバーベキューパーティを開き、余暇があればボランティア活動に精を出す、そのような、いかにも典型的なアメリカ人らしいライフスタイルを確立するに至った。

三人は、日本に興味もないし、日本語も話せないし、日本の文化や習慣についても疎い。むしろ、兄の奥さんや、姉と妹の夫たちの方が、日本の現状、日本の歴史、日米間の歴史について、詳しいくらいだ。いつだったか、兄の家族といっしょに中華料理店へ行ったとき、兄の奥さんが上手に箸を使って食べているかたわらで、兄は幼い娘たちのために、ナイフとフォークで魚を取り分けてやっていた。

「ねえマミー、ジュンコの漢字は、どう書くの？」

小学一年生のときだった。姉のチカには「千佳」という漢字の表記があることを父から教わった私は、そのことがなぜかうらやましくてたまらず、母にたずねてみた。

台所でアップルパイの生地をこねていた母はふり返って、険しい顔つきで答えた。

「漢字？　そんなものはありません。だってあなたはアメリカ人なんだから」

漢字はない、とぴしゃりと言われて、私はがっかりした。「なぁんだ」と思った。

厳しく、母は言い放った。

「あなたに必要なのは、漢字の勉強ではありません。あなたの励むべきことは、ひとつでも多く、正しく、英単語を覚えることです」

そのあとには、さっきと同じ言葉がつづいた。

だってあなたはアメリカ人なんだから。

学校では私は、友だちや先生から「ジューン」と呼ばれていた。June という名前は、ポピュラーだ。覚えやすいし、発音もしやすい。いつしか私も最初から「私の名前はジューンです」と、名乗るようになっていた。家のなかでは「ジュンコ」を縮めて「ジュン」だった。

――えっ、ジュンコ？　きみの本当の名前は「ジュンコ」っていうの？　素敵な名前だね。日本人みたいだ。漢字はないの？

成長し、大人になって恋をして、ある日ある夜、闇に溶けてしまいそうなほど深い声で私にそうたずねてくれる人が現れるまで、私は、自分の名前が日本人みたいな、素敵な名前であることを忘れてしまっていた。

――二〇一七年三月　ニューヨーク州

「ところでジューン、本日のフライトは、何時発だったっけ？」

ハンドルを握って前を向いたまま、クリスが問いかけてくる。

さっき教えたばかりじゃない、聞いてなかったの？　と思いながらも、私は笑顔で答えを返す。

「十一時一分よ。111、覚えやすいでしょ？　縁起《グッドラック》もいいでしょ？」

「なるほど、111ねぇ。なんでも一番？　だからグッドラックか。しかし、飛行機の離陸時間に『一分』も『二分』もないと僕は思うんだけど。いったいどういうつもりなんだろう」

「ほんと、おかしいわね。十一時発でいいのにね」

明るい笑い声とは言い難い、もと夫婦の交わす、くすくす笑いが車内に漂う。

もと夫、クリスの運転する、あざやかなカーミンレッドのドイツ車、フォルクスワーゲン・ゴルフGTIは、ニューヨーク州の高速道路を南下しながら、ロングアイランドのクイーンズ区にあるラガーディア空港を目指して、ひた走っている。渋滞もしていないから、十時ちょっと前には空港ターミナルビルの入り口に着けるだろう。

二十代の終わりに結婚して、三十代の終わりに別れたクリスとは、離婚のほとぼりが冷めて以来、用があるときにはこうしてときどき顔を合わせている。用の大半は、娘のアイリスがらみのことだ。それ以外には、たとえば今回みたいに、私が「あしたから遠方に出張に出かけるの」と知らせると、「空港まで送っていくよ」と、みずから申し出てくれる。クリスは数年前からフリーランスで会計士の仕事をしているので、時間には融通が利く。

「悪いわね。助かるわ」

「なんのこれしき。お役に立てて幸いです」

互いの言葉に、特別な感情はいっさいこもっていない。もと夫婦が娘のあれこれについて話し合うには、車のなかというのは格好の場所だと、私も彼も思っている。友人というよりは、親戚みたいな間柄か。

アメリカでは珍しくもなんともない関係だが「日本では考えられないことですし、ありえないことです」と、会社で働く日本人の同僚から言われたことがある。「しかも、相手の浮気が原因で別れたんですよね。そんな人と、よくもまあ、仲良くつきあっていられるものですね。私には信じられません」と、あきれた顔で。もっと詳しい事情を知ったなら、この人はもっと驚くだろうな。私はそのときそう思っていた。

クリスは、私たちがローンを組んで買った家の、二階を間借りさせていた——少しでもローンの負担を軽くするための苦肉の策として——大学生と恋に落ち、手に手を取り合い家を出ていった。「浮気じゃない。これは運命だったんだよ」と、クリスは弁明した。「きみとの結婚の方が間違っていたんだ」と。

ひとり娘のアイリスは、しばらくのあいだ、私といっしょに暮らしていた。クリスが正式に再婚、つまり正しい結婚をしてからは、週末だけ、彼らの家で過ごすようになった。数年間の行ったり来たりを経て、「ダディの家の娘になる」と宣言し、彼女は私のもとから去っていった。私は反対しなかった。彼女が自分の意思で決めたことだ。従うしかない。夫だけじゃなくて、娘にも見限られたのかと思うと、情けなかったけれど、未練みたいなものはなかった。

今も昔も、私はクリスを恨んでいない。クリスの言った通り、私たちの結婚は間違っていた。そのことを、誰よりもよく理解しているのはこの私、なのだから。

「ナンシーとジョイスは、相変わらず元気?」

クリスの妻のナンシーと、ふたりのあいだにできた娘のジョイスのことを、儀礼的に、私はたずねる。週に一度か二度、アイリスからかかってくる電話によって、おおよそのことは知っているのだけれど。

クリスはたちまちうれしそうな表情になり、目を細め、ときどきあご髭《ひげ》を撫でながら、自慢の娘たちについて話し始める。

小学校に通うようになったジョイスのめざましい成長ぶり。アイリスの高校での活躍と成績。アイリスは絵が上手だ。才能があると先生にほめられた。将来は画家になりたいと言っている。ふたりの希望で犬を飼い始めた。ハスキー犬の名前はマイキー。近々、ふたりを乗馬スクールに通わせようと思っている。動物との触れ合いは、彼女たちに人間的成長をもたらすだろう。彼女たちの今年のサマーキャンプの行き先について。ついでに、やっとのことで博士課程を修了し、大学でコンピュータサイエンスを教え始めた妻の近況も。

クリスが家族をどんなに大切にしているか、娘たちをどんなに愛しているか、あふれんばかりの思いが言葉のはしばしからほとばしっている。子煩悩で、子育てと家事と日曜大工の大好きな、本当にいい夫でいい父親なんだと思う。いい人過ぎるのが、彼の問題点なのかもしれない。間借り人から悩みを打ち明けられ、相談に乗っているうちに、ついいい人が過ぎて、関係を持ってしまった。そもそも私と結婚したのだって、そのいい人のなせるわざだったのだろう。

「おおっ、いけない。出口をひとつ、見落としたみたいだ。ごめんよ、つい話に夢中になってしまって。でもだいじょうぶ。次で降りて、別の道で行くから」

「気にしないで。時間の余裕は、まだたっぷりあるんだから」

十一時一分発の飛行機に乗って私の向かう先は、ニューメキシコ州サンタフェだ。行ったこともなければ、行きたいと思ったこともない土地。知っているのは町の名と、ジョージア・オキーフの描いた絵に出てくる、サンタフェ近郊にあるゴーストランチの乾いた風景。『灰色の丘』『赤い丘陵と骨』『黒い場所』『紫の丘』『白い場所から』『崖の一部』『私の裏庭』――

サンタフェをふくめて、中西部へも、南部へも、西海岸へも、私は行ったことがない。生まれたときからずっと、東海岸一帯にいる。アメリカ国内旅行よりも、ヨーロッパ旅行の回数の方が多い。

午後二時過ぎに、テキサス州ダラス・フォートワース国際空港で乗り換えて、サンタフェに着くのは午後四時過ぎだ。市内にあるホテルで写真家やライターたちと合流し、翌日からおよそ十日をかけて、ニューメキシコ州を車で旅しながら、取材をする。私が編集者として働いている児童書の出版社――会社はマンハッタンのミッドタウンにある。親会社は、日本の東京にある――から、シリーズで刊行している『アメリカ合衆国 五十の星を巡る写真絵本』。そのニューメキシコ州編の制作の一環として。

これは、私ではなくて、同僚の担当している仕事だった。先月から同僚が出産・育児休暇を取ったため、私が引き受けることになった。私の本来の担当領域は、親会社で出版された日本語の書籍の英訳版を出したり、アメリカで出版された書籍の翻訳権を獲得し、日本語版を親会社で出せるようお膳立てをしたりすること。

大学時代、母に内緒で貪《むさぼ》るようにして学んだ日本語によって、私は辛くも身を立てることができている。皮肉なことに、母からかたく禁じられていた日本語が、離婚後の私を支えてくれたということになる。

クリスは、方向指示器を点滅させて高速道路から降り、ロータリーを回り込むようにして走りながら、またすぐに別の高速道路に乗り入れた。

「よし、これで軌道修正オーケイかな。ったく、マンハッタン周辺のハイウェイの入り組み方ときたら、まるで複雑怪奇な迷路みたいだね。ひとつ間違ったら、まったく違う世界へようこそだよ」

まったく違う世界へようこそ。

私はふと、遠い昔に、どこかで誰かと観た映画を思い出す。タイトルも、監督や主演俳優の名前も思い出せない。それなのに、ストーリーはほぼ正確に再現できる。

冒頭の場面は、今、クリスと私を乗せた車が走っているような高速道路から始まっていた。父親の運転する車に乗って、刑務所に向かうひとりの男。彼は罪を犯した人間だ。いったん刑務所に入れば、何十年かは出てこられない。囚人としての、つらく苦しい日々がこれから始まろうとしている。本人も父親も、重い鎖を引きずって歩かされている奴隷のような顔をしている。

刑務所のある町につながっている出口のサインが見えてきたとき、ついさっきクリスが出口を見落として、あわてて次の出口から出て別の入り口から別の高速道路に乗り入れたようにして、父親も刑務所へとつづく出口を見落とし、あるいは、見落としたふりをして、別の高速道路に入る。そうして、一日中ひたすら走りつづけたあと、夕暮れ前に唐突に出口から出て、息子を車から降ろす。

「おまえはここでやっていけ。いいか、二度と帰ってくるな」

息子は見知らぬ町で名前を変え、出自を隠し、別人になりすまして生きる。恋もして、結婚もして、子どももうける。観客は彼といっしょに、彼の別の人生を生きる。映画の大半を、彼の幸せな人生の物語が占めている。

映画が最後の方まで進んできたとき、父親は急ハンドルを切って、正しい出口に向かう。その先には、刑務所の入り口がある。つまり、息子の別人としての人生は、現実の人生の出口を目の前にした、わずか十数秒のあいだに起こった出来事であり、長い幻の物語でもあった。

私にも、別の人生があったのだろうか。

出口をひとつ見落としたために、進むことのできなかった別の人生が。

あの日あのとき、私の選んだ出口は、正しかったのか。

入り直した入り口は、そのあとに進んだ道は、これでよかったのか。

「何を考えてるの？　ジューン、神妙な顔になって」

クリスの声で、我に返る。「何を考えているのか」は、この人の口癖のようなもの。恋愛中には好もしく、結婚していたときには煩《わずら》わしく思えた質問。今はほんの少しだけ、なつかしくて微《ほほ》笑《え》ましい。

「何も考えてない。ただ、ぼーっとしてただけよ」

言葉とは裏腹に、私はさっきから胸のなかで、ゴーギャンの絵のタイトルを反芻《はんすう》していた。

『われわれはどこから来たのか　われわれは何者か　われわれはどこへ行くのか』――

私にはときどき、わからなくなる。私はいったいどこから来て、私は何者で、私はこれからどこへ行こうとしているのか。

雑念をふり払うようにして、私は車の窓の外に広がる空に目を向けた。

「クリス、見て、カナダグースよ」

フロントガラスの遥か彼方に、北へ渡っていこうとしているカナダグースの群れが見え隠れしている。水色の空に点々と、等間隔で落とされた、インクのしずくのようだ。刻一刻と形を変えながら飛んでゆく、生き物たちの美しい隊列を見送りながら、私は、サイドミラーに映っている自分に言い聞かせる。

あなたはこれから飛行機に乗って、サンタフェに行くの。そこには仕事があって、仕事仲間がいるの。しっかりしなさい。もう、人生の折り返し地点は過ぎているのよ。今さらじたばたしたって遅いの。あなたには別の人生は、ないの。あったとしても、それは決して歓迎されるべきものではない。

「彼らは毎年、冬を連れてきて、春になったら冬といっしょに去っていく鳥だな」

「グースたちには、空についている道がちゃんと見えているのかしら」

「僕には道は見えているよ。この道は間違ってない。安心して」

四人の小鳥のきょうだいのうち、どこへも行けず、どこへも帰れず、鳴かず飛ばずのままでいるのは、暗い目をしたジュンコだけだ。母は最後の最後まで、私の行く末を案じていたのではないかと思う。私だけが普通のアメリカ人になり切れないまま、母がうまく埋葬したつもりだった日本人の根を掘り返し、後生大事にお尻にくっつけていたから。

――漢字はないの？

――どんな字があるの？

――純粋の純、順調の順、豊潤の潤……ほかにもまだまだある。

――私にはどの字が似合うかしら？

――ジュンコには、清純の純が似合うね。純白の純。混じり気がなくて、ピュアーって意味だよ。


空港が近づいてきた。空の港。そう言い換えただけで、無味乾燥な空港が途方もなくロマンチックな場所のように思えてくる。日本語は不思議だ。日本語には、控えめに、でもしたたかに、何かを煙に巻いてしまう力がある。学んでも学んでも、日本語は私の手のひらから滑り落ちて、さらさらと流れていく。水のようでもあり、風のようでもある。

車窓から、今し方、飛び立ったばかりの飛行機が見える。気流を切り裂きながら、まっすぐに飛んでゆく機械。どこから来て、どこへ行くのか、自分は何者なのか、わかっている人たちをぎっしり乗せた空飛ぶ機械。


「さあ、着いたよ。気をつけて、行ってらっしゃい」

「ありがとう。本当に助かったわ。ナンシーとジョイスによろしくね。向こうに着いたら、アイリスにはメールを送っておきます」

「うん、わかった。迎えにも来るからね。前の日にでも、帰りのフライトの時間を教えて」

「じゃあ、お言葉に甘えて遠慮なく、そうさせてもらいます」

「時間と都合がうまく合えば、アイリスといっしょに来るよ。彼女もきみに会いたがっているだろうし」

「会いたくなくても、お小づかいをせびるために来るでしょうね」

チェックインをすませて、出発ゲートへ向かい、待合ロビーで搭乗が始まるのを待った。

窓越しに、大空を飛べる、空を飛んで日本へも行ける巨大な乗り物を眺めていると、体のなかにふつふつと、熱い思いが沸き立ってくるのがわかった。

血が騒ぐというのは、こういう感覚なのだろうか。

私のなかに存在している日本が騒いでいる。日本人の血が疼いている。私のルーツが身をくねらせている。

会いたい。

声が聞こえた。日本に住んでいるあの人に会いたいと、誰かがつぶやいている。もう会うこともない人なのに、会いたくても会えない人なのに、会いたい。とても小さな声だった。私は聞き逃さなかった。なぜならそれはダーク・アイド・ジュンコの声だったから。

――一九〇四年三月　太平洋上

「待て！　待たんかこら、待てぇぇぇ！」

耳もとで響いた誰かの怒鳴り声によって、大原幹三郎《おおはらみきさぶろう》は目を覚ました。

鼓膜が破れたと思った。耳の穴から脳髄に向けて、釘を打ち込まれたのかと錯覚した。それくらい大きな声だった。反射的に上半身を起こすと同時に、幹三郎は「うぎゃーっ」と獣のような叫び声を上げ、硬い木の寝台にどさりと倒れ込んだ。

「くそぉっ！」

仰向けに寝たままの姿勢で両手を頭にのばし、手のひらと指先で押さえるようにしながら、頭皮、額、まぶた、頬骨《ほおぼね》、鼻梁《びりょう》の順に、まさぐってみる。幸い、どこにも怪我はない。鼻の骨も折れていない。いちばん強く打ったと思われる額の髪の生え際のあたりが、熱を帯びてじんじんしている。人さし指で触れてみると案の定、たんこぶができている。これでもう何個目か。おかげで面《つら》の皮がすっかり厚うなってしもうたで。

たんこぶをさすりながら、幹三郎はゆっくりと目をあけた。

まるで顔がくっつきそうなほど近くに、天井がある。蚕棚《かいこだな》さながらの三段ベッドの最上段に這い上がって、寝る前には必ず「起きるときには気をつけろよ」と、自分に言い聞かせてから眠りに就くのだが、眠っているあいだに忘れてしまうのか、起き上がろうとした瞬間、さっきみたいに頭を強く打って、叫びながら寝床に逆もどりしてしまうのだった。

こんなおんぼろで、ほんまにアメリカまで行けるんか。と、不安を抱かずにはいられなくなるほどくたびれ果てた汽船「明花丸」――イギリス人清教徒たちを乗せた、十七世紀の移民船「メイフラワー号」になぞらえた名なのだろう――が神戸港を出てから、すでに半月以上が経っている。

目指すワシントン州シアトルまでは「一ヶ月ほどで着ける」と知らされていた。ただし、悪天候のために遅れることもままあるという。悪天候とはいったい、どういう天候のことなのか。幹三郎にとっては毎日が悪天候のように思えてならない。乗船以来、毎日が災難と災害の連続なのだから。

船尾にしつらえられた三等船室は、とにかく揺れる。しかも激しく、縦横、前後、斜め、なんでもありだ。朝から晩まで、船も船室も、寝台も、壁も、床も、揺れに揺れている。揺れていない状態とはどのようなものなのか、幹三郎には思い出せなくなっている。

雨降りの日は、さらなる苦難が待ち受けている。雨が降るとハッチが閉められ、換気がなされなくなる。とたんに空気が濁ってくる。吸い込みたくても吸い込めないほど臭くなる。雨降りがつづくと、ぎゅうぎゅう詰めの船室内は蒸れ、そこらじゅうで、蚤《のみ》や虱《しらみ》や蛆《うじ》や蚊、その他、わけのわからない虫が大発生する。体じゅうが痒《かゆ》くなる。足の裏まで痒い。掻《か》きむしる。刺された痕《あと》から血が滲《にじ》み出て、周辺の皮膚が赤く腫《は》れ上がる。そこを目指して、また虫がうわぁーっと群がってくる。ああ風呂に入りたいと、切実に欲する。三等船室には風呂などなく、風呂に入りたければ甲板に出て、頭から水をかぶるしかない。

「吸血鬼ども、さっさと出ていきやがれ」

うす汚れた天井を睨みつけたまま、幹三郎は毒づきながら頭をぼりぼり掻いた。

頭髪に棲み着いている虱の卵がぽろぽろ落ちる。あたりには相変わらず、饐《す》えた空気が充満している。排泄物、船酔いのせいでまき散らされる嘔吐物、若い男たちの衣服に染み込んだ汗、体液、精液などの入り混じった悪臭である。

浅い呼吸をくり返しながら、霧のかかった頭のなかで、幹三郎は思考を巡らせた。夢だったのか、さっきのあの怒号は。もしかしたら、俺自身の声だったのか。夢のなかで、俺はあいつを止めようとして、「待て！」と叫んでいたのか。

幹三郎の真下で寝起きをしていた男が真夜中に蚕棚を脱け出し、デッキから海に飛び込んだのは、つい四日前のことだった。飛び込む姿を見た者はいなかったが、「三倍くらいに膨《ふく》れ上がった死体が、波間を漂っているのを見た」と言った者は数名いた。嘘か真か知る術もなかったが、その死体は「船のあとからついてくるようだった」と言った者もいた。

後藤将吾《ごとうしょうご》という名前の男で、広島出身の農家の五男。年は幹三郎よりもひとつかふたつ上。まだ十代の身空である。ド阿呆じゃ、と幹三郎は思ったし、開口一番そう口にもした。まわりの誰もが同じような台詞《せりふ》を吐いた。こんなところで死ぬなんて阿呆じゃ、まぬけじゃ、犬死にじゃ、いや、犬以下じゃ。ご先祖様からもろうた命を粗末にして。

友が太平洋に呑み込まれた日のことを思い出しながら、背中の下、板一枚だけ隔《へだ》てたところにある人形《ひとがた》の空洞に向かって、幹三郎は静かに吠えた。なんで死んだんじゃ。アメリカでひと旗もふた旗もあげちゃる、言うとったのに。将吾、どこへ行ったんじゃ？　海の底か。そこはアメリカよりええところなんか。

「南無阿弥陀仏、南無阿弥陀仏、南無阿弥陀仏」

念仏を三回唱えてから、幹三郎はまぶたを閉じた。

夜はまだ明けていない。船は揺れている。不穏な揺れに合わせるかのようにして、男たちの鼾《いびき》と歯ぎしりの音が重なり合い、不気味に響き合っている。檻《おり》に閉じ込められた家畜のようだと、幹三郎は思う。俺もその一頭だ。

日本人の顔をした家畜たちは、どこへ行こうとしているのか。

後藤将吾と知り合ったのは、安普請《やすぶしん》の安宿だった。

新手の商売として、神戸港のほど近くに雨後の筍《たけのこ》のように軒を連ねていた、通称「出国待ちの宿」。そこに泊まっていたのは、将吾や幹三郎と同じようにアメリカを目指す日本男児たちだった。海を渡り、アメリカで何年か働いて幾ばくかの金を貯め、日本にもどった暁には、その金で土地を買ったり、新しい商売を始めたりして「故郷に錦を飾ってやる」と、気炎を吐いている血気盛んな若者たち。その大半は、地方出身の農民だった。

大政奉還後、日本政府が急速に進めようとした産業化と軍事化。それにともなう資金調達のために導入された税制と米価の引き下げによって、多くの農家は農業だけでは立ちゆかなくなっていた。また、それまでは家長やひとり息子であれば免除されていた兵役も、一八八〇年代になってから強化された徴兵制によって様変わりし、四十歳までの男子は全員、徴兵の対象となり、金を積んでも免れることが難しくなった。例外は、海外へ出た者だけ。こうして、主に地方出身の貧しい農民たちは、我も我もと日本をあとにした。特に、農家の次男、三男、四男、五男……たちの場合、日本にいても未来には貧乏だけが待っている。家も土地も財産も、すべては長男に与えられると決まっているからだ。

一方、日本政府も海外への移民を奨励した。奨励には「遺棄」という意図も隠されていた。政府の側からすれば、移民事業とはすなわち棄民政策だった。貧しい農民は、国家から見放された捨て子たちだったのである。

「おまえはどこのモンじゃ？」

共同浴場で体を洗っているとき、将吾から声をかけられた。

幹三郎よりも背が高く、体格もがっしりしている。ぶら下げている一物も太く凜々《りり》しく、「負けた」と幹三郎は思った。軽く見られてはならないと思い、もの怖じせず答えた。

「岡山じゃ。高梁《たかはし》いうとこじゃ。日本一の標高を誇る山城のある村じゃ。知っとるか？」

「知らん。タカハシのことは知らんが、岡山は隣近所じゃ。俺は広島じゃけん。ま、隣同士のよしみでよろしゅう頼むわ。おまえもどうせアメリカ組じゃろ？　俺もじゃ」

方言丸出しで言いながら近づいてきて、幹三郎の背中を手ぬぐいでごしごしこすり始めた。見かけによらず、人なつこい男のようだ。

「広島か。なんでか知らんけど、広島出身の男がぎょうさんおるな」

「広島人はな、なんでも派手でぱぁっとしたことが好きじゃけん」

「アメリカは、ぱぁっとしとるんか？」

「そりゃあそうよ、あっちの女は見た目からしてぱぁっとしとるじゃろうが」

出国を待つ者同士、裸のつきあいが始まった。

「大原、おまえはどこまで行っとんじゃ？　俺は人物試験待ちじゃけど」

「おう、俺もじゃ。厄介なことよなぁ」

ふたりのような移民志願者が日本を出国するためにくぐり抜けなくてはならない関門は、複数あった。まずは書類による審査。幹三郎は、ねじり鉢巻きを締めて複雑な申請書類と格闘し、村でいちばん頭がいいとされている村長の助けまで借りて、やっとのことで記入を完成させた。地元の岡山は書類審査が非常に厳しく、しかも順番待ちの者があまりに多くて時間がかかり過ぎると聞いていたので、審査官が寛容だという噂の神戸で、審査を受けることにした。将吾も同じ理由で、神戸を選んだという。

　書類審査に通ると、次は「人物試験」が待っている。これはいわゆる面接試験に当たるもので、「日本語の読み書きはできるか」「性格や素行に問題はないか」「道徳と倫理にかなった行動が取れるか」「高潔で慎重、かつ、他人を尊重できる人物かどうか」「日本人として、海外に出しても、恥ずかしくないか」などについて、特別審査委員会と称する会の委員たちの判断を仰ぐことになっていた。アメリカは、一八八二年の移民法改正によって、中国からの移民の受け入れを全面的に禁止していた。日本政府は、日本人移民が中国人のように排斥《はいせき》されないよう、人物審査を強化した。ほかにも、トラコーマや回虫の検査、梅毒検査も義務づけていた。

　二回の――一回めはふたりとも落ちた――人物試験を経て、晴れてふたりに渡航許可がおりたのは、幹三郎たちが神戸に着いてから、二ヶ月あまりのちのことだった。

　アメリカには知り合いも身よりもない幹三郎と違って、将吾には、五、六年前に渡米し、西部にある鉄道建設の現場で棟梁《とうりょう》として働いている、年の離れた兄がいた。彼は後藤家の長男だったが、兵役を嫌ったのか、あるいは農業に見切りをつけたのか、相続していた土地を手放して渡米した。将吾はこの兄に呼び寄せられて、アメリカ行きを決意したという。

　知り合ってほどなく、将吾は幹三郎に声をかけてくれた。身体検査の長い行列に並んでいるときだった。

「向こうへ着いたらな、おまえも俺といっしょに、兄貴のところで世話になりゃあええ」

　幹三郎は「願ってもないことじゃ」と頭を下げた。

「知っとるか、あっちの賃金はな、日本の三倍から四倍も出るんで」

もちろん知っていた。大いに期待もしていた。

「なに、二、三年も辛抱して働けば、億万長者よ」

幹三郎もそう思っていた。

「鉄道建設いうのは、どねえな仕事なんじゃろうか」

たずねると、将吾は指を鳴らした。

「簡単じゃ。どっからか、ひょいひょいと枕木を運んできてな、しゅっしゅっとまっすぐに並べていくだけのことじゃ。お茶の子さいさいよ」

幹三郎は知らなかった。「ひょいひょい」と「しゅっしゅっ」がどれほどの重労働なのかということを。枕木の長さは二メートル以上もあること。自分の背丈よりも長い木材がどれほど重いか。苦役は、早朝六時から夕方の六時までつづくということ。アメリカ西部の山岳地帯の冬は、西日本とは比べものにならないほど厳しいということを。

「ところでおまえ、英語はできるんか？」

「いや、まだじゃ。ハローとサンキューしか知らん。これから勉強するつもりじゃ」

「ほんなら俺が教えちゃるわ、暇つぶしに」

得意げにそう言って、将吾はズボンのポケットから、糸で綴った小型の英単語帳みたいなものを取り出した。

「俺のあとについて、言うてみ。ええか、ハウマッチ……」

年はそんなに違わないのに、将吾は幹三郎にとって、頼りになる兄貴のような存在になっていた。まだアルファベットすら覚えていない自分と違って、英語をすらすらしゃべれる将吾は尊敬に値する男だった。たとえ俺が途中で行き倒れるようなことがあっても、こいつは大丈夫だろうと、思ってもいた。こいつは強靭《きょうじん》な男に違いないと。

だが、あいつは太平洋上でぽきりと折れた。まるで地獄の一丁目をさまよっているような三等船室の蚕生活に耐えられなくなり、精神に異常をきたしてしまったのだろうか。それとも何かほかに、俺には教えてくれなかった深い訳でもあったのか。


カンカンカン……カンカンカン……

誰かが、何か硬いものを使って、寝台の端を叩いている音が聞こえる。

ああ、また始まったかと、夢とうつつの境目をさまよいながら、幹三郎は思っている。朝か。朝が来たんじゃな。

この音は、朝が来たという合図のようなものだ。ひとりが叩き出すと、またひとり、またひとり、と、船室のあちこちで、男たちが何かを叩き始める。壁を叩いている者もいれば、天井を叩いている者もいる。腹が空いた、飯を食わせろ、飯はまだか。飢えた家畜たちの合唱のようなものだ。

配られる飯はといえば、表面は嚙《か》めないほどばりばりに固まっているのに、中身はぐちゃっとしている米飯の上に、腐りかけているのか、腐っているのか、おかしな臭いのする根菜の煮しめや、ラードの白い塊《かたまり》がくっついている正体不明の惣菜がのっかっているだけの代物。しかもその量は、猫の餌かと思うほど少ない。ときには、なすびみたいに膨らんだ、奇妙な色のパンだけだったりもする。これではとても、育ち盛りの十代の男子が健康を保持できるような栄養分は摂《と》れない。

幹三郎も痩せこけて、がりがりになっている。胸板に手を当てると、あばら骨がごつごつ当たる。目は落ちくぼみ、頬はこけ、顎《あご》は尖っている。鏡を見なくても、自分の人相が変わってしまっているのがわかる。

もしかしたら将吾は、栄養失調のために、おかしくなってしまったのだろうか。

カンカンカン……カンカンカン……食わせろ、食わせろ、食わせろ。

生ごみのような、ゲロのような、家畜でさえ顔をそむけそうな飯でも、食べられるものはなんでも食べて、生きながらえていかねばならない。

カンカンカン……ドンドンドン……生きとるぞ、俺はまだ、生きとるぞ。死んでたまるか、こんなところで、死んでたまるか。将吾、なんで死んだんじゃ。俺は死なんで。死んでたまるか。

思いの丈をこめて、幹三郎は爪先で天井を蹴り上げる。

この航海に耐え抜いた者だけが、たどり着けるんじゃ。

自由の女神の君臨する、自由の新天地、アメリカに。


「自由の新天地」という、聞き慣れない、実体のない、ふわふわとした綿菓子のような言葉を幹三郎に教えてくれたのは二番目の兄、大原家の次男の葉次郎《ようじろう》だった。

兄弟は五つ違いで、葉次郎と幹三郎のあいだには三人の姉が、幹三郎の下にはふたりの妹がいた。長男の林太郎《りんたろう》は幹三郎より十歳以上も年上で、幹三郎にとっては父同様、口をきくだけでも緊張する雲の上の存在だった。時代は明治。どこの農家でもそうだったが、大原家もまた、厳格な家父長制と男尊女卑を貫いていた。

　葉次郎は例外だった。彼は弟や五人の妹を分け隔てなく可愛がり、進んで子守りをしたり、勉強を見てやったり、母の家事を手伝ったりもした。生まれつき体が弱く、色白で手足が細く、歌舞伎の女形がつとまりそうな優男だった。病気がちで、満足に学校へも行けない分、読書にのめり込んだ。枕もとにはうずたかく、さまざまな書物が積まれていた。歴史書が多かった。思想や哲学の本もあった。愛読書は、福沢諭吉の著書『西洋事情』と『西洋旅案内』。寝ても覚めても、本を読んでいた。表紙の角が丸くなり、ページがすり切れてしまうほど、熱心に。頼んでもいないのに、幹三郎のために読んで聞かせてくれることもあったし、暗記している一節をすらすら口にして、妹たちを驚かせたりすることもあった。

　高等小学校から家にもどってくるやいなや、鞄を放り投げ、脱兎のごとく外に飛び出していこうとしている幹三郎を、葉次郎は、昼間でも暗い部屋のかたすみに敷かれた布団のなかから、青白い首と腕をのばして、

「幹、ちょっと来なさい」

　と呼びつけた。「幹」は、幹三郎の愛称だった。幹三郎は葉次郎を「あんちゃん」と、ふたりは林太郎を「にいさん」と呼んでいた。

「なんじゃ、あんちゃん、また本か。俺、勉強は嫌いなんじゃ。にいさんもな、百姓に学問は要らん言うとるじゃろ」

「いいから、来なさい」

たとえ病弱で寝たきりであっても、兄から命令されたら、弟としては、逆らうわけにはいかない。

「なんじゃ、もう、辛気臭《しんきくせ》えなぁ」

ぶつくさ言いながら、幹三郎は、兄の布団の脇にちょこんと座る。また退屈で小難しい話を聞かされるのか、かなわんなぁ、と思いながら。

「あんちゃん今な、アメリカの歴史について、色々と勉強しとるんよ。その話はこないだ、したじゃろ？」

「うん、聞いた」

南北戦争、リンカーン、奴隷解放、独立宣言、アメリカの憲法がどうのこうの、確かそんな話だった。「アメリカ」と言われても、幹三郎にはピンと来ない。どこか遠い、宇宙の果てに在るのか、ないのかもわからない、幻の世界のように思えてならない。幹三郎にとっての現実の世界とは、鶏に餌を与えたあと、泥だらけになって駆け回る田んぼの土手であり、家のすぐ前を流れる川と川原であり、きょうはそこで何匹、赤い蟹を捕まえられるか、なのである。

「ええか、幹、アメリカという国にはな、『自由』と『民主主義』と『平等』が確立されとるんよ。天皇陛下もおらんし、王様もおらん。大統領はおるけどな、それは国民が投票して選ぶんじゃ。このことの意味はわかるか？」

わからない。頭のなかでは赤い蟹のことを考えながら、幹三郎はいかにもおとなしく、兄の話を聞いているふりをしている。

「封建主義も、階級もないから、努力さえすれば、貧しい農民でも、大金持ちの地主になれる。頭のええ人間じゃったら、学者にでも、医者にでも、なんでも好きなものになれるんよ。乞食でも分限者《ぶげんしゃ》になれる。世界中どこを探しても、そういう国はないんじゃ」

なんでも好きなものになれると言われても、幹三郎には特になりたいものがない。

「ほら、ここにも書いてあるじゃろ。アメリカはな、外国から貧しい移民をどんどん受け入れて、国をつくっていったんよ。『じゃがいも飢饉《ききん》』が起こって、大変な目に遭《お》うとったアイルランドの農民は、百万人以上も、アメリカに渡ったんよ。つまりアメリカは農民の国、いうことじゃ。よう覚えとき、農民にとって、アメリカは自由の新天地なんよ」

葉次郎は、成長するにつれてますます病弱になり、最後の数年はほとんど寝たきりのような状態になっていた。幹三郎が十四歳になったとき、兄は苦しむこともなく、静かに幕をおろすかのようにして、わずか十九年という短い生涯を終えた。


幹三郎の右の耳から左の耳へ素通りしていった兄の言葉がよみがえったのは、兄の死から一年あまりが過ぎたある日のことだった。

放課後、中学校の友人たちと徒党を組んで、岡山市内まで遊びに繰り出したとき、たまたま通りかかった「ウエスタン衣料品店」のショーウィンドウの前で、幹三郎はぴたりと足を止めた。足が勝手に止まってしまったのだ。目は、ガラスの向こうに広がっている世界に釘づけになっていた。

「うわぁ、すっげえ」

ガラスのケースの側面には、広大なアメリカ西部の大自然を背景にして、馬にまたがった数人のカウボーイの姿を模写したポスターが貼られ、ケースのなかに置かれた巨大なサボテンの模型には、カウボーイハット、革のベスト、ジーンズ、ウェスタンブーツなど、目を見張るような品々が飾られている。

見過ごして、行き過ぎてしまった友人たちのあとは追わず、幹三郎は吸い寄せられるようにして、その店に足を踏み入れた。店内には、今までに嗅いだことのない、かぐわしい匂いが漂っていた。どれもこれも欲しいものばかりだが、幹三郎の小づかいで手の出せるような品はひとつとしてない。

感嘆と羨望のため息を漏らしながら、棚から棚へひやかしながら歩いていると、店主と思《おぼ》しき男から声をかけられた。

「おい、こんなんがあるで。ちょっと前のじゃけど、見てみんか？　ちょうどおまえらくらいの坊主にええと思うけど」

ごま塩頭の男はそう言って、カウンターの上に置かれていた散らしのようなものを取り上げると、ひらひらさせながら、幹三郎に手渡した。

紙切れを受け取って、そこに書かれた文言を読んだとき、幹三郎ははっと息を呑んだ。

〈来たれ、日本の若者たちよ！　アメリカは君たちを求めている！〉

それは、中国人に代わる安いアジア人労働力をかき集めるために、アメリカ西部の鉄道建設会社が日本各地に大量にばらまいていた求人広告だった。

〈ここは世界でもっとも富める国、ここは約束の地、ここは自由の楽園〉

ほんまか？　握りしめて、読み返した。

〈求ム、黄金の国の若人たち。こぞって来たれ、未来の億万長者たち！〉

今は亡き兄の声が聞こえてきたのは、そのときだった。

——よう覚えとき、農民にとって、アメリカは自由の新天地なんよ。

幹三郎は紙切れを握りしめたまま、その場に立ち尽くしていた。たった今、未来の切れはしを摑《つか》んだと思った。


「大原！　大原！　起きんか大原！　大変じゃ」

誰かに肩を揺すられて、幹三郎は目を覚ました。

これ以上たんこぶを増やさないよう、注意深く顔だけを横に向け、

「なんじゃ朝早《はよ》うから、何事じゃ。まだ寝とったのに、起こさんでくれや」

ごしごしまぶたをこすりながら、相手の顔をじろりと見た。向かいの寝台のまんなかに寝ている同郷の男だ。

「寝とる場合じゃねえ、外へ出てみんか。なんかな、見えたで言うて、みんなが騒いどるんじゃ」

「うるせえ奴らじゃや、何が見えたんじゃ。また誰かが飛び込みよったんか」

「そんなんじゃねえ、見えるんじゃ、見えてきたんじゃ」

「何がよ？」

「何がって、アメリカに決まっとるじゃろうが」

「ほんまか」

あわてて寝台から滑り降りると、履き物も履かず、ふんどし一丁で甲板へ飛び出した。

大勢の若者たちが手すりのあたりにうじゃうじゃ群がって、全員、同じ方向を見つめている。

人垣を掻き分けながら、幹三郎は前に進み出た。

「どこじゃ、どこじゃ」

「あそこじゃ」

誰かが指さしている方角に目をやった。手すりに手をつき、前のめりになって、首を伸ばし、視線を伸ばす。首はもうこれ以上は伸ばせない。伸びきった亀の首のようだ。気持ちはろくろ首になっている。これ以上、体を前に出すと、海に落ちてしまう。

「見えたか？」

何も見えない。目を細めたり、目を見開いたりして、懸命に見てみるのだが、見えない。背後で雄叫びが上がる。

「うぉー、アメリカじゃあ、あれがアメリカかあ、着いたでぇ」

「日本人が来たで、ジャパニーズ・メイフラワー号じゃ」

「わしら、コロンブス様ご一同じゃあ。上陸するでー」

幹三郎も負けずに叫びたい。しかし悲しいかな、まだ肝心のアメリカ大陸は見えていない。目が霞《かす》んでいる。目脂《めやに》のせいではなく、おそらく栄養不足で視力が衰えてしまったせいだろう。見たい、見えない、見えたことにしておくか。

一陣の風が吹いて、頭上の雲がちぎれた。雲間から射し込んできた強い朝日のおかげか、大海原の遥か彼方に、一瞬だけ、黒っぽい横長の盆みたいなものが見えたような気がした。

あれがアメリカか。あれがアメリカ大陸なんか。

「着いたで」

心のなかで小さくつぶやいた。

「おやじ、おふくろ、じいちゃん、ばあちゃん、にいさん、義姉《ねえ》さん、晶子《あきこ》ねえちゃん、富子《とみこ》ねえちゃん、絹子《きぬこ》ねえちゃん、美枝《みえ》、花恵《はなえ》」

それから海原に視線を落として「将吾」と、最後に空を見上げて「あんちゃん」と、幹三郎は呼びかけた。

「将吾よ、アメリカに着いたで。あんちゃん、自由の新天地じゃ」

大原幹三郎、十七歳の春だった。

——一九一六年三月　太平洋上

船中で略服《きもの》を着て居ても、すねや、足を出さぬこと。
細帯、素足のまま甲板上に出ぬこと。
細帯の時は必ず被布《ひふ》を被ること、髪を亂《みだ》さず、鼻をグズグズ音させぬこと、
理由なしに　傖笑《へんなわらひ》せぬこと。
強い海風《しほかぜ》にふかれたり夜ふかしをして眼を充血させぬこと。

神戸の移民局で、身体検査を受けるための行列に並んでいるとき、上品な身なりをした洋装の

中年女性から手渡されたリーフレット。表紙には『渡米婦人心得』という六文字が並んでいる。細長い一枚の紙が、山折り、谷折りに、交互に折り畳まれている。大きさはちょうど、佳乃の片手の上にのるくらいだ。

乗船前にも何度か目を通していたので、内容はほとんど頭に入っている。冒頭は「渡米婦人の心得」という序文で始まり、「仕度の事」「船中の心得」「上陸の心得」と本文がつづく。昼間でも暗い、三等船室の畳敷きの寝台の上に横になったまま、佳乃が読み返しているのは「船中の心得」である。


男子の室、竝《ならび》に男子の便所に入らぬこと。

若し人の室に入るときは必ず入口の戸をたたいて先方の答を待って然る後に中に入ること。

特別親切にしてくれる男子に警戒し身に隙を見せぬこと。

船中で心易くなった人に餘《あま》り自分の身上の話などせぬこと。

手拭等の貸借は病菌媒介の憂があるから決してせぬこと。


「警戒し」には「きをつけて」と、「病菌媒介の憂」には「わるいびょうきのうつるしんぱい」と、わざわざふりがなが振られているのは、執筆者の親心からだろうか。あるいは、それほどまでに、船内で由々しき事態が発生しているということなのか。あたりを見回してみたところ、幸いなことに、佳乃の周辺には男子の姿はない。右も左も上も下も、佳乃と同じ年格好か、年下と思しき、若い女ばかりである。ほっと胸を撫で下ろして大きく息を吸い込むと、消毒液と潮の香りに混じって経血の匂いがした。

佳乃を乗せた客船「謳歌丸《おうか》」がワシントン州タコマに向かって、神戸港のメリケン波止場を離れたのは一九一六年（大正五年）三月一日の正午過ぎだった。

二本のマストを立てたこの蒸気船は、一八九八年にイギリスで造られた船で、当初は欧州航路を行き来し、日露戦争中には軍用船として使われ、敵の艦隊の爆撃により甚大なる被害を受けたこともあるという。六千二百十九トン。乗客の定員は、一等船室三十五名、二等二十名、三等百九十二名。三等船室の乗客の大半は、アメリカへ渡ろうとする移民たちで占められていた。その大半が、十代、二十代の女子だった。

一九〇〇年から約二十年間、日本政府は、若い日本人女性を積極的にアメリカに送り込もうとした。これは、それよりも前に渡米していた日本人男性移民たちに、かつて中国人移民がアメリカで引き起こしたようなトラブルを起こさせないための、苦肉の策でもあった。中国人移民がアメリカで排斥される原因となったトラブルのひとつとは、目に余る買春行為である。当時の中国人移民の男女比は、女性ひとりに対して、男性二十七人という偏ったものだった。いずれ日本人男性も似たような問題を起こすに違いないと考えた日本政府は一九〇八年、前年にアメリカから提示されていた「日米紳士協約」に合意し、新たな移民希望者に対する旅券の発行を停止するのと引き換えに、すでにアメリカで生活している日本人男性たちの、妻、子ども、親などに関しては引きつづき移住を容認させるという、いわば抜け道を残すことに成功した。

アメリカに根を張る決意をした日本人男性たち――移民一世――の側にも、急いで結婚したい理由が生じていた。自分たちの仕事を日本人移民に奪われたとして、主に西海岸一帯の農民からの反日感情が高まるなか、一九一三年以降、カリフォルニア州を皮切りに、近隣の九つの州で成立した「外国人土地法」により、一世たちはアメリカで土地を所有できなくなったのである。しかし、アメリカで生まれた日系二世にはアメリカ国籍が与えられるし、土地の所有も許されている。ならば、結婚して子をもうけようと、一世たちの多くは考えた。

こうして一九〇八年以降、日本からの移民が全面的に禁止される「排日移民法」が成立する一九二四年までのあいだに、アメリカに渡った日本人移民のほとんどを日本人妻が占めるようになった。

大原幹三郎の妻、大原佳乃もそのひとりだった。

「よろしくお願い申し上げます」

出航後ほどなく船室に姿を現した船の事務員に、佳乃は、アメリカ入国の際に見せ金として必要な百円を預け、預かり証と旅券を受け取った。

それらを懐紙に包んでとりあえず胸もとにしまうと、柳行李《ごうり》のなかから取り出したメリンス製の掛け布団を畳み直して、粗末な寝台の片隅に寄せた。足もとには草履《ぞうり》を揃えて置いた。船内では、下駄は履いてはいけないことになっている。足袋の上には靴下を履くように、とも指示されている。

四隅を革紐で閉じてある柳行李のなかには、ブリキの洗面器、歯ブラシと歯磨き粉、「明治水」という名の目薬、手拭い五本、ちり紙、ハンカチーフ、脱脂綿、着替えの下着、靴下、長靴下、寝間着のほか、母の手づくりの梅干しと漬け物類、兄が持たせてくれた塩せんべいや酢昆布などがぎっしり詰め込まれている。愛用している帳面と、鉛筆も数本。親戚の人が餞別《せんべつ》の品として贈ってくれた茶道具一式。

なんとはなしに物々を整理しながら、底の方に忍ばせておいた小さな長方形の木箱を手に取った。そっと蓋《ふた》をあけ、中身を見てみる。夫への手土産として、迷いに迷った末に買い求めた漆《うるし》の塗り箸。夫婦箸。黒くて長い方が旦那様。赤くて短い方が私。

見つめていると我知らず、頬が染まってくる。同時に不安にもなってくる。土産はこんなものでよかったのだろうか。何かもっと、気の利いたものがあったのではないか。向かい合って、それぞれの箸を手に取っている姿を思い浮かべることはできても、この箸を使って夫婦がどんな食事をし、会話をするのか、佳乃には想像もつかない。第一アメリカで、箸を使って食事をしてもいいのかどうか。

小さなため息をつきながら、夫婦箸の入った木箱を柳行李にもどすと、佳乃はふたたび「渡米婦人心得」を広げて、「仕度の事」の章に目を落とした。

活字を追っていると、不思議と心が落ち着いてくる。

洋服の人は流行の烈しいところへ行くのであるから極くかんたんな流行服丈《だけ》にして他は彼地《あちら》で新調なさい。

日本服でも靴下の長いのと靴は必ず用意し足袋にても其の下に矢張り靴下をはくこと。

下駄は無用《だめ》。ゴム裏か、コロップ草履一、二足持って行く事。

洋服には外套、帽子、手袋が附属します。
日本服ならば被布と袴を用意すること。

佳乃は絣《かすり》の着物をまとっている。袴は持参してきたものの、靴も外套も帽子も手袋も、ハンドバッグも持っていない。それらはすべて、アメリカ上陸後、当地の移民局まで迎えに来てくれる夫が買い揃えて、持ってきてくれることになっている。

黒髪の私に、帽子など似合うのだろうか。

まぶたを閉じると、先月、夫から届いた手紙のなかに書かれていた一文が浮かんできた。

――鷲鳥ノ羽根飾リノ付イタル麗シキ帽子、貴女ノタメニ買ヒ求メタリ。

佳乃が幹三郎と結婚したのは、前の年の秋の終わりだった。

生まれ育った家の庭のコスモスが、風に揺れながら笑っているように見えたその朝、十七年あまり住み慣れた家をあとにしたとき、佳乃は一度もうしろをふり返らなかった。いつ、どこで、誰から聞いたのか、まったく記憶に残っていなかったが、使用人に見送られ、母と兄と親戚の人たち数人と連れ立って玄関から外に出た瞬間、ふいに「嫁入りする朝にうしろをふり返った花嫁は、婚家に不幸や災いをもたらす」という迷信を思い出したのだった。

昼前に、佳乃たちの一行はまず、夫となる人の親戚の家に到着した。

生まれも育ちも岡山市内の街中《まちなか》だった佳乃にとっては珍しい、茅葺《かやぶ》き屋根の農家だった。家の前にはだだっ広い庭があり、農機具と思しきさまざまな器械や道具類のあいだを、放し飼いにされている無数の鶏が「コココココ、コココココ」と鳴きながら、走り回っている。軒先には、まるで暖簾《のれん》のように干し柿が吊され、縁側に広げられた筵《むしろ》の上には、見たこともない野菜が所狭しと並べられている。そのような光景を目にしただけで、佳乃の胸はざわついた。まさに今「私は別世界にやってきたのだ」と思った。

この農村では昔から「家婚式」と呼ばれる婚礼のやり方が好まれてきたという。花嫁は生家で婚礼衣装を身につけ、簞笥《たんす》や長持などの嫁入り道具をかついで運ぶ男たちを従え、華やかな行列を成しながら、新郎の待つ婚家へと向かう。到着後、新郎の家に集まった親族、縁者たちに見守られて三三九度の杯を酌み交わし、それから三日三晩、飲めや歌えの披露の宴がくり広げられる。

佳乃は、新郎と同じ村の出身ではなかったので、まず新郎の親戚の家で花嫁支度をととのえて、そこから新郎の生家へと向かうことになった。両家のあいだで話し合い、略儀ながらも、村に伝わる慣習にのっとった祝言をおこなおうとしたのである。

花嫁衣装は婚家で用意されたもので、嫁入り道具は形ばかりの借り物だった。かつぐ男たちの数は、わずか三人。佳乃のまわりに寄り添う女たち——花嫁衣装の裾《すそ》を持ち上げながら歩く女もいた——の方が多かった。夫婦和合の象徴だという、貝合わせと貝桶の吉祥文様の描かれた、あでやかな黒引き振り袖に身を包み、頭には角隠しをかぶって、佳乃は、秋の夕陽の降り注ぐ小道をゆっくりと進んでいった。

親戚の家と新郎の自宅は、裏庭と野菜畑を挟んで隣り合わせに立っていた。行き来するには、裏庭を横断するだけで済む。しかしながら佳乃たちは、少しでも習わしに近づけるようにと、いったん親戚の家から表の道に出て、そこから脇道に入り、回り込むようにして、新郎の家へ向かっていった。

短い道のりではあったものの、両脇には、町からやってきた花嫁さんをひと目見ようとでも思ったのか、村人や子どもたちが大勢、立ち並んでいた。

「きれいじゃなぁ」

「うわー、ほんま、きれいじゃ」

「見てみ、あれが大原さんとこの三男坊の花嫁さんじゃ」

「べっぴんさんじゃなぁ、きれいじゃなぁ」

小さな歓声、感嘆のため息混じりのささやき声。佳乃の耳に聞こえてくるのはすべて、女の子と女の人の声だった。

この人たちは、本当に、私の結婚を祝福してくれているのだろうか。顔を上げて、人々の顔や表情を見てみたいと思ったが、角隠しが邪魔になって、見えない。花嫁は終始うつむいて、前ではなくて地面を、見つめて歩かなくてはならないようになっているのは、なぜなんだろう。妻となる女の、それが行く先にある生き方なのか。そんなことを、佳乃は思った。

私はこれから、どこへ行こうとしているのだろう。

とーおりゃんせー、とおりゃんせー、こーこはどーこの細道じゃ……

幼い頃に歌った歌がよみがえってくる。

この細い道の先に待っているのは、いったいどんな運命なのか。

その運命は私を、どこまで連れていこうとしているのか。

もともとこの結婚は、佳乃が望んでいたものではなかった。いや、そうではない。佳乃は自分が将来、誰かと結婚できるとは思っていなかった。

物心ついた頃から、母からも、今は亡き父からも、言い聞かされてきた。「足の悪《わり》いおまえを、お嫁にもらってくれる人などおらん。だから人の何倍も勉強して、将来は学校の先生になりなさい」と、母は厳しく言った。「一生、ひとりでも生きていけるように、誰にも迷惑をかけずに生きていかれるように」と。「佳乃は嫁になど行かんでもええ。一生うちにいたらええ」と、優しかった父は言った。「どこへも行くな、誰のものにもならんでええ」と。

佳乃の父親は先祖代々つづいた書画骨董の店「藤田堂《ふじた》」を営む地元の名士だった。佳乃が十歳になったばかりの頃、不治の病に倒れて帰らぬ人となった。亡くなる直前まで、佳乃の行く末を案じていた。

生まれつき左足の骨の具合がよくないせいで、佳乃は足を引きずるようにして歩いた。運動会ではいつもみんなの笑い者になった。負けず嫌いな佳乃が無理して速く走ろうとすると、手足と体がばらばらになってしまい、まるで壊れたあやつり人形みたいな姿になってしまう。当然のことながら、いつでも佳乃はビリだった。

幸いなことに、佳乃をいじめたり、ないがしろにしたりする者はいなかった。佳乃の学校の成績が優秀で、常に教室で一、二を争うほどだったからかもしれない。

岡山高等女学校を卒業したあと、二番目の姉が住んでいる東京へ出ていき、そこで、キリスト教系の女子専門学校に入ってさらに勉強をつづけ、教員資格認定試験に挑戦し、ゆくゆくは教師になりたいと思っていた。母に言われていた通り、女ひとりで一生、自活していこうと心に決めていた。足が悪くても、教師ならやっていけるはずだ。それに佳乃は、子どもが大好きだった。

そんな将来設計が一変したのは、亡き父の親戚筋から持ち込まれた縁談によって、だった。

女学校を出て、家事手伝いをしながら、東京行きの準備を進めていたある日、佳乃は突然、母から「重大な話がある」と言われ、仏壇の置かれている居間に呼び出された。そこには兄もいた。

「佳乃さん、これはみんなで話し合って決めたことなんじゃ。佳乃さんにとっても、願ってもない、喜ばしい話じゃと私は思うとる」

そのあとに母は、今まで言っていたこととは正反対のことを言って、佳乃を驚かせた。

「ええか、佳乃さん、女の幸せは結婚じゃ。この機を逃したら、おまえには一生、人並みな幸せは巡ってこん」

佳乃の知らないあいだに、母の了解を得て、親戚の人が相手方に佳乃の写真を送り、勝手に話をまとめていたのだった。

「でも私、東京へ出ていって、もっと勉強して先生になりたい。結婚なんて……」

つぶやくように言うと、兄は表情を曇らせ、母は畳みかけるようにして言い放った。

「自分のことばかりじゃのうて、うちのことも考えて欲しい。おまえだけじゃのうて、お兄様のことも」

佳乃には思いも寄らないことだった。母は、佳乃が独り身でいる限り、兄の嫁取りの条件が悪くなると言う。さらに、父が生きていたときほど家の経済事情がよくないので、今後の佳乃の教育費にあてるお金が捻出《ねんしゅつ》できないと、とどめを刺された。

「わかったじゃろ？　おまえが結婚してこの家を出ていけば、みんなが幸せになれるんじゃ。な、承知してくれるか?」

　佳乃は渋々うなずいた。うなずいたあとで、知らされた。夫となる人は十一歳年上、現在アメリカで暮らしている。アメリカで成功して、分限者《ぶげんしゃ》になっている。佳乃は初めて知った。自分は結婚したらアメリカへ行くことになるのだと。

「そうか、行ってくれるか、それはよかった。うん」

　兄もうなずいた。追いかけるようにして母は言った。

「あちらのみなさんは、佳乃さんの写真を見て、たいそう気に入って下さったそうじゃ。有り難いことじゃ。望まれて嫁にゆく。女として、これ以上の幸せがあると思うか?　こんな有り難い話があるか?　いくら感謝しても足りんくらいじゃ」

　数日後、東京からたまたま里帰りをしてきた二番目の姉も、思いがけないことに、佳乃のアメリカ行きを我が事のように喜んでくれた。

「佳乃ちゃん、それは確かに幸せな結婚じゃと思うわ」

「ほんま?　ほんまにそう思うの?」

　姉の話によると、大阪の商家に嫁いだ一番上の姉が姑にいじめ抜かれ、朝から晩まで酷使され、体を壊して寝込んでしまうほどの状態になっているという。

「アメリカには姑も舅もおらんのじゃろ?　ふたりだけで暮らすわけじゃわな。私だって、どうせするなら、そういう結婚がしたいわ。お姉ちゃん、佳乃ちゃんがうらやましいわ。いっしょにアメリカへ、ついていきたいくらいじゃわ」

　佳乃が承知してから挙式までの流れは、雪解けの山を滑りおりてくる谷川のようだった。

祝言はその年の秋と決まり、佳乃のもとにはアメリカから直接、写真や手紙が届くようになった。けれども、なぜか、返事を書いてはいけないと、母からきつく言い渡されていた。「女の方からみだりに、そういうことをしてはいけない」と。私の書いた手紙がもとになってこの結婚話が壊れることを、母は恐れているのだろうと、佳乃は推察した。

もしかしたら、夫となる人は、私の足のことを知らされていないのだろうか。

「さあさ、着きましたで」

婚家の上がり框《がまち》の前まで来ると、佳乃は、人々に助けられながら草履を脱いで、奥の座敷まで進んでいった。とにかく、足の悪いことが目立たないように歩くだけで精一杯だった。促《うなが》されるままに、掛け軸の前に敷かれた座布団の上に座った。そのときすでに新郎はそばにいた。緊張のあまり、佳乃にはその人の顔さえ見ることができなかった。

媒酌人の挨拶。親子固めの盃。舅姑見参の式。儀式は、粛々《しゆくしゆく》と進んでいった。その間ずっと、他人の結婚式を遠くから見ているような、心ここにあらずの状態だった。これは自分の結婚式ではなくて、誰かよその人の結婚式なのかもしれない。花嫁衣装を着ているのは私ではなくて、私の姿をした別の人。

ときどき、どこからともなく、すずめの声が聞こえてきた。聞こえるたびに、生家の裏の軒先に巣を掛けていた、可愛らしいすずめたちのことを思った。夏の終わりに巣立ったすずめの雛鳥たちは、みんな元気にしているだろうか。私がいなくなったあと、誰がすずめたちにごはん粒をあげてくれるのだろう。

虚空《こくう》をさまよっていた佳乃の心が自分の胸のなかにもどってきたのは、祝言の途中で、誰かが歌い始めた謡《うたい》の声によって、だった。

高砂や　この浦舟に　帆を上げて
月もろともに入汐の　波の淡路の明石潟
近き鳴尾の沖行きて　はや住の江に着きにけり

朗々とした声が部屋中に響き渡った。天井に、壁に、障子や畳の目にまで染み通るような声だった。声の波が満ち引きをくり返しながら、人々をさらって、どこかへ連れていこうとしている。謡が始まってほどなく、佳乃はこっそりと、隣に座っている夫の方を見た。横顔が見えた。父親ほども年上の男のように見える。彫りが深く、鼻梁は高く、頬骨が突き出ている。威厳のある顔つき。写真でしか見たことのない夫の顔に、よく似ているようでもあり、まったく似ていないようでもあった。

それは、佳乃の夫となる幹三郎の、兄の林太郎だった。アメリカにいる弟の代わりに、兄が新郎の役をつとめていたのである。

その日、藤田佳乃は正式に大原家の戸籍に入り、晴れて、大原幹三郎の妻、大原佳乃となった。在米日本人移民の妻となった日本人女性は、アメリカに渡るパスポートを手に入れ、日米紳士協約の抜け穴をかいくぐって、夫のもとへ行くことができる。

佳乃のような移民は「写真花嫁」と呼ばれていた。

写真花嫁を満載した船が神戸港を出航してから二週間と二日後、三月十七日の朝だった。

浅い眠りから目を覚ますと、いつになく、船内が騒々しかった。

すぐに起き上がる気力もなく、横になったまま、うつらうつらしていると、

「佳乃さん、佳乃さん、起きんさい」

同室で寝起きをしていた同い年の女性から、声をかけられた。

彼女は広島出身の農家の娘で、アメリカで彼女を待っている夫もまた、広島出身の農家の四男坊だという。見せてもらった写真には、まだ少年のように見える日本男児が写っていた。

「ゆうべのうちにな、ビクトリア湾に入っとったらしいんで。みんな、甲板に上がっとられる。佳乃さんも早《はよ》う起きて、見に行かんか」

彼女はそう言うと、ピタピタと草履の音を響かせ、足早に去っていった。

船がタコマの沖合に停泊すると、アメリカの移民審査官が乗り込んできて、尋問、身体検査、税関通過などの入国手続きがおこなわれることになっている。身体検査で、もしも回虫が見つかったりすれば、移民局の収容所に入れられ、二ヶ月ほど出してもらえないこともあると聞いている。

大丈夫だろうか？　無事、入国を許可してもらえるだろうか？

アメリカに着いた喜びよりも、これから起こることに対する不安の方が勝《まさ》っている。

海水が流れ込むまでは取り除かれることのない排泄物。換気のなされない、悪臭の充満する、重く湿った空気。見ただけで吐き気をもよおす、黴《かび》の生えたパンとバターだけの食事。三等船室

で、不衛生きわまりない生活をつづけてきた。どんな病気になっていても、おかしくはない。一週間ほど前から微熱が引かず、体もだるい。船酔いのせいで、日々、嘔吐と腹痛をくり返している。大原家の兄嫁からもらった虫下し――ざくろの木の皮を煎《せん》じてこしらえたもの――には、いっこうに効き目がない。

起き上がって甲板に出ようとして、佳乃はやめた。少しでも長く横になって、少しでも体力を回復させておきたい。

横になったまま、いつもそばに置いている帳面を開いて、まんなかに挟んである葉書大の紙片を手に取った。佳乃のお守りである。二つ折りになっているカードを開いて、そこに並んでいる手書きの文字を見つめた。渡航直前に夫から届いたカードだ。繊細な英字で書かれた英文と、闊《かっ》達《たつ》で力強い日本語の文章が上下に並んでいる。

My dear Kano Ohara,
I give you the purest of my heart.
I vow to protect you with my life.
Dearest, come to me as you are, with your heart less than whole.
When we meet our heart will be joined into one.
Your loving husband,
Mikisaburo Ohara

親愛ナル大原佳乃殿
心カラ純粋ニ貴女ヲ愛シ、
命ニ代ヘテモ、オ守リスルコトヲ誓フ。
愛シキ人、身一ツ、心半分デ来ラレヨ。
心ハ二人相マミエタ時、一ツトナル。
貴女ノ親愛ナル夫
　大原幹三郎

「愛」という文字が四つも在る。これこそが私を、新世界へと導いてくれるパスポートだと佳乃は思った。胸のなかに、あたたかい愛が滲《にじ》んで広がる。

「命に代えてもお守りすることを誓う」「貴女の親愛なる夫」——

頼もしい愛に満たされた胸に、ぽつんとひとつ、小さな黒いインクのしずくが落ちてくる。

私の足が悪いことを知ってもなお、この人は私を愛してくれるだろうか。

まぶたを閉じて、佳乃は愛の言葉を暗誦《あんしょう》した。胸いっぱいに四つの愛を吸い込んで、口から不安を吐き出しながら、まだ見ぬ人に呼びかけた。

旦那様、身ひとつ、心半分で、あなたのもとへと参ります。

ふたりでひとりになるために。

大原佳乃、十八歳の、まだ浅き春だった。

――一九一八年五月　カリフォルニア州からコロラド州へ

「マイク！　マイク！　待ちなさい。あなたはどこへ行こうとしているの？」

うしろの座席の方から、母親が幼子に呼びかける声がした。同時に、夫婦の足もとに黄色いゴムボールが転がってきた。それを追いかけるようにして、通路から、よちよち歩きの男の子が姿を現した。

「おお、きみがマイクか？　きみが捜しているのは、これかな？」

幹三郎は屈み込んでボールを拾い、金髪の幼児に手渡してやった。佳乃は満面に笑みをたたえて、幼子の青い瞳を見つめている。男の子の手は、ボールよりも小さい。

ゆっくりと、子どもにもよくわかるように、幹三郎はひとつひとつの英単語を明瞭に発音してやる。

「初めまして、僕の名前もね、マイクっていうんだよ。きみの名前と、同じだね。僕たちの名前は、同じなんだね、マイク」

男の子はつかのま、きょとんとした表情でふたりの顔を見上げていたが、ふたたび「マイク！」と母親に呼ばれて我に返り、大あわてで去っていった。まるで、天敵から逃れようとする小動物のように。

苦笑いを浮かべながら、幹三郎は思い出している。自分よりも大柄なアメリカ人女性から、

「マイク」と初めて呼びつけにされたとき、自分は犬になったようだと思ったことを。

「マイク」のあとにつづくのはいつも命令形だった。マイク、庭木の剪定《せんてい》をしてちょうだい。マイク、台所の電球を取り替えてちょうだい。マイク、バスルームの床のタイルを掃除してちょうだい。いい？　窓ガラスは一点の染みも残さずピカピカに、便器は舐めても病気にならないくらいに清潔に、磨き上げておくのよ。わかった？

「はい、奥様、了解しました」

「よろしい」

従順な犬のように、幹三郎はくるくると立ち働いた。床を磨き、窓ガラスを拭き、庭の雑草を抜いた。日本では、それらはすべて女の仕事だった。この国では、女に命令されて、女の仕事を男がするのだ。「スクールボーイ」として。昼間は英語学校などへ通いながら、アメリカ人家庭で使用人として働く若い移民男子はそう呼ばれていた。「ボーイ」には少年という意味のほかに、下僕という意味もある。十代の終わりごろ、みずから進んでスクールボーイとなった幹三郎は「日本男児がアメリカ人になるということは、すなわち、アメリカ人女性の犬になるということなのだ」と思ったものだった。

「さっきのあの男の子、年はいくつくらいなんだろうね？」

ひとりごとをつぶやくような幹三郎の問いかけに対して、佳乃は、折り目正しい英語で答えを返してきた。

「私は思います。彼はおそらく二歳くらいではないかと」

「実に可愛らしい、小さな二歳の紳士だったね」

「はい。本当に」

会話はそれきり途切れた。

幹三郎は、列車の窓の外の景色を眺めるふりをしながら、隣に座っている佳乃の横顔に目をやった。家のなかにふたりきりでいるときには、日本語を使って、故郷の言葉で会話をしている。公共の場に出たときには、努めて英語で話すようにしている。渡米後、まだ二年しか経っていない佳乃の英語は、幹三郎ほど流暢《りゅうちょう》ではない。そのせいで、家の外にいるとき、夫婦は言葉少なになる。けれども今、黙ってうつむいている妻が何を考えているのか、幹三郎には、その胸の内が透けて見えるような気がした。


文字通り裸一貫でアメリカ大陸に上陸してから、ちょうど十四年が過ぎた。

マイク・オハラこと大原幹三郎は、二年前に日本から呼び寄せた妻、佳乃と共に、セントラル・パシフィック鉄道に乗って、カリフォルニア州からコロラド州へと向かっている。

「ばんざーい」

「ばんざーい」

「マイクとカノの前途を祝して、ばんざーい」

サクラメント駅のプラットホームでは、大勢の友人や仕事仲間たちから、盛大な万歳三唱で見送られた。紙でこしらえた日の丸と星条旗を両手に持って、パタパタ振っている人もいた。照れくさくも、晴れがましくもあったが、賑々《にぎにぎ》しい見送りの集団の頭上をすり抜けて、あちこちから吹き矢のように飛んでくるアメリカ人たちのとげとげしい視線に、思わず知らずのけぞりそうにもなっていた。

独身時代から数えれば十年あまり、定住していたカリフォルニア州を離れる決意を固めた理由のひとつに、幹三郎の渡米前からカリフォルニア州を中心にして燻《くすぶ》っていた日本人移民に対する排斥、いわゆる排日運動の動きが——第一次大戦中、一時的に下火になっていたものの——大戦後ふたたび盛り上がり、恐ろしいほどの勢いで高まっていったという事情があった。幹三郎も、日本人であるというだけで、理髪店では散髪を断られたり、劇場ではチケットを売ってもらえなかったり、売ってもらえても最悪の席に案内されたり、果ては、道を歩いているとき、走っている車のなかからトマトを投げつけられたこともあった。

実のところ、日本人移民がアメリカの移民全体のなかで占める割合は、せいぜい二パーセント前後に過ぎなかった。それなのに、一部の政治家たちは「ジャップはずる賢くて、狡猾《こうかつ》な連中だ。同じ黄色でも、チンクよりもさらにたちが悪い。なぜならチンクは金を儲けたら去っていったが、ジャップはアメリカに居座って、我々白人の土地を買い占めようとしているからだ。これは明らかな侵略だ」と言って、憚《はばか》らない。これは移民問題ではなくて、明らかな人種差別だった。

サンフランシスコの複数の地元紙は、節操なく書き立てた。

〈アメリカに、これ以上、黄色い猿を増やすな〉

〈彼らに移住を許可し、土地を所有させようものなら、ジャップはねずみのように増えるだろう〉

〈日本人移民は、カリフォルニア州に日本の植民地を築こうと目論《もくろ》んでいる。ほかのどの移民よりも危険である〉

幹三郎の渡米から一年後の一九〇五年、サンフランシスコに、六十七の団体の代表者や指導者が集結して「アジア系移民排斥同盟」なるものを結成した。初代の会長は、北欧からの移民一世だった。三年後には、農民共済組合、商工会議所、労働組合などを含めて、さらに二百三十一もの団体がこの同盟に加盟した。同盟は、アメリカ合衆国議会、いわゆる連邦議会に対して、日本人移民禁止の立法化を要請した。それまで長きにわたって敵対していたはずの、全米退役軍人協会と労働組合が同志として名を連ねていることからも、反日感情の激しさがうかがわれた。

一九〇六年、サンフランシスコが大地震に見舞われたときには、校舎が壊滅的な被害を受けたことを理由にして、サンフランシスコ教育委員会は、市内の公立小学校に通う日本人生徒たちを全員、東洋人学校に移す、と決議した。

移そうとしたのではなくて、隔離しようとしたのである。

〈彼らは、支払うべきものはきちんと支払い、法を遵守《じゅんしゅ》し、勤勉に働く優秀な民族である。しかしながら、ジャップはジャップだ。たとえ溶鉱炉に入れたとしても、黄色い連中を溶かして、われわれの白い社会に同化させることはできない。第一、彼らは同化を望んでいない。それが問題なのだ〉

ついこのあいだ、目にしたばかりの新聞記事の一節を思い出しながら、幹三郎は、カリフォルニア州を離れていく列車の揺れに身を任せている。まるで、大海原を泳ぐ一匹の魚になったような気分じゃ。いや、二匹じゃ。「1＋1＝2」と確認するように、幹三郎はそう思った。

俺たちは、二匹の魚は、これから、どこへ行こうとしているのか。

コロラド州だ。

そこには、カリフォルニア州にはなかった何かがあるのか。あるのだとすれば、それはなんなのか。決まっている。土地だ。土地がある。俺たちの土地だ。土地と家だ。

カリフォルニア州では許されていない日系一世の土地の所有が、コロラド州ではまだ許されている。それがいつまでつづくか、先のことはもちろん誰にもわからない。だから、子どもが生まれたら、ただちに名義を書きかえるつもりだ。

窓の外に広がる大地をさしたる感動もなく眺めつつ、「この国にはなぜか、矛盾を矛盾と感じさせない、不可思議で不敵とも言っていいような底力がある」などと、幹三郎は感慨にふけっている。底力とは、網だ。俺はまんまと網に引っかかったのだ。

排斥されても、人種差別を受けても、黄色い猿と呼ばれても、それでもなお、茫漠たる大海原に投げ出された魚がみずから進んで掛かりたくなるような、アメリカとは、今の幹三郎にとって網のような存在だった。空気のなかにも、降り注ぐ陽光のなかにも、アメリカという網の目は張り巡らされている。いったん取り込まれたら、この網から逃れることは難しい。なぜならこの網は、不可能を可能にしてくれるからだ。鮒《ふな》を鯉《こい》に変える力を、幻想かもしれないけれど、日本にいる限りは抱くことさえできない幻想を、この透明な網は孕《はら》んでいるからだ。

十四年前、決死の船旅の果てにたどり着いたシアトルで、幹三郎の引っかかった網は「日米自由労働商会」という名の業者だった。これはいわゆる人材派遣の業者で、港の近くに立ち並ぶ日本人向けの安宿と提携して、幹三郎のような若い日本人移民たちを、安価でこき使える大量の肉体労働者を必要としている鉄道業界に送り込んでいた。宿屋の経営者は、紹介に成功すると幾ばくかの報酬が得られるので、右も左もわからない新移民に、「鉄道ボーイ」として働くことを熱心にすすめた。

頼みの綱だった後藤将吾に死なれた幹三郎は、ひとまずこの業者を頼ることにした。

「仕事は楽で鼻歌交じり。三食昼寝付きで、住む家もあてがわれる。家賃はタダ。病気になったら医療費まで出してもらえる。竜宮城へ行くようなものだ」

確かに「鉄道ボーイ」という言葉には、そのような仕事内容を連想させる、至って軽い響きが宿っていた。

まるで荷物のようにトラックの荷台に押し込まれて、工事現場に着いたときには、「あの禿《は》げおやじに騙《だま》された」と地団駄を踏んだが、あとの祭りだった。

来る日も来る日も、朝から晩まで、シャベルで土を掘らされる。岩のように固い地面だ。そうかと思えば、七十五キロもある角材の片方を担がされ、気の遠くなるような道のりを歩かされる。体の節々にめりめり亀裂が入っているかのような筋肉痛に襲われて、夜もろくに眠れない。「家」は放棄された貨車のなか。天蓋《てんがい》が付いているので、雨風だけはしのげるものの、掃除をする者などおらず、さながら豚小屋のような様相を呈していた。毎日の食事はといえば、野菜の切れはしとひとかけらのベーコンとラードのかたまりが浮かんでいるだけのスープと、石のようなパン。これでは体が保《も》たない。鳥目になる者、病気になる者が続出した。自暴自棄になり、儲けた金を博打につぎ込んだ挙句、借金まみれになる者もいた。

半年ほどで「鉄道ボーイ」に見切りをつけて、幹三郎は「農業ボーイ」に転身した。

鉄道ボーイのなかに交じっていた広島出身の男の伝手《つて》で、後藤将吾の兄、将一に連絡を取ることができたのはこの頃である。将一は「鉄道よりは、農業の方がましだ。継続性もあるし、将来性もある。土地を手に入れたら、経営者にもなれる」と、幹三郎にアドバイスをしてくれた。将一も、鉄道ボーイ、農業ボーイの苦節時代を経て、小さいながらも自分の農園を所有するに至ったという。

日本の農村での暮らしを見限って海を渡ったというのに、結局また百姓をやることになったかと自嘲《じちょう》しながらも、シャベルと角材よりは畑と野菜の方がましじゃろうと、幹三郎は腹をくくった。アメリカの農業とはどのようなものなのか、この目で見てやろうという好奇心と、いつか自分の土地を持ってやるという野心もあった。

アメリカの農業は、ちまちました日本のやり方とは異なり、大規模な農地で、作物をひとつかふたつに限って大量に栽培し、集中的に市場に出荷する。従って、植え付けや収穫時には膨大な労働力を必要とするが、それ以外の時季には雇用はない。幹三郎は季節労働者として、農園から農園へと渡り鳥のように移動しながら、植え付け、草取り、間引き、収穫などの仕事に就いた。日本人は体が小柄なので、しゃがんだり腰を曲げたりして、畑で作業するのに適している、おまけに手先が器用で、細かい作業もうまい、と、アメリカ人の農園主から重宝された。オレンジ、桃、葡萄、ホップ、砂糖大根、キャベツ、レタス、アスパラガス。農繁期が終わると短期間だけ、鉄道労働にもどることもあった。

よく働いた。俺のどこに、あんなド根性が潜《ひそ》んでいたのか。もう二度と、同じようなことはできない。そんな体力もなければ、気力もない。

列車の揺れに身を任せて、若かりし頃の肉体労働の日々をふり返りながら、幹三郎はしみじみ思う。あの年月があったから、今のこの俺がいる。好んで引っかかった自由の網のなかで、俺はまだ泳いでいる。この、不自由な網のなかで。

幹三郎たちを乗せて走っている、カリフォルニア州とコロラド州を結ぶ鉄道を建設するためにも不可欠だった、日本人移民労働者たち。それなのに、懸命に働けば働くほど白人の仕事を奪う存在として白い目で見られ、忌み嫌われた。理不尽な排斥は、鉄道建設現場でも農場でも、なんら変わることがなかった。蔑《さげす》まれながらも、差別されながらも、必要とされている。移民労働者とは、まさに奴隷のような存在だった。

アメリカの憲法に謳《うた》われている「自由と平等と幸福の追求」とはつまり、マジョリティである白人にとってのスローガンであって、黒い髪と細い目と黄色い肌を持つ下等な民族、白人曰く、白人に決して同化できない、同化しようとしないアジア人には関係のないものであることを思い知らされる日々。幹三郎は幾度、天を仰いであの世にいる兄、葉次郎に向かって、つぶやいたことだろう。あんちゃん、アメリカはな、白人の農民にとっては自由の新天地かもしれんけど、俺らにとっては不自由と不平等の地なんよ。

それでも幹三郎は、多くの同胞がそう考え、実際に行動に移したように「稼げるだけ稼いで日本へもどろう」とは思わなかった。ちょっと石を投げられたくらいで、しっぽを巻いておめおめ引き返すくらいなら、初めから、アメリカくんだりまでやってきはしない。

二十歳を過ぎた頃から、幹三郎の目標は、故郷に錦を飾ることではなく、アメリカに根をおろし、この国で成功し、ひとかどの人物になること、に変わっていた。その先達の後藤将一の影響も多分にあった。将吾の果たせなかった夢を、自分が代わりに果たしてやりたいという思いもあった。

　白人に同化できない、という理由で排斥されるのであれば、俺は意地でも同化してみせる。一攫千金ばかりを狙う出稼ぎ根性を捨て去り、アメリカに定住し、納税し、アメリカ社会に貢献することによって、白人社会に融和し、同化する。日本人移民ひとりひとりが、そのような努力を重ねることで、排日感情も薄まっていくのではないかと、幹三郎は考えた。網にかかって、もがいているだけでは、魚は傷つくだけだ。ならば、おとなしく陸に揚げられてやろうじゃないか。


　季節労働から足を洗った幹三郎は一念発起し、将一の紹介を得て裕福な白人家庭に住み込み「スクールボーイ」として働き始めた。その仕事内容はといえば、故郷の家族にはとても話せないような下女奉公に等しかった。しかし、幹三郎にとっては、英語を完璧にマスターし、アメリカ人家庭、アメリカ人の生活様式、習慣、宗教観、人間関係などを目の当たりにできる、格好のチャンスでもあった。

　週に五日、近所の教会に通って、牧師から英語を習った。牧師のすすめでキリスト教に改宗し、名前も「マイク」と名乗るようにした。

　マイクと名づけてくれたのは、幹三郎の雇い主となったアイルランド系アメリカ人女性だった。住み込みを始めてほどなく、彼女はこう言った。

「あなたの名前を、私は正しく発音することができません。でも、あなたのファーストネームの最初の四文字は『マイキー』と読めます。だから、これからあなたのことを『マイク』と呼ばせてもらっていいかしら？」

そのあとに、幹三郎があっと驚くようなことを、彼女は言った。

「あなたのファミリーネームは、アイルランド人の名のようです。実は私の旧姓は『オハラ』というの。あなたの国にも、アイルランドと同じ名前があるなんて、私は驚きました」

こんなところで、自分の姓が威力を発揮することになるとは、思ってもみなかった。

十九世紀にアメリカ東海岸にたどり着き、劣悪な住環境や過酷な労働条件に耐えながら、アメリカ社会で移民としての地位を築いていった祖先たちと同じ姓を持つ幹三郎に親近感を覚えたのか、あるいは、優秀なスクールボーイとして幹三郎を高く評価してくれたのか、彼女は、ときには雇い主と使用人という垣根を越えて、何くれとなく親切にしてくれた。アメリカ流の礼儀作法や人づきあいのやり方を伝授してくれ、暇なときには英語の特訓を施してくれ、婚約者へのラブレターの書き方まで教えてくれ、のちには佳乃を「スクールガール」として雇い入れてもくれた。ひとたび個人的な、良好な関係を結べば、人種差別はある程度は乗り越えられるということを、幹三郎は身をもって学んだ。

彼女の指導に従って、アメリカ人に同化するべく、彼女曰く「野蛮な行動」を改めた。人前で喫煙しない。ステテコ姿で夕涼みをしない。下品な笑い方をしない。路上で日本人同士で固まって、日本語でぺちゃくちゃ会話しない。他人と目が合ったら、そらさないで、微笑み返す。

家のなかでも常に身ぎれいにし、外出するときには必ず上着を身につけ、帽子をかぶった。どんな年格好の女性に対しても、紳士としてふるまった。重い荷物を持っている女性を見かけたら、進んで手助けをした。テーブルに着こうとしている女性のためには、椅子を引いてやった。

男尊女卑の日本で生まれ育った、明治男の幹三郎には何もかもが新鮮で、物珍しかった。物語の主人公を演じているような気分で、レイディファーストに勤しんだ。こんな簡単なことでアメリカ人に同化できるのなら、いくらでもやってやろうじゃないか。先輩の日本人移民たちが、なぜアメリカへ来てまでニッポンダンジの沽券《こけん》にこだわっているのか、理解に苦しむとさえ思うようになっていた。

自己改造に成功し、いっぱしの日系アメリカ人ジェントルマンとなった幹三郎に、チャンスが転がり込んできたのは六年ほど前、一九一二年のことだった。

スクールボーイを卒業して、ふたたび農業に従事していたマイク・オハラは、すでに一介の季節労働者ではなかった。白人の所有している土地を耕し、栽培から収穫までを一貫して請け負い、作物の売上金の一部を受け取る「歩合小作人」を経て、白人に現金を払って借りた土地で作物を生産し、利益を得る「借地農民」になっていた。

幹三郎は、砂糖大根——作付けする前に、製糖会社とのあいだで買い上げ価格に関する契約を結んでおくので、収入が安定している——のほかに、じゃがいも、玉ねぎ、キャベツ、人参など、投機的な野菜を積極的に手がけた。これらの野菜は、仮に大量に収穫できても、確実に売れるかどうかの保証はない。が、当たるときには当たる。幹三郎はそこに目を付けた。売れ残った野菜を貯蔵庫に保存しておき、市場価格が上がったときに一挙に売り出せば、多額の現金収入を得ることができる。

その年、じゃがいもとキャベツが当たった。大当たりだった。渡米から八年が過ぎて、幹三郎は二十五歳になっていた。この金で、いよいよ自分の土地を買う。借地農民を脱却し、土地所有農家に成り上がってやる。さらなる利益を得、車を買い、家を買う。アメリカンドリームを丸ごと、買い取ってやる。

そうは問屋が卸さなかった。幸運はそこまで、だった。翌年の一九一三年、排日を目的とした「外国人土地法」が成立し、カリフォルニア州では、幹三郎のような移民一世が土地を所有することはできなくなった。パン食い競走のパンを、かぶりつく直前にひょいっと、取り上げられたかのようだった。

幹三郎はめげなかった。くじけなかった。

カリフォルニア州が駄目なら、コロラド州へ行ってやる。

十七歳から三十一歳までの年月が、加速する列車のスピードに合わせて、ぐんぐん遠ざかっていく。長かったような、短かったような、ときには悪夢のようでもあり、ときにはいつまでも見ていたい夢のようでもあった日々。永遠に、死ぬまで終わらないのではないかと思えた枕木の運搬作業も、灼熱の太陽のもと、全身汗まみれ、土まみれになって、石ころだらけの荒れ果てた土地を耕し、作物を植えつけた農作業も、何もかもが、夢のなかで起こった出来事のようだ。


ふと気がついたら、かすかな寝息が聞こえてきた。

見ると、幹三郎の肩にもたれかかるようにして、佳乃がうつらうつらしている。疲れているのだろう。引っ越しの準備やら、挨拶まわりやらで、ここ数日間、休む暇もなく働き詰めだった。起こさないように細心の注意を払いながら、幹三郎は体の位置をずらして、妻の頭がより安定するようにしてやった。

閉じられたまぶたと、長いまつげと、年端もゆかぬ少女のように見える寝顔を見つめていると、いやが上にも愛おしさがこみ上げてくる。この人のために生きよう、と、幹三郎は思っている。膝の上でこぶしを握りしめる。この人がそばにいてくれる限り、俺は何者にも負けず、何物にも怯《ひる》むことなく、立ち向かっていける。恥ずかしくて、日本語では口が裂けても言えない言葉だが、英語でなら言える。アイ・ラブ・ユー・フォーエバー、と。

この世の中は「制度と愛で成り立っているのです」と、教えてくれたのは教会の牧師だった。ラブという言葉には、救済と献身という意味があるのだと、彼は語った。「夫婦愛は人類愛の基本なのです」と。

二年前、サクラメントからサザン・パシフィック鉄道に乗って、ポートランド経由でタコマまで妻を迎えに行った日のことを、幹三郎は思い出す。それは、アメリカへ来て初めて見た、脳味噌がとろけて耳の穴から流れ出してしまいそうなほど甘い、白昼夢のようなひとときだった。

写真で見たときにも感嘆のため息を漏らしていたが、実物は写真の何倍も美しかった。想像を遥かに超えて、妻は美しかった。彼女を連れてカリフォルニアにもどる列車のなかで、幹三郎が押し黙っていたのは、あまりにも美しい妻に圧倒されていたからだった。これは夢ではないかと思い、何度も頰をつねりそうになった。自分は果報者だと思った。それほど善行を重ねてきたわけでもないのに、俺はついている。俺の自由の女神は、フランスではなくて、日本からやってきた。にいさん、世話になりました。あんちゃん、俺は幸せをつかんだよ。

「私はあのとき、あなたが沈黙しているのは、あなたが失望しているのだと思っていました。私の足が悪いことを知って、不機嫌になっているのだと」

あとになって佳乃にそう言われたとき、幹三郎は笑い飛ばした。

「逆じゃ、機嫌がよすぎて、こっ恥《ぱ》ずかしかったんじゃ」

　事実、幹三郎にとっては足のことなど、何ほどのことでもなかった。自分に向かって歩いてくる妻の歩き方を目にしたとき、すぐに気づいた。気づくと同時に愛情がふつふつと湧いてきた。同情ではなくて、それは紛れもなく愛情だった。不自由な足で、よくぞここまで来てくれたと、感謝の気持ちがこみ上げてきた。

　佳乃を家に連れもどった翌日の夜、初めて妻の体を押し開こうとしたときには、思いがけず激しい抵抗に遭《あ》って、幹三郎はたじろいだ。

「待って下さい。聞いて欲しいことがあります。私、謝らなくてはなりません」

　自分の足が悪いことを隠していて悪かったと、懸命に詫びる佳乃に対して、幹三郎は荒々しい男の抱擁を返した。

「謝る必要なんか」

　それだけを言うと、あとは有無を言わせず、強引に契りを結んだ。暴力的とも言える行為だった。シーツに点々と血液がしたたり落ちた。おそらく多くのアメリカ人女性に言わせれば「恥ずべき野蛮な行為」だろう。しかし、そもそも愛とは、野蛮なものなのではないかと幹三郎は思った。なぜなら愛とはこうやって、相手を奪うところから始まるのだから。奪い取ったあとで救済し、献身すればいいのだ。

　野蛮な行為が終わったあと、半ば放心している妻を腕に抱きしめたまま、幹三郎は優しい言葉をかけた。優しい気持ちは故郷の言葉になって、胸から外にあふれ出た。

「佳乃さん、きょうからは、俺がおまえの左足になっちゃるから。じゃから、おまえはなんにも心配せんでええよ。おまえは俺についてきたらええ。うんにゃ、アメリカではな、俺がおまえのあとからついていくんじゃ。わかったか、佳乃さん」

そのあとは、英語でつづけた。ビコーズ・アイ・アム・ア・パート・オブ・ユー。ユー・アー・ア・パート・オブ・ミー。

下手な英語だと思った。下手くそな愛の告白だと思った。だが、すべては真実の気持ちだった。その気持ちは今も変わらないし、これからも、変わらない。何があっても、おまえを守る。俺はおまえの、おまえは俺の一部なのだから。

幹三郎は、すやすやとうたた寝をしている妻の小さな手を取り、自分の膝の上に置いてから両手で包み込み、そっとまぶたを閉じた。列車の長旅は、始まったばかりだ。妻の見ている夢と同じ色をした夢を、自分も見たいと思った。

＊

小さな愛しいわたしの女の子へ
父と母を乗せた列車がコロラド州を目指してひた走っていたその日、そのとき、わたしの母のおなかのなかには、新しい生命が宿っていました。
わたしのいちばん上の兄、ジョーです。あなたにとっては、伯父さんに当たる人です。ジョー伯父さんは、カリフォルニア州で母の胎内に宿り、コロラド州で生まれました。兄は、父と母が結婚した日からずっと夢見てきた、希望のいちばん星でした。これさえ叶えられたら、ほかのことは犠牲にしてもいいと思えるほど、彼らが望んできた夢でもありました。

この夢を実現するために、あなたの祖父母は、ほかの多くの移民一世がしていたような、アメリカで暮らしていながらも日本人であることと祖国ニッポンにしがみついている、そんな未練がましい生活をきっぱりと捨てたのです。あなたの祖父母はアメリカで、アメリカ市民として、アメリカに同化して生きていこうとする、茨《いばら》の道を選んだのです。

今、あなたがごく普通に享受している、その豊かな生活は、あなたの祖父母の血の滲むような努力の上に成り立っていることを、あなたは片時も忘れてはなりません。

母は列車のなかで、いったい幾度、自分の妊娠を父に告げようと思ったことでしょう。はやく教えてあげたい気持ちで、彼女の胸ははち切れそうだったことでしょう。けれども彼女には、素直にそのことを伝えられないいきさつがあったのです。

アメリカに来てまもない頃、母は一度、妊娠しました。その子は、この世に生きて生まれ出てくることなく、葬られました。なぜだと思いますか？　大量出血し、運び込まれた病院で、日本人であることを理由に、診察を断られたからなのです。信じられない話でしょう？　そんなこと、ありえない、嘘よ、とあなたは言うかもしれません。嘘のような本当の話です。

若かった父母は、忘れようと努力しました。実際に、彼らはその悲しいできごとを忘れて、いいえ、忘れたふりをして、幸せな家庭を築きました。

しかしながら、わたしたちはそのことを、決して忘れてはならないのです。

この世には、忘れてはならないことがあります。語り継いでいかねばならないことが。大きな声で語らずとも、ささやくような小さな声で、人から人へ、親から子へ、子から孫へ、ひとりからひとりへ、ひとりから多くの人たちへ、伝えていかなくてはならないことがあります。風化させてはならない真実が。

成長したあなたが、いつ、どこで、わたしの書いたこの記録を読むことになるのか、わたしにはまだうまく想像できません。その日が来るまでのあいだに、できるだけ多くの事柄を、あなたのために書き残しておくつもりです。

母がわたしに、ときおり故郷の言葉を交えながら、訥々《とつとつ》と語り聞かせてくれた話を、父の生きざまを、母の見聞きしてきたことを、彼女がみずからの肉体に刻んできた過去を、どこまで正確に、的確な英語で書き綴ることができるのか。あまり自信はないけれども、とにもかくにも、始めましょう。始めないことには、終わりもありませんから。

いつか、ここに書かれていることを、あなたが読む日が来るでしょう。その日には、わたしはすでにこの世にいないでしょう。あなたは、わたしやわたしの父や母やきょうだいたちが、いかに生き、いかに死んだかを知るでしょう。そのとき、あなたは初めて理解するのです。この国で、アメリカ人として生きていくということの困難と真価を。そしてわたしたちはどこへ行こうとしているのかを。

第2章　私たちはどこから来たのか

一九七〇年十二月十七日に私は、ニューヨーク州のもと州都キングストン郊外にある小さな田舎町、ローゼンデールで生まれた。

父はその頃、キングストンとニューヨークシティを結ぶ長距離バスターミナルの近くにオフィスを構える法律事務所で、弁護士見習いとして働いていた。

母は生まれたばかりの私を含めて三人の子どもたちを育てながら、ハイドパークという町にある料理学校のベイキングコースに通って、お菓子やパンづくりの専門技術を学んでいた。なんらかの資格を取って、教える仕事に就きたかったのか、店を持ちたかったのか、あるいはただ単に、楽しみのためだったのかもしれない。なぜなら、のちに母は、ベイキングとはまったく関係のない、介護士という職業を選んだのだから。

物心ついた頃から、自分の誕生日が近づいてくるたびに、私は兄や姉の誕生日がうらやましくてならなかった。妹が生まれてからは、妹の誕生日にも嫉妬した。

兄のロビンの誕生日は、三月十七日。

この日は、アイルランドにキリスト教を広めた聖人、セイント・パトリックの命日でもあり、アイルランド系移民の多く暮らすニューヨークでは、盛大なパレードがくり広げられる。大人も子どもも、アイルランドのシンボルカラーである緑色の衣服や、シャムロックという名の植物の三つ葉を象《かたど》ったアクセサリーなどを身につけて、セイント・パトリックス・デイを祝う。私たちもその日はお揃いのグリーンのセーターを着て、兄は緑色の野球帽をかぶり、女の子たちは髪の毛にお揃いの緑のリボンをくっつけて、学校へ行った。母はロビンの誕生日をお祝いするために、アイルランド系アメリカ人の伝統料理である「コンビーフ＆キャベッジ」をつくり、葉っぱの飾りをふんだんに取り入れたバースデイケーキを焼いた。

姉のチカの誕生日は、八月二十日。

夏休みの終わりが近く、新学年の新学期の九月が始まる直前だったから、近所のショッピングモールではいつもバック・トゥー・スクール・セールがおこなわれていて、チカはそのセールで好きなだけ、学用品や文房具を買ってもらうことができた。大勢の友だちを招待して催される晩夏のバースデイパーティは、バーベキューあり、花火あり、素人バンドのライヴあり、ダンスありの、それはそれはにぎやかなものだった。

妹のフィービーの誕生日は、十月十三日。

十月といえば、子どもたちにとっては待ち遠しくてたまらない、ハロウィンのやってくる月。町にも村にも畑にも、オレンジ色のかぼちゃのあふれる季節。かぼちゃの中身をくり抜いて、空洞にろうそくを立てる「ジャック・オー・ランタン」と呼ばれる飾りをつくるとき、みんなで競い合って、フィービーの顔に似せようとしたものだった。ロビンとチカと私はお小づかいをもらって、変装のための衣装を買いに行くのだけれど、フィービーの衣装だけは、バースデイプレゼントを兼ねて、母が手縫いでこしらえた。母は裁縫がうまく、デザインも洒落ていて、フィービーの衣装は毎年、ほかの誰のものよりも素敵だった。

ハロウィンが終わると、感謝祭。そして、私の誕生日がやってくる。

「朝から雪が降っていてね。さらさらの粉雪があっというまに積もっていって、これはいよいよ根雪になるぞと思えるような、本格的な積雪量を記録した日だった。まさにホワイトクリスマスになりそうな予感がしたよ。そんなロマンチックな雪の日に、おまえは我が家にやってきたんだ」

問わず語りに、父がそう教えてくれたことがあった。

「小鳥のジュンコの別名は『スノウバード』っていうんだよ。雪の季節がやってきても、あたたかい土地へは渡っていかず、寒い土地でがんばって越冬する鳥だからね」

予定日は、クリスマスイブだったという。それよりも七日早く、私はこの世に生まれた。なぜ、少女時代の私は、ロマンチックな自分の誕生日を好きになれなかったのか。

理由は、クリスマスにあった。クリスマスまであと一週間ほど。誰もかれも、クリスマスが楽しみで仕方がない。そわそわしている。浮かれている。誰もかれも私の誕生日を飛ばして、クリスマスを待ち焦がれている。

母は言った。

「ジュンの誕生日は、クリスマスといっしょに祝いましょう」

私にはそのことが腹立たしく、くやしく思えてならなかった。だって、私だけではなくてその日はみんなが、サンタクロースからたくさんのプレゼントをもらうのだ。母が焼くのは、私のための特別なバースデイケーキではなくて、クリスマスのための、薪の形をしたチョコレートケーキ。細長いそのケーキにはろうそくは似合わないし、年の数だけ立てることもできない。

二十五日の朝は、クリスマスツリーの下に集合した家族全員が、それぞれのプレゼントの開封に夢中になっていて、誰も私に「おめでとう」を言ってくれない。ラジオから聞こえてくるのはうるさい「ジングルベル」ばかりで、誰もバースデイソングを歌ってくれない。私にはそのことがひどく悲しく、情けなく思えた。家族にとって私はきっと、どうでもいい存在なんだなと、ひとり窓辺に立って、降りしきる雪を眺めながらすねていた。

ティーンエイジャーになってからも私は、劣等感と自己嫌悪と嫉妬のかたまりだった。学校でも家でも、どこで誰と何をしていても、自分に自信が持てなかった。頭のいいロビン、性格のいいチカ、利発で可愛らしいフィービー。同じきょうだいなのに、どうして私だけにはなんの魅力もないのだろう。もしかしたら私は両親の子ではなくて、どこからか、もらわれてきた子なのだろうかと、本気で疑ってみることもあった。

おまけに、七年生——ジュニア・ハイスクールの一年生——になった頃から、私の視力はがくっと落ちてしまい、眼鏡をかけなくてはならなくなった。チカやフィービーと違って、美形ではない私の容姿はますます冴えなくなり、一部の男子生徒に「メガネザル」という不名誉なあだ名まで付けられる始末。毎朝、まっ黒な気持ちを抱えて、黄色いスクールバスを待った。

暗い少女だった私にも、数は極端に少ないけれど、輝かしい思い出は、あることはある。いや、なくはない、と言うべきか。胸を張って「ある」と言えないのが、つらいところではある。

十年生——ハイスクールの二年生——のときだった。

クリエイティブ・ライティングの時間に書いた私の作文が、地域の中・高生を対象とするコンクールで銀メダルを取った。金メダルは一作、銀メダルと銅メダルはそれぞれ二作ずつ、選ばれることになっていた。つまり私の作品は、カウンティ内でベスト3に入ったことになる。エレメンタリースクールに入学して以来、これは私にとって、初めての大快挙だった。ロビンはかつて同じコンクールで銅メダルを取ったことがあった。チカとフィービーは一度もメダルを取ったことがなかった。

「私たちはどこから来たのか」

　これが、私の作品のタイトルだった。

　取り上げたテーマは、オリンピック。

　一九八〇年、私が五年生――ミドル・スクールの一年生――になる年、ソ連のモスクワで開催されたオリンピック夏季大会に、アメリカは不参加を表明した。ソ連のアフガニスタン侵攻に対する抗議行動の一環として。これを受けて、四年後の一九八四年、アメリカのロサンゼルスで開催されたオリンピックに、今度はソ連が報復を目的としたボイコットをした。

　私はなぜかこれらの出来事に関心を抱いた。そうして、過去のオリンピックについてあれこれ調べてみたところ、一九一六年には第一次世界大戦の勃発によりベルリンオリンピックが、一九四〇年には日中戦争の拡大により東京オリンピックが、一九四四年には第二次世界大戦によりロンドンオリンピックが、いずれも中止されていることがわかった。また、一九三六年にドイツで開催された冬季オリンピックではヒトラーによる開会宣言がおこなわれ、同年のベルリンオリンピックは、ナチスのプロパガンダのさらなる流布《るふ》に、ひと役もふた役も買っているではないか。

　このような負の歴史を持つオリンピックを、果たして平和の祭典と呼んでいいのか。もしもオリンピックが平和の祭典であるならば、戦争中にこそオリンピックを開き、武器を手にして殺し合っている兵士たちがスポーツの技を競ったあとで手と手をつなぎ合い、平和を誓い合い、戦争の方をこそ、即刻中止するべきではなかったのか。

というようなことを、私は書いた。

作品の後半は、人種問題に話を広げていった。そもそも国家単位で、勝った、負けた、と、スポーツの技を競い合うことに、どれほどの意義があるのか。スポーツとはそもそも、個人ないしは小さなグループ単位で競い合うものであって、それが選手の属する国の勝ち負けとされること自体、おかしいのではないか。国の勝ち負けを問うことは、人種の優劣を問うこと、すなわち、人種差別の助長につながらないか。さまざまな人種、さまざまな民族たちが集まって、ひとつの国を創り上げたアメリカの理念と、現在のオリンピックのあり方は、まったく相反するものなのではないか。

最後の章で、私が生まれる二年前の一九六八年に、メキシコシティでおこなわれたオリンピックの「ブラックパワー・サリュート」を取り上げた。

男子二百メートル走で、金メダルを獲得したアフリカ系アメリカ人のトミー・スミス選手と、銅メダルを獲得したジョン・カーロス選手のふたりが、黒いストッキング姿で表彰台に上がり、アメリカの国歌が流れ、星条旗が掲揚されているあいだじゅう、黒い手袋をはめた拳を高く掲げ、アメリカの黒人差別に抗議をした。その結果、彼らはアメリカオリンピック委員会から激しく非難され、ナショナルチームから除名され、追放された。にもかかわらず、その後も彼らを支持する抗議行動はあとを絶たず、表彰台ではつぎつぎに、アフリカ系アメリカ人選手たちの抗議パフォーマンスがくり広げられた。これらの一連の行動がアメリカの公民権運動に与えた影響は、計り知れないほど大きかった。「これこそがオリンピックの真の意義であったと思う」と、私は最後の一文を結んだ。

つまり私は、国と国が闘う「平和の祭典」としてのオリンピックをまっこうから否定し、人種差別について考え、知らしめ、世界に向けて訴えることのできる「人種平等の祭典」としてオリンピックをとらえ直そうとした。いかにも高校生らしいアプローチだったと思うし、いかにも作文コンクールで入選しそうな、いかにも教師に受けそうなテーマだったと、大人になってからつくづく思った。

作文を読んだ父は「なるほどなぁ、ジュンはいいことを言っている」と、共感を示した上でほめてくれた。

「それに、ジュンは文章がうまい。難しいことがわかりやすく、正しく、美しく書けている。将来、物書きになれるかもしれないぞ」

ロビンもチカも「よくやった」と、ほめてくれた。フィービーも「あたしはジュンを誇りに思う」と言ってくれた。

母は喜ばなかった。母は私の作品が気に入らなかった。どこがどう、気に入らなかったのか、私には皆目わからなかったけれど、読み終えたあと「こんなものを書いて……」と言ったきり、眉をひそめて、厳しい顔つきになった。ほめ言葉はもちろんのこと、感想さえ言ってもらえなかった。うれしいはずの出来事を、私は手放しで「うれしい」と喜べなくなった。

ディナーのあと、チカが、私とフィービーの勉強部屋——当時はふたりでひとつの部屋を使っていた——にやってきて、私を慰めてくれた。

「マムはきっと、ジュンが『人種問題』を取り上げたのが、気に食わなかったんだと思う。彼女は、人種を気にすることそれ自体を、ひどく嫌っているからね。私も昔、ジュンと似たようなことを言ったり書いたりしたとき、叱られたことがある。人種を問題にするのは、自分がマイノリティだと、卑屈に主張している証拠だって。普通のアメリカ人は、人種なんて話題にしないし、気にもしない。そういう強さを持たないといけないって」

「チカ、教えて。普通のアメリカ人って、どこにいるの？　どんな人なの？」

母の言う「普通のアメリカ人」が、私には理解できなかった。もしも私が普通のアメリカ人であるならば、私と同じような肌の色と髪の色と顔つきをした人はなぜこんなにも少ないのか。母がどんなに否定しても、鏡に映った私たちの顔は明らかに、この国ではマイノリティのオリエンタルではないか。父と母が日系アメリカ人であるからこそ、私もロビンもチカもフィービーも日系アメリカ人なのではないか。高校生だった私には、母の考えが理解できなかったし、理解したくもなかった。教師をはじめとする多くの他人が、日系人である私を理解し、日系人である私を肯定し、ジャパニーズ・アメリカンとして認め、受け入れてくれているというのに。そう思うと、悲しかった。

作文を無視された私は、だからこう考えた。考えることにした。私は母に嫌われているのだ。ほかの三人に比べて成績が悪く、性格も暗く、何をやらせても要領が悪く、度の強い眼鏡をかけ、美しい母にまったく似ていない私のことが、母は嫌いなのだと。そう思うことによって、母との距離はいっそう広がったような気もするけれど、同時に、なんとはなしに生きやすくなったのも事実だった。要は、開き直ったということか。

それ以降、私は母に好かれようとする努力をやめた。「普通のアメリカ人」になろうとする努力もやめた。母の理想に向かって努力する人生から、解放された。

自由になったのだ。

「ジュンの生き方は風通しがいいね。まわりの人たちの目を気にすることなく、我が道をゆく、だものね」

「なんだかのびのび生きてるよね。ナチュラルウーマンだよね、やりたいことをやって」

と、のちに、チカやフィービーからうらやましがられるほどに。


学校の成績が抜群によく、飛び級でハイスクールを卒業し、アイビーリーグの大学からメディカルスクールに進み、医師になったロビン。妻もロビンと同じ心臓外科医。

外向的で、優しくて明るくて、誰からも好かれるグッドガールでありつづけたチカは、子どもの頃からあこがれていた教師になった。夫は金融関係の会社のエグゼクティブ。

負けん気が強く、努力家で、なんでも一番にならないと気が済まないフィービーは、父のあとを継いで、弁護士になった。夫は仕事を通して知り合った不動産投資家。

四人のなかでもっともできの悪かった私は、公立高校から、学費の安い地元の州立大学へ進んだ。ロースクールに進学する予定だったフィービーにかかる教育費のことを慮《おもんぱか》って、私は自宅から大学へ通い、学費はアルバイトで稼いだ。その大学で知り合った日本人留学生を好きになり、その人を恋するあまり、彼に近づきたくて、彼のなかに在る「日本」や「日本人」に惹かれて、まるで取り憑かれるようにして、日本語の勉強を始めた。

それは、母から固く禁止されていた勉強だった。禁断の果実は、甘かった。学べば学ぶほど、私は日本語の虜《とりこ》になった。英語では言い表せないような感情が、日本語でなら、表現できるような気がした。一刻も早く修得したくて、家のなかでも外でもできるだけ日本語でものを考えるようにした。日本語をしゃべったり、書いたり読んだりしている自分が私は好きだった。おもしろいほど、自己嫌悪が消えていった。

当時、私の気に入っていた言葉のひとつに「せつない」という日本語があった。「アイム・サッド」でも「アイ・ミス・ユー」でも「アイ・フィール・ブルー」でもない、曰く言い難い微妙な感情が「せつない」という言葉で言い切れてしまう。好き、でもなく、愛している、でもなく、でも恋しくてたまらない、というような気持ち。彼に会って、楽しい時間を過ごしたあと、彼と別れるときにはいつも「私はせつない」と、日本語で思っていた。

「日本では、大人になったら、クリスマスは家族では祝いません」

つきあい始めたばかりの頃、彼からそう教わった。その頃はまだ、私の日本語が彼に追いついてゆかず、ふたりの会話は英語でなされていた。

「日本では、クリスマスイブは、恋人と過ごします。つまり、クリスマスは、恋人たちの季節なのです」

アメリカに来て間もない彼の英語も、どこか堅苦しかった。

「そうなの？　ちっとも知らなかった」

「クリスマスイブには、日本中のホテルが恋人たちでいっぱいになります」

「素敵！」

「か、どうかは、僕にはわかりませんが」

「え？　私は素敵だと思うけどなぁ。いいなぁ、私もそんなクリスマスと誕生日を過ごしてみたい。クリスマスに、親と顔を突き合わせて過ごすなんて、うんざりだもの」

キャンパス内のカフェで、紙コップに入ったコーヒーを飲みながら、私が戯《たわむ》れに「自分の誕生日は好きじゃないの」という話を始め、そこから、日本のクリスマスの話になった。

十二月だった。雪が降っていた。空から小さな雪の妖精がはらはら舞い降りてくるような午後だった。一度も時計を見ないで、長くて短い時を過ごした。私たちは若かった。ふたりともまだ二十代になったばかりだった。

彼は正しい文法の英語でこう言って、私を誘った。

「ジュンコ、あなたの誕生日に、ふたりきりで過ごせたら、僕はとてもうれしいです」

彼は私の名前を正確に発音できる、数少ない人のひとりだった。

三日後の十二月十七日の夜、私たちは、大学町でいちばん高級だとされているイタリアンレストランで向かい合ってディナーを取り、グラスワインを一杯だけ飲み、デザートを分け合って食べ、駐車場で左右に分かれてそれぞれの車に乗る前に、ハグとキスをした。彼からのバースデイプレゼントは、私たちのファーストキスだった。キスのあと、私の車は放置して、彼の車で彼のアパートメントへ行った。

その夜、私は生まれて初めて、自分の誕生日を誇らしく感じた。誕生日を祝ってくれる人がそばにいる、というだけで、人はこんなにもせつなく、幸せになれるのだと知った。

――二〇一七年三月　ニューメキシコ州

「あなたはどこから来たの？」

ふいに背中から問いかけられて、ふり向くと、ジョージア・オキーフ美術館のスタッフのしわくちゃの笑顔にぶつかった。

「ニューヨークからです」

そう答えを返しながら、もしかしたらこの人は私に、別の答えを期待していたのかもしれないと思った。たとえば「日本から」、たとえば「アジアから」、たとえば「東洋から」、たとえば「あなたの祖先の生まれた土地から」――

私の顔に当たっている老人の視線には、そこはかとない親愛の情のようなものが感じられる。ここ数年あまり、屋外でのランニングを欠かしたことのない私の肌は、日焼けによって、浅黒くなっている。日系人にしてはやや彫りの深い顔つきも、見ようによっては、アジア人よりもむしろ、ネイティブアメリカンのそれに近いのかもしれない。だから、この、明らかにネイティブアメリカンの末裔だとわかる老人は、私に親近感を抱いてくれたのだろうか。

「さっきから、ずいぶん熱心に見ておられるなと思いましてね。あなたは、ニューヨーク在住の絵描きさんなのかな？」

「いいえ、私は画家ではありません。私は児童書の編集者です。この美術館と、この芸術家の業績を子どもたちに紹介するための文章を書くつもりです。アメリカの五十州を巡る写真絵本シリーズの一冊として、ニューメキシコ州を知るための本を作成しようとしています」

老人は「ほう」と、相槌ともため息ともつかないような言葉を漏らしたあと、いかにも美術の解説者然とした口調で、こうつづけた。

「ニューヨーク、ビッグアップル、自由の女神、摩天楼……あまり知られていないことだし、意外に思われるかもしれないが、オキーフもニューヨークで暮らしていたことがあるのですよ。一九二五年から二九年にかけて、彼女は、ニューヨークの街角、橋、高層ビルなどの絵を十数点以上も制作しています。その頃、彼女はスティーグリッツという有名な写真家といっしょに、マンハッタンのミッドタウンにできたばかりの高級ホテルで暮らしていたんです。ホテルの三十階から見たイーストリバーの風景や、強い太陽光線が高層ビルに当たって、まるで太陽が建物に穴を穿《うが》っているかのように見える絵を彼女は残しています。ご存じでしたか？」

知らなかった。彼女が高層ビルで暮らし、マンハッタンのビルの絵を描いていたなんて。

私にとってのジョージア・オキーフとは、大胆に描かれた、官能的で女性的な花の絵、「明るい死」あるいは「死の強さ」を想わせるような、動物の頭蓋骨の絵、そして、彼女が終《つい》の棲家《すみか》として選んだ土地、ゴーストランチの風景を描いた絵の作者でしかなかった。今、老人と私の目の前に佇んでいるのは、そのシリーズの一枚の油絵『チャマ川、ゴーストランチ』である。

老人は、絵のなかを、力強い誰かの人生のように流れる水色の川を見つめたまま、つぶやくように言った。私に話しかけているのか、ひとり語りをしているのか、わからないような口調になっていた。

「ニューヨークのメトロポリタン美術館にある『雌牛の頭蓋骨―赤、白、青』、あの絵は実にいい。あれが彼女の真骨頂だと、僕は思っています」
その絵のことは、はっきりと覚えている。

ずいぶん前に見た絵だけれど、忘れることはない。なぜなら、その絵をいっしょに見た人のことを私が未だに忘れていないから。

覚えている。私と同じ黒い瞳と黒い髪の毛を持った人のことを。赤と白と青。星条旗を連想させるような背景に、浮かび上がっているのか、掲げられているのか、まるで私たちを睨みつけているようにも見える、雌牛のまっ白な頭蓋骨。左右に伸びる獣の角は、十字架に磔にされたキリストの腕を想わせる。頭蓋骨の中央には、頭のてっぺんから口に向かって、まっすぐな一本の亀裂が入っている。そんな絵の前で交わされた会話を。

——ジュンコ、ずいぶん熱心に見てるね。オキーフが好きなの？

——さあ、どうかしら。好きというのとは、ちょっと違うかも。なんだろう。気になるって感じかな。

——どこがどう気になるの？

——うまく言えない。絵の前からすぐに去っていけなくなるっていうか、首根っこをつかまれて、絵の前に連れてこられてるっていうか、そういう感じ？　この、きわめて単純で大胆な構図のなかには、いったいどんな繊細な、どんな深い落とし穴が隠されているんだろうって。

——それって、僕があなたに対して、いつも思っていることだよ。

いつのまにか、老人は去っていき、私は『崖の一部』という油彩の前に立っている。ゴーストランチにある絶壁を描いた一枚だ。垂直に切り立った崖には、いくつかの割れ目が深く、鋭く刻まれている。

ふいに、私は発見する。ニューヨークから遠く離れたサンタフェで出会った老人の、額に刻まれた縦皺を目にしたことによって、若かった頃には発見できなかった、繊細な、深い落とし穴のようなものを。雌牛の頭蓋骨に入ったひびも、この崖を貫通しているひびも、この土地で暮らすネイティブアメリカンの苦悩を表したものなのかもしれない。

ジョージア・オキーフ美術館をあとにして、ホテルに向かう道すがら、私が思い出していたのは、きのうの取材中、観光局のスタッフから聞かされた話だった。彼女もまた、ラテン系にネイティブアメリカンの血の混じったような面差しをしていた。

「子どもたちにこの州のことを教えたければ、先住民たちが追いやられて、そこで暮らすことを余儀なくされている保留地へ行ってみるべきです。そこであなたの見たこと、感じたことをぜひ、書いて下さい」

ニューメキシコ州は、アメリカで五番目に広い面積を持っている。年間を通して三百四十日、晴天に恵まれるこの州は、州のニックネーム「魅惑の地」が示す通り、自然の景観があまりにも素晴らしく、山あり、渓谷あり、沙漠あり、森林あり、と、ドラマチックなまでの変化に富んでいる。人口は三十六番目、人口密度は四十五番目だが、総人口に対してネイティブアメリカンの占める割合はアラスカ州に次いで二番目に多く、中南米からの移民とその子孫、いわゆるヒスパニック系アメリカ人の人口が全米でもっとも多い。州の南にはメキシコとの国境があるため、メキシコからの移民――合法、違法ともに――も数多く暮らしている。アジア系は確か、一・八パーセントだったか。

飛行機のなかでガイドブックを読んで頭に入れてきた情報を、高校生みたいに復唱しながら、私はスプリングコートの襟を立て、ポケットに手を突っ込んで、肌寒い夕暮れ時の小道を歩いていく。

通りの両脇には、「アドビー」という名の日干し煉瓦《れんが》で造られた建物が軒を並べている。店も民家もアパートもホテルもみな、アドビー建築を採用している。シンプルなデザインと、くすんだピンク色の外観で統一されているせいか、サンタフェの街並みは、ほかのアメリカの都市では見られないエキゾチックさを醸し出していて、まるで南ヨーロッパの街角に迷い込んだかのような錯覚に陥る。

この美しい街を築いたスペイン人植民者たちが、先住民たちの村をことごとく焼き払い、容赦なく住民を虐殺したという史実を、私はまだ実感として、感じることができていない。自分の足もとに、血塗られた歴史が潜んでいることを。

ジョージア・オキーフは感じ取っていたのだろうか。

だから、彼女はあのような亀裂を描いたのか。

あの亀裂は、彼女の心を走った戦慄だったのか。

広島と長崎に落とされた原子爆弾は、ナバホ、ホピ、プエブロ、山岳ユテの人々の暮らしている土地から無断で採掘されたウラニウムによって製造されたものであること。アメリカ連邦政府による度重なるウラニウムの採掘――しかも、その危険性をまったく告知することなく――によって、先住民たちの癌《がん》や腎臓病の発生率が異常なまでに増加していること。核爆発実験、放射性廃棄物の格納場所として、常にネイティブアメリカンの保留地が選ばれてきたということ。

私はこれから数日以内に、それらを頭ではなくて、体で知ることになるだろう。この州のネイティブアメリカンが追いやられて閉じ込められた「保留地」が、全米科学アカデミーによって「国家の犠牲地域」に指定されているということも。

魅惑の地は、犠牲の地？　いや、地ではなくて、血か。

ぶるぶるっと震えが来た。

空を見上げると、なんと、小雪がちらつき始めているではないか。三月だというのに、これではまるでニューヨーク州並みの寒さだ。ニューメキシコ州のこの季節は、もっと暖かいだろうと期待していたのに。もう少し厚手のコートを着てくればよかった。後悔しても遅い。そのへんのメキシコ料理店に飛び込んで、バーのカウンターでテキーラを一杯、引っかけてから帰ろう。コーンチップスとサルサと、チーズエンチラーダをつまみにして。ソースは赤がいい。

チリペッパーを象った店の看板を目指して小走りになったとき、ショルダーバッグのなかでスマートフォンの震える気配があった。ちょうどいい、取材スタッフの誰かからだったら「いっしょに飲もうよ」と、誘ってみよう。

小さな機械を取り出して画面を確認すると、メールが一件、着信していた。

送り主は、娘のアイリス。

「親愛なるママ。サンタフェでお仕事中？　お願いが一件。実は親友のホリーのアレが遅れています。みんなで病院代のカンパをすることになりました。ダディにもナンシーにも言えないことなので、ママに助けてもらえると非常にありがたいです。金額はいくらでもいいですが、できたらキャッシュで。愛をこめて。あなたのアイリスより」

やれやれ、と、私は路上で立ち止まって、肩をすくめる。「愛をこめて」か。こういうときだけ愛を送ってくる娘に、母親としてしてやれるのが「現金を送る」ことだけなのかと思うと、まことに情けない。妊娠しているのが本当に彼女の親友であって、彼女自身ではないことを祈りながら、あとでクリスに電話しておかなきゃと思っている。

——一九二〇年八月　コロラド州

きのうの午後から真夜中にかけて猛威をふるっていたサンダーストームが去り、窓の外に広がる今朝の空は雲ひとつない、あっけらかんとした青空である。

大原幹三郎は、妻のつくってくれた朝食——豆の交じった米の飯、卵焼き、畑で穫れた野菜のふんだんに入った味噌スープ、自家製の漬け物など——を済ませると、作業用の長靴を履いて、勝手口から家の外に出た。

「行ってくるよ」

「行ってらっしゃいませ」

背中に、優しい声が降りかかる。

「お弁当ができあがったら、私もすぐにお手伝いに参りますから」

「待っとるよ。メロンの方でな」

「ジョーくん、お父様に、行ってらっしゃいをしましょうね」

佳乃は毎朝、胸に抱いた幼子の小さな手を取って、自身の手といっしょにふりながら、仕事に出かける幹三郎を見送ってくれる。

「はい、バイバイ、バイバイ、お父様バイバイ」

幹三郎は何度もうしろをふり返って、そのたびに「バイバイ」と、手をふり返す。「親ばかじゃ」と思いながらも、とろけそうな笑顔になっている。

夫婦の待望の赤ん坊は去年の一月二十一日に、元気な産声を上げた。結婚してこの方、今か今かと待ち望んできた二世の誕生。アメリカ国籍と選挙権を有する、土地の所有もできる、れっきとしたアメリカ合衆国の国民である。

「とにもかくにも、アメリカ人らしい名前にすることが肝要じゃ。けど、日本人の名前としても通用する方がええじゃろ」

そう言って、幹三郎が「ジョー」という名を提案したとき、佳乃は「いい名じゃと思います」と、すぐさま賛成してくれた。

「豊穣のジョーくんじゃね」

豊穣の「穣」。豊かで実り多き人生を送って欲しいという願いをこめて、ふたりは、生まれたばかりの我が子に「ジョー」と名づけた。

デンバーから駆けつけてきてくれた産婆の立ち合いのもと、お産はおよそ五時間で終わり、産後の肥立ちも至って良好、母乳の出もよく、ジョーはこの一年半あまり、病気ひとつせず、すくすく育っている。誰に教わったわけでもないのに、上手に赤ん坊の面倒を見る佳乃の姿に、幹三郎は日夜「女というのは、母というのは、すごいもんじゃわ」と驚かされ、感動させられている。感動するたびに「家族というのはええもんじゃ。男の幸せは、家庭を持って、家族のために働くことじゃ」と再認識する日々。

今朝も同じことを思っている。いや、今朝はほんの少し違う。誰かのために生きる、ということはええもんじゃ。自分のために生きるよりも何百倍もええ。

近所づきあいもうまく行っている。佳乃のおかげだと思っている。みんな、愛らしくて聡明な佳乃が大好きだ。佳乃はこの村のアメリカ人からは「カノン」と呼ばれている。野菜の評判もいい。幹三郎の畑で穫れる野菜の品質がきわめて良いのはなぜなのか、村の同業者たちから、教えを請われることもしばしばだ。「愛情をかけなさい」と、幹三郎は真顔で答えを返している。「野菜も人も同じです。愛すれば愛するほど、その愛は何倍にもなって返ってくるのです。しかしながら、見返りを求めて愛してはいけない」と、まるで牧師さながらに。

家の裏手から、広大な野菜畑のそばを通りぬけ、ゆるやかな斜面を下っていくような恰好でつづいている小道を、幹三郎は歩いていく。

一歩、一歩、地面を踏みしめながら歩く。何時間かあとには、佳乃がジョーを背中におぶって、握り飯と熱い番茶を携え、作業の手伝いをしにやってくるだろう。

斜面を下り切ったあと、そこからは坂道を上がっていく。空までつづいているように見える道だ。ジグザグになっている小道をのぼり切ったところで、いつもするように、幹三郎は大きく胸を反らして天を見上げた。

まっ青な空。地は豊かな緑に恵まれ、天はどこまでも青い。神様の創った世界は美しい。幹三郎は敬虔な気持ちになる。ジョーが生まれた朝の空もこんなだったな。父親になった日のことを思い出す。

真冬だった。吐く息が白かった。あたりには、雪が積もっていた。朝陽を集めて輝いていた。まるで銀色の砂のように見えたパウダースノウ。踏みしめると、きしきし音がした。毛糸の手袋をはめたまま両手で掬って、雪の玉をこしらえてみようとした。できなかった。乾いた粉雪は指と指のあいだから、さらさらと滑り落ちていった。

見上げると、頭上には、まっ青な空が広がっていた。地はどこまでも白く、天はどこまでも青かった。神様の創った青い空に祈った。無事に生まれますように。今度こそ無事に、今度こそ……

産気づいてから産声が上がるまでの寄る辺ない時間、幹三郎は、おなかを空かせた黒熊が餌を求めて徘徊するかのごとく、家のまわりをうろうろ——おろおろと言うのが正しい——していた。

「うぎゃあ」という力強い産声を耳にしたときには、心臓が鯉のように跳ね上がった。

「マイク、あなたのベイビーは男の子です。ベイビーボーイが無事、生まれました。おめでとうございます。カノンもすこぶる元気です」

手伝いにきてくれていた近所のアメリカ人女性が、玄関口でそう教えてくれた。

あの子は天からの授かり物、あの子はあの青空の彼方から、我が家にやってきてくれた。感謝の気持ちをこめた深呼吸をひとつして、幹三郎は数メートル先にある仕事場へと歩を運んだ。

仕事場というのは去年の春、実験的に築いた三面ガラス張りのグリーンハウスの集合体である。合計三棟。見よう見まねで設計図を引き、小づかい銭を欲しがっている若者たち――教会で知り合って、家族ぐるみで親しくつきあっている近隣の農家の子息たち――を雇って、完成させた。グリーンハウスでの実験栽培がうまくいけば、その経験を生かして、ゆくゆくは本格的なメロンの露地栽培に乗り出したいと思っている。露地栽培なら、投下資本も極力、抑えることができる。幹三郎の知る限り、コロラド州でメロンを生産して成功している同業者はいない。

グリーンハウスの前までたどり着くと、まず周囲を歩き回って、外周りの点検をした。外壁のガラスには幸い、どこにも破損したところはない。助かった。ふたたび天上の神に感謝する。

サンダーストームに備えて材木で補強しておいた入り口の戸をあけて、幹三郎はハウス内に足を踏み入れた。その瞬間、もわっとした南国の空気に包まれる。常夏の空気を胸いっぱい吸い込むと、微かではあるけれど、微妙に鋭い、神秘的な香りに鼻腔をくすぐられる。

「はぁ、ええ匂いじゃ」

思わず知らず、ひとりごとがこぼれ落ちる。

この匂いをいったい、何にたとえたらいいのか。いつ嗅いでも、幹三郎にはわからない。書物を読んで知識を得た佳乃の話によれば「マスクメロン」の『マスク』には、麝香《じゃこう》という意味があるそうです」ということらしいが、そもそも麝香とは、どんな香りなのか。

「それは、おまえらの、この香《かぐわ》しい匂いなんよなぁ」

天国の香りかもしれない、などと思いながら、幹三郎は腰を曲げ、手塩にかけて育て上げた苗木たちに話しかける。

「よう実ってくれたなぁ。おまえらはええ子じゃ。もっともっと膨らめよ。甘い甘い実になって、我が家のドル箱になってくれ」

マスクメロン。アメリカでは「カンタロープ」と呼ばれているこのメロンは、果物ではなく、ウリ科の野菜の一種である。ハウス内に並んでいるのは一見、苗木のように見えるが、正確に言えばそれらは木ではなく、支柱によって立てられた茎《くき》である。

支柱を立てる作業も、支柱に茎を結びつける作業も、一本の茎にひとつだけ実を残して、残りの実をすべて取り除く作業も、幹三郎と佳乃のふたりで手がけた。摘《つ》み取った小さな実は一個たりとも無駄にはせず、瓶詰めにしてメロンのピクルスをつくり、近所の人たちにも配った。

幹三郎はシャツを腕まくりして、苗の点検作業に取りかかる。

通路の両脇に行儀良く立ち並んでいる幼稚園児たちひとりひとりの顔を覗き込むようにして、あるいはまた、我が子の額に手を当て熱を出していないかどうかを調べるようにして、一本の茎に一個ずつ、小さな固い実をつけているマスクメロンの実の成長、葉や茎の勢い、土の湿り具合などを確かめる。

「どうじゃ、お嬢さんたち」

温室のなかで甘やかされて育っているかのように見えるお嬢様育ちのメロンだが、実際には、途方もなく厳しい生育環境に置かれている。なぜなら、甘いメロンをつくるためには、ぎりぎりのところまで、水分を制御する必要があるからだ。水をやり過ぎると、ただただ水っぽい実になってしまい、売り物にならない。葉がしおれ、枯れてしまう直前の状態まで水分を制限されたマスクメロンは、必死になって生き延びようとして、果実に栄養分を溜め込もうとする。実《み》はどんどん膨らんでいくが、皮の生長はある程度のところまで来ると止まってしまう。それでも実だけはまだまだ大きくなろうとするので、皮の表面に細かい亀裂が入り始める。その傷から滲み出た分泌液が、傷によってできたひび割れを塞ごうとして、コルク質を形づくる。こうして、マスクメロンの表面には、芸術的とも言えるような美しい網目の模様が浮き上がってくる。

つまりメロンのお嬢様たちは、水分不足に喘《あえ》ぎながら、自らの皮膚を傷つけ、涙を流しながら、大きな甘い実をならせてくれるというわけだ。

「おめえらは、苦労人よなぁ」

幹三郎は目を皿のようにして、皮に付いている傷を点検する。指の腹で亀裂に触れてみる。葉のしおれ具合を見ては、根もとの土に手を伸ばし、水分の供給と制限の、微妙なバランスを体得しようとする。いつのまにか、幼稚園児に対する優しさは霧散し、厳しい取調官の目つきになっている。

メロンにとっても、育てる側にとっても、油断は禁物だ。実が急に大きくなり過ぎると、ひび割れも大きくなり過ぎて、実が割れてしまう。反対に、実の膨らみ具合が少なければ、傷も網目も入らず、味も悪くなる。度を越えた水分不足で根が弱ってくると、うどんこ病やつる割れ病にかかりやすくなる。オレンジやりんごなど、木になる果実と違って、メロンは一年生の作物だから、今年は収穫できなくても来年に期待をかける、というわけにはいかない。また来年、種まきからやり直しである。

栽培の非常に難しい、すなわち、金儲けの困難な野菜であるメロンを、幹三郎が「やってやろうじゃないか」と思ったのは、長年、他人の土地であくせく働いてきた末に、やっとのことで手に入れた自分の土地で、失敗を恐れず、画期的な作物を収穫していきたいという、持ち前のチャレンジ精神からだった。

ふと作業の手を止めて、幹三郎はガラスの壁の前に立ち、指でこすって汚れを落としてから、眼下の我が家を見おろした。朝陽を浴びて輝く白亜の城。コロニアル調の白い家。そこには、チャレンジを支えてくれる心優しい伴侶と、心強い後継者の息子がいる。

アメリカがまだイギリスの植民地だった時代に建てられたのだろうか。二階建ての家に、地下室と屋根裏部屋付き。地下室には「ダウンセラー」と呼ばれる食糧貯蔵庫があり、一階にはリビングルーム——英国風に言うとシッティングルーム——、ダイニングルーム、キッチン、パントリーのほかに、ゲストルームまである。二階にはマスターベッドルームと、子ども部屋が三つ、屋根裏部屋へはマスターベッドルームから上がっていける。家の裏にはベランダ、表にはポーチが付いていて、どちらも、誰かが訪ねてきたときにはそこでもてなすことができるほど広い。

引っ越してきて初めて、この家を目にした佳乃は、腰を抜かしそうになるほど驚いていた。

「まるでお城じゃね」

「そうじゃ、俺たちの城じゃ」

広かったのは、家だけではなかった。家の裏手には、およそ五エーカーほどの畑が広がっていた。坪数に換算すると約六千坪。さらにその向こうには手つかずの土地——幹三郎のグリーンハウスはこの一角に立っている——が百エーカーほど。

古いながらも豪邸付き、合計百五エーカーの土地を夫婦が手に入れたのは、今から二年ほど前のことだった。

世話をしてくれたのは、コロラド州の州都デンバーで、主に日系人を相手に不動産仲介業を営む牧本《まきもと》勉、通称「ベン」という男。昔の仕事仲間から紹介されて、知り合いになった。

大分で生まれ育ったベン・マキモトは一八〇〇年代の終わり頃、十九歳のとき渡米し、サンフランシスコで英語を学んだあと、西海岸一帯を転々としながら、レストランの皿洗いやコックとして、また一時期はサンタフェ鉄道の鉄道ボーイとしても働いていたという。その後、請負師として独立し、トンネル工事、鉄道工事、炭鉱工事、送電塔建設工事など、さまざまな工事を請け負い、日本人移民労働者を雇って、工事を完成させた。四十代になってから、コロラド州デンバーに家族で移住し、それ以降は主に不動産仲介業を生業としている。アメリカで成功した日系移民一世の、鑑《かがみ》のような人物である。

「コロラド州に移ってくる気があれば、土地はいくらでも斡旋《あっせん》できますよ」

挨拶と下見を兼ねて、ひとりでデンバーまで訪ねていったとき、ベンはそう言って幹三郎の肩を叩いてくれた。

「ただし、農業に適しているかどうかは、僕は門外漢だから保証できませんがね」

コロラド州とは、どんなところなのか。気候は？　地形は？　治安は？　幹三郎はほとんど何も知らなかった。帰宅後さっそく、佳乃といっしょに英語で書かれた書物をひもといて、あれやこれやと将来の展望を語り合った。

ロッキー山脈が南北に走っているコロラド州は、平均標高が全米でもっとも高い山岳州である。

北はワイオミング州、北東はネブラスカ州、東はカンザス州、南はニューメキシコ州とオクラホマ州、西はユタ州、さらに南西の角ではアリゾナ州にも接している。盛んなのは牧畜業。しかし、まったく経験のない幹三郎は、牧畜業に手を出すつもりは毛頭ない。

「畑ができたらええですね。それなら私もいっしょに働けますし」

「じゃけど、こんな起伏の多い山地で、畑ができるかなぁ」

ふたりの心配は、杞憂に過ぎなかった。

数ヶ月後、ベンから連絡が入った。

「いい出物がありますけど、見に来られますか？　かなり広いです。家付きです」

ベンの紹介してくれた土地は、ロッキー山脈の東側、デンバーの北東部に広がる平原——と言っても、州内の最も低い地点でも標高は約千メートル——で、そこには農業を営む人々の暮らしている村や町が点在していた。夏は暑くて乾燥しているが、突然の雷雨に見舞われることもあり、冬は酷寒で雪も降り氷も張るが、降水量は少ないながらもあり、水源として活かせそうな川も数本、流れていることがわかった。灌漑《かんがい》用に汲み上げた地下水を使って、とうもろこし、小麦、牧畜用の干し草、大豆、オート麦などを生産している農家も数多《あまた》あるという。

幹三郎の下見を経て、ふたりの決心は固まった。

引っ越しを前にしたある晩、佳乃からこんな話を聞かされた。

「コロラド州には、一万三千年以上も前から、先住民の人たちが住んでいなさったそうじゃわ」

「へえぇ、そんな前から」

先住民、すなわち、ネイティブアメリカンの人々の顔つきは、アジア人によく似ている。先住民たちは、あとからやってきた白人の植民者たちに、つぎつぎに土地を奪われ、「保留地」と呼ばれる不毛の地に追いやられた。「涙の道《トレイル・オブ・ティアーズ》」と名づけられた、強制移動。それまで幹三郎の知っていたことといえば、せいぜいその程度のことに過ぎなかった。

佳乃はそのあとに、幹三郎の度肝を抜くようなことを教えてくれた。

先住民と白人入植者の、土地を巡る壮絶な戦い。血なまぐさい虐殺事件の数々。一八六四年十一月に起こった入植者による先住民虐殺事件のあと、デンバーで勝利のパレードをくり広げた惨殺の首謀者たちは、殺戮した男女たちから切り取った性器や、剝《は》ぎ取った頭皮などを、戦利品として軍帽に飾っていたという。

「残酷なことをするもんじゃな。征服欲に取り憑かれた人間とは恐ろしいものじゃ」

先住民たちが見舞われてきた惨劇のことを思うと、「黄色い猿」呼ばわりされ、トマトを投げつけられたことくらい、どうってことないとさえ思えてくる。同時に、日系人が第二のネイティブアメリカンにならないと、誰に言い切れるだろうか、とも思う。コロラド州では今はまだ、カリフォルニア州一帯ほど激しい人種差別はないと、ベンからも複数の知り合いからも聞かされてはいる。けれども、これから先のことは、わからない。

幹三郎はのちに、このとき佳乃から聞かされた話を、何度も何度も思い出すことになる。思い出しては、切れて血が滲むほど強く、唇を嚙みしめることになる。

夢を見ていた。

あたり一面、見渡す限りにつづくメロン畑に、幹三郎はひとりぽつんと立っている。夢のなかで、「これは夢じゃ」と自分に言い聞かせている。

ジョーを寝かしつけたあと、晩酌として、自家製のりんご酒をたしなんだ。飲んだのは幹三郎だけだった。ほんのり甘いこの発酵酒を飲んだ夜には、甘い夢を見ることが多い。

どこまでもつづく夢のメロン畑には、すいかにも負けないくらい大きなメロンがごろんごろんごろんと、おもしろいほど実っている。天上は青く、地上は緑の海。この畑は、グリーンハウスではない。それまで所有していた土地を売り、代わりに手に入れた、メロン栽培にはうってつけの楽土。そこで、幹三郎は思うさまメロンを栽培し、しかるべき流通業者を通して市場に出し、大成功し、今では「メロン・キング」と呼ばれるまでになっている。念願のドライビング・マシーンも手に入れた。ドライビング・マシーンとは、日系一世たちのあいだで成功のシンボルとされている、自家用車のことである。

飲みながらふたりで話していたことが、そのまま夢になって、目の前に現れていると、半分だけ覚醒した頭のなかで、幹三郎は理解している。

夢だとわかっていながらも、幹三郎の笑いは止まらない。夢のなかでも笑っている。腹を抱えて笑っている。俺は大成功した。アメリカンドリームを実現した。近い将来、この畑とメロンビジネスをジョーに引き継いでもらって、俺たち夫婦は近隣の町の片すみで、食料品や雑貨などを商うグロッサリーストアを持ちたい。佳乃には、店番の仕事をしてもらおう。そうすれば、佳乃は店番をしながら、空いている時間には好きなだけ、好きな本が読める。夢のなかで、幹三郎はそんなことを考えている。

佳乃に楽をさせてやりたい。佳乃は町で生まれ育った人だ。骨の折れる農作業ではなくて、もっと楽な仕事をさせてやりたい。願わくは、仕事の代わりに一日中、好きなことをさせてやりたい。それは、夢を見ていないときにも、幹三郎が四六時中、思っていることである。佳乃は読書家で、努力家で、いつのまにか英語も幹三郎より達者になってきた。もしかしたら、店番よりももっと、彼女に向いている仕事があるのではないか。たとえば学校の先生？　たとえば物を書く仕事？　いや、仕事なんかしなくていい。とにかく、遊んで暮らせるようにしてやりたい。子どもたちといっしょに、遊んで暮らせるように。子どもたちといっしょに。

夢のなかに、寝しなに交わした夫婦の現実の会話が割り込んでくる。

「ちょっと熱があるようじゃが、佳乃さん、大丈夫か？」

「大丈夫です」

「ほんまか？　どっか、具合の悪《わり》ぃところでもあるんか？」

「ありません」

「月のものか？」

「違います」

「ほんなら、なんでさっきは、ちょっとも飲まんかったんじゃ」

ふたりで飲んだあと、ベッドのなかで二匹の魚よろしくもつれ合うのは、夫婦の暗黙の了解のようなものである。幹三郎は三日に上げず、ひそかにそれを楽しみにしていて、だから今夜、佳乃が一滴も飲まないのは「ノー」の表明であると受け取っていた。

「なんでじゃ？」

幹三郎の問いかけに対して、佳乃は含み笑いを返してきた。懸命に、笑いをこらえているようでもある。力任せに抱き寄せた柔らかい体から「可笑《おか》しくてたまらない」と言いたげな波動を発している。

「どっか、具合でも……?」

同じ質問をくり返してしまった幹三郎の顔をまっすぐに見つめて、佳乃は首を小さく横に振った。

「その反対」

歌うように言いながら、幹三郎の胸に顔を埋めて、くすっと笑う。

「具合が悪いの、反対」

それでわかった。

「できたんか? え? できたんか? ほんまか? ほんまにできたんか。でかしたなぁ、佳乃さん、でかしたなぁ、でかしたでかした、ようやった」

あとはもう言葉にならない。幹三郎は、今度は背中から、佳乃の体をぐいっと抱きしめる。右手で佳乃の腹のあたりを撫でさする。そこには、ふたり目の子どもが宿っている。現実が夢に食われていく。夢のメロン畑のまんなかで、幹三郎は何度も何度も、子どもみたいに跳び上がっては「ばんざーい」「ばんざーい」と、歓声を上げている。

でかした、でかした、ようやった。

すると、どうしたことか、まるで幹三郎の声を聞きつけたかのようにして、畑のあちこちからにょきにょきと姿を現す者たちがいるではないか。メロンにも負けない、まん丸い顔、顔、顔。あそこからも、ここからも、そこからも、向こうの方からも、こっちの方からも、つぎつぎに、飛び出すようにして、顔をのぞかせているのはみな、子どもたちである。男の子もいれば、女の子もいる。双子と思しききょうだいもいる。うじゃうじゃいる。どの子も、アジア人の顔をしている。

「どっから来たんじゃ、おまえらは。いったいどこの子じゃ？」

幹三郎は驚いて、あんぐり口をあけている。

そこで、夢の場面は急に切り替わって、夫婦は夕餉の食卓で向かい合い、ふたり目の子どもの名前について話し合っている。どんな名がええじゃろう。飽くことなく、名前を挙げ合っている。

男の子なら、ケン、アサ、レイ……

女の子なら、メグ、ナオミ、リサ、エミ……

幹三郎の頭のなかにふたたび、メロン畑が浮かんでくる。解悟がやってくる。そうか、さっきの夢の畑で出会ったのはみんな、俺たちの子どもたちだったのか。もしかしたら、孫たちもいたのかもしれない。孫の子もいたのか。それくらい、数は多かった。

地平線の彼方までつづく、夢のメロン畑のまんなかで、メロンと子どもたちに囲まれて、幹三郎は「うん、うん、そうか、そうか」と、うなずきながら納得している。

そうか、おまえたちは未来から、やってきたんじゃな。

――一九三〇年七月　コロラド州

静かな、とても静かな、美しい夏の昼下がりだ。

ほんの少しだけ湿り気を帯びた、涼しい風がそよいでいる。そのせいか、畑と丘に囲まれた山あいの土地にいながらも、温かな海に抱かれているような気持ちになっている。波の音の代わりに、遠くから、かもめによく似た鳥の声が聞こえてくる。雛鳥たちのために、まるで子守唄を歌っているかのようだ。

玄関から前庭に張り出しているポーチで、大原佳乃は、お気に入りの揺り椅子に腰を沈めて、お気に入りの江戸川乱歩を読んでいる。好きな作家は、ほかにもいる。内田百閒《ひやっけん》、長谷川如是《によぜ》閑《かん》、谷崎潤一郎、稲垣足穂《たるほ》、佐藤春夫……ほかにもまだまだ。育児、家事、畑仕事の手伝い、近所づきあい。体がいくつあっても、時間がどれだけあっても足りないと思えるほど忙しい日常のなかで、わずかな暇を見つけては、佳乃は活字の世界――海かもしれない――に身を浸《ひた》す。作家の言葉によって創られた、この世には存在しない人間の、実際には存在しない人生の物語を読むことによって、なぜ、こんなにも心が豊かになり、現実の人生まで生き生きするのか。佳乃には不思議でならない。

幹三郎は、所用があってデンバーに出かけたとき、子どもたちのためには絵本や童話を、佳乃のためには日本語の小説の本を、手当たり次第に買ってきてくれる。郷里の姉から船便で送られてくる箱の底にはいつも、姉の読み古した本がぎっしり詰め込まれている。日本語で書かれた本を読むということは、佳乃にとって、近くて遠い日本への望郷の念を、思うさま味わうということでもあった。

長男のジョー、次男のケン、長女のメグ、次女のナオミは、朝早くから、近所に住んでいるスミス夫人に連れられて、スミス家の子どもたちといっしょに、家から車で三十分ほどのところにある村まで遊びに出かけている。村はずれにスイミングのできる湖があって、そこで泳いだり、水遊びをしたりするのを、子どもたちはゆうべから楽しみにしていた。

サンドイッチとおにぎりのお弁当を十人分くらいこしらえてもたせて、佳乃は四人を送り出した。ジョーは六年生、ケンは五年生、メグは三年生、ナオミは二年生。小学校は先月から夏休みに入っている。

佳乃の胸に顔を押しつけるようにして、今年の春に生まれたばかりの四女のエミがすうすう寝息を立てながら、安らかな眠りを貪っている。何か楽しい夢でも見ているのか、ときどき、くすくすっと笑ったりしている。エミの漢字は「笑」だと、佳乃は思っている。幹三郎は「恵美」だと言ったけれども。

「なんてきれいな赤ん坊なんでしょう。こんな美しい赤ちゃんを、私は今までに一度も見たことがありません」

エミの顔や姿を目にした人は、男も女も異口同音にそんなふうに言ってほめてくれる。そのたびに幹三郎は脂下《やにさ》がる。「別嬪《べっぴん》さん、エミは我が家の別嬪さん」などと言いながら、とろけそうな笑顔で末娘をあやす。鬼が笑っているような夫の顔を見て、佳乃は笑いを禁じ得ない。

「エミちゃんは、誰に似たんかなあ。どっちの血筋じゃろう。こんな別嬪さんは親戚中、どこを探してもおらんで」

幹三郎がエミの器量をほめそやすたびに、メグとナオミは唇を尖らせて、父親に抗議をする。

「あのねダディ、あたしたちだって、美人だよ。このあいだね、スミスのおばちゃんから『かわいいねー』って言われたもん、ね、おねえちゃん」

「そうよ、私、頭を撫でてもらったもの。あなたは太陽みたいに明るい子ですねって」

「それはお世辞というものだよ。な、ケン、おまえもそう思うだろ？」

「同感同感大同感！」

子どもたちの会話は英語でなされる。幹三郎と佳乃が日本語で話しかけても、英語で話しかけても、返ってくる言葉は英語。ジョーとケンとメグとナオミがまだ幼かった頃、夫婦は「家のなかでは日本語、外では英語」という方針を立てていた。子どもたちが小学校へ通うようになってから、その方針はたちまち崩れていった。今では四人とも、日本語よりも英語が達者になってしまった。遅かれ早かれ、下の三人もそうなるだろうと、夫婦は半ばあきらめている。

「マミー、マミー、あのね、リサね、マミー、マミー」

ふと気がついたら、三女のリサが指をくわえて、かたわらに立っていた。昼寝からひとり、目を覚ましたのだろう。読みかけの本をサイドテーブルの上に伏せて置き、佳乃は英語でリサに問いかけた。

「ああ、リサちゃん、もう起きたんですか。おしっこは？　ちゃんとできましたか？　よしよし、いい子ですね。おにいちゃんは？　アサくんはまだおねんね？」

三歳半になってまもないリサは、こくりとうなずいた。三男のアサと三女のリサは、双子の兄と妹である。

「リサちゃんもベッドにもどって、もうちょっとだけ、お昼寝のつづきをしますか？　それともここで、エミちゃんといっしょにおねんねする？」

「うん、リサね、エミちゃんといっしょ」

「わかりました。じゃあ、おいで、ここに、さあ」

エミを起こさないよう注意しながらリサを抱き上げて、膝の上にのせてやる。髪の毛から、今朝、子どもたちのために焼いたパンケーキにたっぷりかけた、メイプルシロップの匂いがふわっと放たれる。リサは、母親の胸の、空いたスペースに鼻先をくっつけると、そのまますやすや眠り始めた。

静かな時間がもどってきた。ふたりの幼子を胸に抱きかかえたまま、サイドテーブルの上から本を取り上げると、佳乃はふたたび活字の波間を漂った。

静かな、豊かな、夏の昼下がりだ。

この饒舌な静寂は、破られるためにこそ在る、と、佳乃にはわかっている。この静けさは、つかのまの孤独は、壊れる瞬間の圧倒的な幸福を味わうためにこそ、存在しているのだと。


「ただいまー」

「ただいまー」

「おっかさん、ただいま、おなか空いたで、ああ腹減った」

「聞いたことないよ、そんな挨拶」

「ちょっとやめてよ、何するの。やめてよ、ケン、痛いよ」

「そっちこそ、何してるんだい、やめんか」

「もぉぉぉ、放っておいてよ！　いい加減にして」

「やめなさい、ふたりとも。エミに笑われるよ」

スミス夫人の車で送られて、四人の子どもたちがもどってきた。数時間後には、隣の村のメロン畑から、夫も帰ってくるだろう。去年、買い換えたばかりの自慢のドライビング・マシーンを運転して。

佳乃はリサを床におろして、エミを胸に抱いたまま立ち上がり、ひとりひとりの顔を見ながら「お帰り」を四回、言ってから、キッチンへと向かう。佳乃のあとから、ケンとメグが付いてくる。おなかを空かせているのは、このふたりのようだ。おにぎりが足りなかったのだろうか。

ナオミはリサの手を引いて、リビングルームへ。リビングルームでは、昼寝から目覚めたアサがおもちゃでひとり遊びをしている。ジョーは元気な足音を響かせて、階段を二段飛ばしで駆け上がっていく。二階には、子ども部屋が三つ。それぞれ、男の子たち、女の子たち、双子たちの部屋。エミは、夫婦の寝室にしつらえられているベビーベッドで眠る。

ケンとメグにアップルサイダーで練り上げた自家製のドーナツの残りを与えてから、佳乃は夕飯の支度《したく》に取りかかる。献立は、冷やしうどんと、湯がいた野菜の盛り合わせと、卵焼き。幹三郎の好物のトマトスープ。うどんは、岡山の義母から送られてきたもの。下ごしらえが一段落ついたところで、子どもたちの様子を見るためにキッチンを離れた。

ジョーは二階で勉強を、ケンは裏庭でナオミを相手に小枝でちゃんばらを、メグはリビングルームで双子たちに絵本を読んで聞かせている。エミはリビングルームの片すみに置かれているゆりかごのなかで、おとなしく、にこにこ笑いながら、姉の朗読に耳を傾けている。意味はわからなくても、心地好いのだろう。

この子たちは、この幸福は、いったいどこからやってきたのだろう。

まるで奇跡のようではないかと、佳乃は見惚《みと》れる。たとえば銀河系のどこかで、人智を超えたなんらかの力が働いて、新しい星が生まれる、そんな奇跡に似ている。

そのへんに放り投げられている色とりどりのバッグ、手提げ袋、お弁当の入っていた袋や風呂敷などを、ひとつひとつ、片づけて回っているさいちゅうに、佳乃は「あれっ」と思って手と足を止めた。あれっ、どうしたんじゃろう、これは、どういうこと？

水着やバスタオルや着替えなどを入れておいたビニールのバッグが、どれも妙に軽く、乾いたままであることに気づいた。中身を確かめてみると案の定、誰の水着も濡れていない。

すぐそばにいたメグに、たずねてみた。

「メグちゃん、きょうは、湖で泳がんかったん？」

とっさに、日本語が口をついて出た。間髪を容れず、英語が返ってくる。

「ノー・ウィー・キャント・スイム・アッ・オール」

長女のメグは、きょうだいのなかでは一番、英語の発音が明瞭で美しい。しかし「キャント」とはどういうことか。四人とも、水泳は得意なはずだ。泳げないはずはない。ということはつまり、泳ぎたくても、泳ぐことができなかったということ？　水が冷た過ぎたとか？

英語に切り替えて、訊いてみる。

「ウィーって、それは全員という意味ですか？　お友だちみんなってこと？」

メグは首を横に振っている。

「じゃあ、メグちゃんとお兄ちゃんたちとナオミちゃんだけ、泳がなかったの？　泳げなかった？　それはどうしてなの？」

メグは佳乃の顔を見上げて、はきはきとした口調で答えた。いたって明るく、朗らかに。

「なぜなら、きょうはね、私たちは『ケンガク』の日ですって、言われたの。だから泳がないで、林のなかで、かくれんぼをしたの。それから、ピクニックテーブルで、サンドイッチとおにぎりを食べてね、そのあとで、スミスのおばちゃんから、チェリーパイをもらって、それからそのあとでレモネードを飲んで」

小学三年生のメグは、そこで言葉を切った。絵本のつづきを早く読んでくれと、リサに腕を引っ張られ、せがまれたからだ。

メグに――おそらくケンとナオミにも――「observe」という英単語とその意味「見学」を教えたのは、ジョーに違いないと、佳乃は思った。

ジョーに話を聞こうと思い、二階へつづく階段を上がっていきながら、佳乃は思い出していた。いつだったか、小学校の事務局の人から、佳乃の片方の足が悪いのは「伝染病などが原因ではないですよね？」と訊かれたことがあったのを。

今の今までずっと、思い出すこともなかったのに。

「ジョーくん、ちょっと訊きたいことがあるんだけど」

机の上に広げた本と、漢字辞典と、ノートからぱっと顔を離すと、ジョーもまた、母の問いかけに対して、真摯に、明朗に、答えを返してきた。

「ぼくたちは泳ぎたかったけれど、泳げなかった。ぼくとケンとメグとナオミだけが泳げなかった。ある理由によって、きょうは泳ぐことができなかった」

その明朗さは佳乃の目には、メグのそれとは明らかに異なって見えた。なんとはなしに、母親をかばっているような、あるいは、母親を傷つけまいとしているような、そんな雰囲気さえ漂っている。傷ついているのは、本人の方かもしれないのに。

「スミスさんの知り合いの家族が来ていて、そこの家のお父さんが『湖で泳ぐのは白人だけだ』って言った。でも次回は『東洋人の回』にしようって。そういうふうに、交替ごうたいにするのが正しいルールなんじゃないかって。平等って、そういうことなんじゃないかって、彼は言っていた。つまり、白人と東洋人は、いっしょに水のなかには入れないというようなことも、彼はおっしゃっていた」

柔らかい乳房を、ざらりとした手のひらでつかまれたような、嫌な感触を覚えた。

長男だからか、とてもしっかりしていて、成績も良く、年よりも大人びて見られることが多いとはいえ、ジョーはまだ十一歳、まだ小学六年生なのである。頼りになる兄であらねばならないと気負うあまりか、親に甘えることをしない、繊細で、いたいけな我が子に人種差別というものをどう教えたらいいのか。「あなたたちは、人種差別を受けたのよ」と教えるべきなのか、何も教えないでいるべきなのか。

佳乃は一瞬、激しく迷った。理不尽なことでも、不当なことでも、知るべきことはきちんと知り、自覚し、認識した上で、生きていくのがいいのか、何も知らないまま、気づかないまま、そうしていられるうちはそのままで、のびのびと無邪気に成長していった方がいいのか。

過去に目にした、思い出したくもない新聞記事の、思い出したくもない醜い一文を佳乃は思い出す。

〈日本人の女は、うさぎのようにどんどん子を産み落とし、ねずみのごとく繁殖し、われわれ白人の築いてきた富や財産、土地を奪おうとしている〉――

カリフォルニア州に住んでいた頃、親しくつきあっていた日本人女性から、つい最近、届いたばかりの手紙に書かれていた一節を、苦い薬でも嚙み砕くかのようにして、佳乃は思い出す。

「相も変わらずひどいことばかりです。どうして、このような目に遭わされないとならないのでしょう。キープ・カリフォルニア・ホワイト！　そんなスローガンを掲げて、私たちをとっとと追い出そうとしているのです。ジャパニーズ・マスト・ゴー。子どもたちに向かって、そんな言葉を投げつける人もいます。言葉だけではなくて石まで。そちらはどうですか。コロラド州はどうですか？」――

カリフォルニア州における日系移民に対する排斥運動の勢いはとどまることを知らず、竜巻のように近隣の州を巻き込みながら、膨らんでゆくばかりだった。一九二四年には新しい移民法が成立し、幹三郎や佳乃のような、日本生まれの日本人は、白人ではないことを理由に、市民権を得る資格のない外国人であることが法的に明示された。つまり、偏見が制度化された。いわゆる「排日移民法」である。この法律の成立以降、新たな日本人移民の姿は忽然として消えた。それよりも前の一九二〇年には、野蛮であり、奴隷制の一種であるとして、写真花嫁の渡米が禁止されている。在米日本人移民に残された道は、差別されながらも子孫を増やして地中深く根を張っていくか、尻尾を巻いて日本へ退散するか、そのどちらかしかない。

幹三郎と佳乃は、前者を選んだ。選んだからにはこの道を進んでいくしかない。前を向いて、七人の子どもたちと、手に手を取り合って。

佳乃は、机の前に座っているジョーの肩を軽く、ポン、ポン、と叩きながら、ゆっくりと日本語で話しかけた。あえて、祖国の言葉を使った。ジョーはきょうだいのなかでは一番、日本と日本語に対する関心が深い。現に今も、ジョーの目の前には「漢字練習帳」――幹三郎が買い与えたノートブック――が広げられている。

「ジョーくん、その人の言ったことは間違っとると、母さんは思う。本当の平等というのは、白人も東洋人もいっしょに湖に入って、仲良く遊ぶことじゃと思う。大人でも、間違ったことを言ったり、間違った行いをしたりすることがある。大切なことは、誇りを持つこと。どんなときでも、誇りを持って、正々堂々と行動すること。ジョーくんにはそれができるよな？」

「誇りって？　プライドのこと？　アイ・シュッド・ビー・プラウド・オブ・ミー？」

「そう、プライドのことじゃ。けど、正しいプライドというのはな、自分だけじゃのうて、他人に対する思いやりがあってこそのもの。わかる？」

「わかるよ。アイ・アンダスタンド・ホワット・ユー・セイ」

聡明な子だ。少なくとも、母の日本語は正しく伝わった。佳乃はそう確信した。

けれども同時にこうも思った。言葉で理解したことを体で、全身で理解するためには、まだまだ時間が必要だ。時間と経験と苦しみと悲しみと。この子はこの先、それらをどれほど積み重ねてゆかねばならないのだろう。どれだけ苦しめば、どれだけ涙を流せば、人はこの世の真理に気づくことができるのか。もしかしたら、血も流さなくてはならないのかもしれない。そうやって会得した真理に踏みつけられ、傷つけられてもなお、優しく、たくましく生きてゆくためには、いったい何が必要なのだろう。おそらくそれは、苦悩をすっぽりと包み込んでもなお、余りあるほど豊穣な愛に違いない。

いつまで自分はそれを、この子に与えてやれるのだろう。

「ジョーくん、母さんからひとつ、私のいちばん好きな漢字を教えてあげようか」

佳乃はジョーの机の上から漢字辞典を取り上げると、ぱらぱらめくって、その漢字の出ているページを探し当てた。指さして、息子に示した。

「これじゃ」

その一語を指でなぞるようにしながら、ジョーは言った。

「ずいぶん難しい字だね。意味はラブ？」

静かな、とても静かな、涼しい夏の夜だった。

幹三郎も六人の子どもたちもすっかり寝静まった真夜中、佳乃はひとり、エミが乳を求めて泣き出す直前に目を覚ました。目を覚ましたのは、興奮のせいもあったのかもしれない。夕食のテーブルで、幹三郎の発表した「大ニュース」による興奮。

赤ん坊を抱いて裏庭に張り出したベランダへ行き、そこで母乳をたっぷり与えたあと、佳乃は木戸を押しあけ、裸足で外に出てみた。

気持ちのいい夜風が、木の葉をさわさわ揺らしている。木の葉に宿る妖精たちが子守唄を歌っているようだと佳乃は思う。そこここに散らばっている子どもたちの遊び道具――バット、グロープ、ボール、小枝の剣、おもちゃのあひる、おもちゃの機関車など――が、子守唄を聞きながら眠っているように見える。

刈り込まれた芝生の「チクチク」と、草に宿った夜露の「ひんやり」の両方が、足の裏に当たる感触を楽しみながら、佳乃はエミを抱いたまま、裏庭を歩き回った。髪や耳や首筋や胸もとや、ふくらはぎや足首を、柔らかな夜風の手のひらに撫でられながら。

エミの背中をトントン、トントン、と小さく優しくノックするようにして授乳後のげっぷをさせると、佳乃も子守唄を歌った。

ねんねこ　しゃっしゃりまーせ
ねたこの　かわいさ……

ささやきかけるように歌いながら、空を見上げた。

そこにいるはずの、もうひとりの幼子の姿を探しながら。

ねんころろん　ねんころろん……

探さずとも、見つかった。その子は今夜もそこにいた。北斗七星のすぐそばで、弱々しいながらもひと粒、金色の光を放っている星。それは、佳乃だけの「マイ・リトル・スター」だった。この体のなかに芽生えて、確かに生きていたのに、産んでやることができず、死なせてしまった小さな命。永遠の赤ん坊。男の子だったのか、女の子だったのか、わからなかった。佳乃にはなぜか、女の子だったのではないかと思えてならない。

ジョーが生まれ、ケンが生まれ、メグ、ナオミ、アサとリサ、エミが生まれて、夫はすでに忘れてしまっているのかもしれない。あのときのあの悲しみ。あの、自分の体から体の一部をもぎ取られるような苦しみ。佳乃は忘れていなかった。片時も。忘れることなどできない。佳乃にとって、家族は九人ではなく、常に十人だった。

夜空できらめく「小さなわたしの星」に向かって、佳乃は話しかけた。みんなで夕食のテーブルを囲んでいるとき、幹三郎が発表し、家中に歓声を響かせたニュースを、夜空の赤ん坊にも伝えたかった。

「あのな、八月にな、みんなで日本へ行くことになったんよ。いっしょに行こうな。連れていってあげるからな」

幹三郎はおととし、父重篤の知らせを受けて、ひとりで日本へ一時帰国している。佳乃は子どもたちといっしょに留守番をした。アサとリサがまだ小さくて、長い船旅をさせるべきではないと、夫婦の意見が一致したからだ。今年は、家族全員で帰る。エミは赤ん坊だから、かえって連れていきやすい。幹三郎はそう判断したようだ。だから、これは佳乃にとっての、渡米後はじめての帰国になる。

十四年ぶりの故郷である。実家の家族に会えるのが佳乃は楽しみでならない。厳しいだけだった母、心の距離の遠かった兄。それでもふたりに会って、兄の家族にも会って、父のお墓参りもして、できれば、東京と大阪に住んでいるふたりの姉たちにも会って、自分の幸福を報告したいと思っている。感謝とともに。

「な、みんなでいっしょに行こうな。お父さんとお母さんが生まれた国なんよ。私らは、日本から来たんよ。その国をあんたにも見せてあげたいんじゃ。見たいじゃろ？」

星からは、どんな答えも返ってこない。

「いっしょに行こうな。いつもいっしょじゃ」

星空から、光が降ってくる。音もなく、静かに。佳乃の肩に胸に魂に、過去に未来に思い出に。星のしずくが雨のように降り注いでくる。木々の枝葉に、草の上に、草陰で鳴く虫たちの羽に、光のしずくが舞い降りる。

私たちはみんな、あの星空から、宇宙の彼方からここにやってきて、この地上で泣いたり、笑ったり、怒ったり、悲しんだり、喜んだりしながら生きて、死んで、またあの星空の彼方にもどっていく。そんなことを、佳乃は思った。

ひとりだと感じた。地上にはこんなに大勢の人間が暮らしていて、自分にも家族がいて、日本にも会いたい人たちがいて、今こうして赤ん坊を胸に抱いていながらも、佳乃はひとりきりだと感じた。誰もがひとりで生まれてきて、ひとりで生き、ひとりで死んでゆくのだ、と。

静かな、とても静かな、星降る夏の夜だった。

＊

小さな愛しいわたしの女の子へ
それは、父と母にとって渡米後はじめての、夫婦そろっての日本への旅でした。
父はそのとき四十三歳。十七歳のときアメリカにやってきて、二十六年が経っていました。がむしゃらに働き、家族を養い、メロンで成功し、ひと財産を築き、人を雇用して農園を経営しながら、地域の慈善事業にも積極的に参加し、教育機関や教会への貢献も果たし、日本人移民として、精一杯のことをしていたと思います。母は母で、家のなかのことも、外のことも、抜かりなくこなし、子どもたちを大切に育て、慈しみ、惜しげもなく愛情を注いでいました。自分よりも他人。自分の幸せよりも家族の幸せ。それが母の信念でした。

父は、もしかしたら母も、故郷に錦を飾りたかったに違いありません。

事実、そうなりました。帰国時に両親は、アメリカで成功した日本人として、郷里の人たちから敬われ、あたたかく迎え入れられました。

本当に、どこへ出しても恥ずかしくない、りっぱな両親であったと、わたしは誇りに思っています。その誇りは今も変わらず、持ちつづけています。両親は、努力と献身の人たちであった。わたしはそう思います。それはアメリカにおいて、もっとも尊敬される人物像です。

ただ、どんなに一生懸命がんばっても、乗り越えられない壁というものは存在します。その壁は、目には見えません。見えないからこそ、乗り越えるのが難しいのです。

壁は「運命」と言い換えてもいいでしょうか。

実はこの、運命を司っているものは、決して重いものではありません。それどころか、とても軽いものなのです。目にも見えません。色も形もありません。運命を動かしているもの。それは風向きのようなものではないかと、わたしは思っています。ある日、どこからか風が吹いてきたかと思うと、なんらかのきっかけで、あるいは、きっかけなど何もなくても、ある日ふいに、風の向きが変わるのです。たったそれだけのことで、その後のその人の人生は、ぐるっと変わってしまいます。

風それ自体は軽いのに、人の運命のなんと重いことでしょう。

母が幼子を抱いて、夜風に吹かれながら、夜空の星に話しかけていたその夜、父にはまだ、母に話していないことがふたつ、ありました。

ひとつは、オレゴン州への引っ越しについて。

父は、コロラド州で手がけていた全ビジネス――土地と家と農園――を売り、カリフォルニア州在住時代から長年、親しくつきあってきた不動産斡旋業者のベン・マキモトという人物を介して、オレゴン州のポートランドの近郊の町中《まちなか》にある、グロッサリーストアを購入したいと考えていました。店のほかに、新しい家も。それまで住んでいた家よりも新しくて、住み心地の良さそうな家です。

この計画は半年ほど前から少しずつ、実現に向かって動いていました。母をぬか喜びさせてはいけないと思い、父は売買契約の青写真ができあがってから、母に話そうと思っていたのです。

子どもたちの将来のために、父はコロラド州の田舎から、オレゴン州の都会に引っ越しする決心をしました。子どもたちをよりいい学校へ行かせたい。いい教育を受けさせて、名のある大学へ行かせたい。将来は、できればホワイトカラーの職業に就いて欲しい。親なら誰でも思うことを、父も思っていたのでしょう。

母にももっと楽をさせてあげたいと、願っていたに違いありません。もしかしたら父は、農場経営や不便な田舎暮らしに疲れていたのでしょうか。いずれにしても、この計画は母を大いに喜ばせることになる、父はそう確信していました。だから早晩、母に話すのが楽しみでなりませんでした。店を持つというのは、母の夢でもあったからです。

もしもあのとき、コロラド州からオレゴン州へ引っ越していなかったら、と、父はあとあとになって幾度、考えたことでしょう。考えても仕方のないことなのです。変えることも動かすこともできない。なぜなら相手は「風」なのですから。

そして、もうひとつ。

実はこちらは、このたびの日本帰国の大きな目的のひとつでもありました。いいえ、父にとっては、それがすべてだったと言ってもいいのかもしれません。

父はそのことを、いつ、どこで、どんなふうに話せば、母を納得させられるか、説得できるか、頭を悩ませていました。何があっても、日本へもどる前に言ってはならない。言えば、彼女は日本行きを承知しなかったでしょう。言うべき時機は、船が日本に着いたあと。家族全員が日本の地を踏んでから。

船が港を出たとき、お膳立てはすでに済まされていました。賽《さい》は投げられていたのです。あとは、日本の地を踏んでから、母を説き伏せるだけです。用意周到なこの計画が、母をどんなに悲しませるか、怒らせるか、どんなに母を傷つけ、母の心をどんなにめちゃくちゃに破壊してしまうことになるのか、父にはどこまで、予想できていたのでしょう。父は母という人のことを、どこまでわかっていたのでしょう。わかり過ぎるほどわかっていたのか、何もわかっていなかったのか。

今のわたしにわかっていることは、ただひとつ。風向きは変えられない。人の力ではどうすることもできない。運命を操っているのは、風だからです。

第3章　私たちは何者なのか

大きくなったら、何になりたい？

どこの家でも一度ならず、二度も三度も、あるいは何度でも、ある日はディナーテーブルを囲んで、ある日は家族全員でどこかへ出かける車のなかで、ある日はリビングルームの暖炉の前で、親から子に向かって投げかけられる質問。いかにも一家団欒《だんらん》にふさわしい話題として。

子どもたちは、幼い頃にはたいてい、途方もない答えを返す。たとえば男の子なら、大統領、宇宙飛行士、スーパーマン、スパイダーマンなど。女の子なら、バレリーナ、お姫様、その時代に流行っているアイドル歌手など。私とクリスがまだ離婚していなくて、アイリスの両親だった頃、娘のなりたいものは魔法使いだった。

学校に通うようになってくると、子どもなりに世間や自己を理解し始めるせいだろうか、なりたいものは少しずつ、現実味を帯びてくる。男の子なら、消防士、野球選手、パイロット、医者とか。女の子なら、教師、パティシエ、ピアノの先生、獣医さん、花屋さんとか。アイリスの場合には、ファッションモデルか女優だった。

「馬鹿ね、そんなものに、なれるわけないじゃないの！　鏡を見てみなさい、鏡を」

私が揶揄《やゆ》すると、娘に甘いクリスはアイリスを抱きしめて、慰めていた。

「きみならなれるよ。だって、きみはこんなに可愛くて、きみは世界一、美人なんだからね。大いに自信を持ちなさい」

さらに成長すると、一部の子どもたちは「こう言えば、親は満足するだろう」と考えて、親にとっての理想の答えを返すようになる。

いよいよ親離れが近くなってくると、やはり一部の子どもたちは、真の意味での将来の目標、もしくは、本当に自分のなりたいものを、親には内緒にする。いちばんなりたいものは、口が裂けても親には言えないようなものだから。友人や恋人、場合によっては先生に教えても、親にだけは教えられない。少数なのか、多数なのか、わからないけれど、そういう子どもがいる。

　かつての私がそうだった。


「あなたたち、大きくなったら何になるの？」

　今から二十八年前の感謝祭の休日に、母が子どもたちにそう問いかけたとき、「あなたたち」とは、チカと私とフィービーを指していた。なぜなら、兄のロビンはすでに、なりたいもの、なるべき者になっていたから。

　ハーバード大学のメディカルスクールを卒業し、資格も取得して、当時は、フロリダ州にある大学病院で働いていたロビンと、シカゴの大学を出たあと、大学の事務局でアルバイトをしながら就職活動に励んでいたチカが帰省し、久しぶりに家族全員で囲んだ夕食のテーブル。まんなかには、母が朝から苦心惨憺しながら焼き上げた七面鳥が鎮座し、そのまわりを取り囲むようにして、母自慢の銀器――父と結婚したとき、父方の祖父母から贈られたギフト――に盛りつけられた、色とりどりの野菜料理が並んでいた。

「何になりたい？」ではなくて、「何になるの？」と母は言った。

「私は教師になるわ。教える仕事は、私に向いていると思うの。ただ、子どもの教育よりも大人の教育の方が私の性には合っているから、コミュニティカレッジか大学で、教職に就《つ》けたらいいなと思ってる。今、可能性のある人脈を片っぱしから当たっているさいちゅうなの」

チカがそう答えると、母は満足げにうなずいた。チカのあとを追いかけるようにして、フィービーが小鳥みたいにさえずった。

「私は弁護士よ。イェールかプリンストンに入って、一生懸命、勉強して、ロースクールに進んで司法試験《バーイグザム》に合格して、ダッドの法律事務所《ローファーム》で雇ってもらうの。ね、ダッド、それでいいでしょ？」

高校四年生のフィービーの答えに、父は「願ってもないことだ」と微笑み、母も満面に笑みをたたえて「建設的な将来設計ね」と言い、「フィービーはまだ高校生なのに、きちんと自分の進むべき道が見えているのね。その道はとても現実的で、あなたの目標は実現可能だと私には思えるわ」と言い添えた。

ちょうどそのとき、父の切り分けた七面鳥を、母が全員の皿の上にのせ終えたところだったので、つかのま、みんなは料理に気を取られていた。このまま、この話題が自然消滅してしまうことを願いながら、私は七面鳥にクランベリーソースを垂らして、フォークで意味もなくいじりまわしていた。

羽を毟《むし》り取られ、足と頭部を切断され、お腹に詰め物を押し込まれた哀れな七面鳥も、母特製のソースも、私は大嫌いだった。こんなグロテスクな料理の、どこがそんなに美味しいのか、ちっとも理解できないと思っていた。だから、ただいじりまわして、なんとはなしに少しだけ食べたように見せかけ、途中でこっそり流しまで持っていって、そのへんにちらばっている野菜のくずといっしょに、ディスポーザーにかけてしまおうと企んでいた。

「ジュンはどうするの？　きみは何になりたいの？」

私の向かい側に座っていたロビンが、笑顔で問いかけてきた。

　ふと顔を上げたとき、目が合ってしまったせいだろうか、それとも兄は、私の将来に関心があったのだろうか。その昔、新島襄《にいじまじょう》の思想に影響を受けて、イギリス経由でニューヨークに渡り、苦学の末にアイビーリーグの医学科を卒業し、のちにブルックリンで開業し、日本人医師として地域の住民のために献身的に働いた父方の祖父の遺志を、引き継ぐかのようにして医師になった兄は、姉妹のなかでいちばんできの悪い妹の未来を憂慮していたのか。

「そうだ、まだジュンが残っていたね。ジュンはどうするの？　大学を出たら」

　ロビンの隣に座っていた父が、優しいまなざしを向けてきた。母と違って、父は私に対していつも優しかった。いや、そうではない。父は四人の子どもたちに対して、分け隔てなく優しかったのだ。母と違って。

　私はそのとき十九歳。地元の州立大学に通う三年生の学生で、ジャーナリズムを専攻していた。作家志望だったが、作家志望では家族を養っていけないだろうと考え、弁護士になる道を選んだ父の喜ぶ答えを、私は心得ていた。

「新聞記者か、雑誌のライター。新聞社か、雑誌社に就職して、そこで何年か文章修行を積んで、将来はフリーランスのライターになりたいの」

「えっ、それって、作家《オーサー》ってこと？　すごい！　初めて聞いたよ」

　フィービーが驚きの声を上げると、チカは納得したように言った。

「ジュンは小学生の頃から、作文が得意で、上手だったじゃない？　高校の先生も言ってた。ジュンなら作家になれるって」

「そうだね、言われてみたらその通りよね。私もその教師の発言に賛成！」

チカとフィービーは私の両脇から、声を上げたり、手をパチパチ叩いたりしてくれた。ロビンも釣られて拍手をした。「ジュンはきっとりっぱな作家になれると思うわ。ジュンには文才があるもの。我が家でいちばんの読書家だしね」とチカが言えば、フィービーは「そうだよ、ジュンなら、ピューリッツァー賞だって取れるよ」と、話を盛り上げた。

「ねえ、ダッド、ダッドもそう思うでしょ？」

フィービーに問いかけられた父は、真顔でこう言った。

「そうだな、ちょっと孤独癖のあるジュンには、会社や組織に属さないで、一匹狼で仕事のできる作家業は、向いているかもしれない。そうなったら、私たちは全面的におまえをサポートするよ。な、ロビン」

「もちろんだよ。ジュンの書いた本が書店に並んだら、僕はまっさきに買ってサインしてもらうつもりだ」

調子を合わせてロビンがそう言うと、父もチカもフィービーも笑った。「いいね、それはグッドアイディアだ」「家族全員でサイン会の行列に並ぼう」とかなんとか言いながら。

和やかな笑い声に包まれて、私は斜め向かいに座っている母の方を盗み見た。母はうつむいていた。黙って、ナイフで七面鳥を細かく切っていた。切りながら、みんなといっしょになって笑っているようにも見えたが、その笑みは、来たるべき怒りの前触れであるようにも見えた。

謙遜の気持ちをこめて、私は言った。

「やめてよ、そんな冗談。作家なんて無理よ。私が目指しているのは作家じゃなくて、雑誌のライター。簡単に作家になれるなんて、私は露ほども思っていない。さっきも言ったでしょ。最初は、新聞社か雑誌社にもぐりこんで、そこで地道に経験を積み重ねたいと思ってる。私は夢見る少女じゃない。私は理性的な現実主義者だから」

言いながら、母を強く意識していた。動悸がした。いやが上にも、動悸は激しくなっていく。母の嫌われ者である私はそのとき、怯《おび》え、恐れおののいていた。何を言われるのだろう。どんな苦言が、この和気藹々《あいあい》とした家族の団欒《だんらん》に水を差すのだろう。母はどんな言葉で、私を否定するつもりなのか。

皿から顔を上げた母は、ナプキンで口もとを丁寧に拭うと、まっすぐに、チカの顔に視線を当てた。

「ところでチカ、あなたは、クリスマスにも、うちにもどってこられる？　来られそうなら彼も連れてらっしゃいよ。それともあなた、彼のおうちに呼ばれているの？」

つまり、母は私を、私のなりたいものを、私の将来を、無視することにした。賛成も反対もしない、何か意見を述べるにも値しないと思ったのだろうか。それとも、馬鹿も休み休み言え、という侮蔑を意味する完全無視だったのか。

ディナーのあと、シカゴにいる恋人との長電話を終えたチカが、ワイングラスをふたつ手にして、私の部屋に入ってきた。チカが家を出ていって以来、チカの部屋だった部屋をフィービーが使うようになり、私とフィービーがふたりで使っていた部屋は、私だけの部屋になっていた。

「ジュン、気にしちゃだめよ」

いつものことだった。チカはいつもこうやって、私を慰めに来てくれる。幼い頃からそうだった。久しぶりに家にもどってきた姉から、久しぶりに示された思いやり――同情だったのかもしれない――がうれしくて、私は涙ぐみそうになっていた。

読みかけだった本を机の上に伏せて置き、椅子に座ったままふり向いて、チカからワイングラスを受け取った。

「慰めてくれなくてもいいよ。私、彼女の意地悪には慣れてるから。それに」

私のなりたいものは「実は違うの」と、思わず言いそうになったが、引っ込めた。まだ早い。チカに話したら、母に伝わってしまうかもしれない。

言葉を切って、私はグラスに口をつけ、赤ワインを半分ほど飲んだ。チカも少しだけ飲んで、私のベッドのはしっこに腰を下ろすと、開口一番、思いがけないことを口にした。

「いいことを教えてあげる。マムはね、本当はすごく喜んでいるのよ。あなたがゆくゆくは作家になりたいって思ってることを知って、いちばん喜んでいるのは、彼女じゃないかと思うわ。でも、あの人、ときどき素直じゃないでしょ。臍曲《へそ》がりっていうか、ひねくれてるっていうか、ほら、うれしいことがあったとき、なぜか不機嫌になったりするじゃない？　だからさっきも、うれしかったから、うれしくてたまらなくて、あなたの言ったことを無視したのよ。素直に喜ぶのがしゃくだからよ。そういう人なの」

「そうなの？」

「そうなの」

「でもチカ、どうして、そんなことがわかるの？　私のなりたいものがもしもほんとに作家だったら、彼女はなぜそんなにうれしいのか。何か理由でもあるの？」

「さあ、それは私にもわからない。確固たる根拠があるのかどうか、あるにしてもその実体までは。でもね、これは私の勘みたいなものに過ぎないけど、もしかしたら、マムの就きたい、あこがれの仕事だったのかしらね」

「え？」

まさか、と思った。作家志望だったのは父だけではなかったのか。母も？　あの母が？　意外だった。口癖のように「かたいお勤め」「しっかりした職業」「人様のお役に立てる仕事」を賞賛しているあの母が。

チカはさらりと言った。

「だから、うれしい反面、少しは嫉妬もあるんじゃない？　自分のできなかったことを成し遂げようとしている娘に対して」

さらに驚かされた。虚を衝かれた。母が私に嫉妬するなんて、ありえないと思った。軽蔑こそすれ、嫉妬するなんて。

「そんなことって、あるのかなぁ……」

「あるのよ、母親ってね、表面はどう見えていても、その内面は、曲がりくねっているものなの。彼女も例外じゃない。私、離れてみてそのことがよくわかったの。あなたはすぐそばにいるから、わからないっていうか、距離が近すぎて、母親というものの本質が見えていないのよ。我が子に対する母の愛情っていうのはね、自己愛の裏返しなのよ。無条件の愛情じゃないの。たくさんの条件付きの愛なのよ」

「ふうん、そういうものなんだ」

チカの語った言葉の真意は、そのときの私にはまだ、わかっていなかったと思う。わかるような、わからないような、不思議な形をした謎を提示された。そんな気がしていた。のちに自分が母親になってみて、その謎の一部は解けることになるわけだけれども。

母に関する話はそこで終わって、私たちはしばらくのあいだ、互いの近況を取りとめもなくしゃべり合った。

途中からフィービーも加わって、久方ぶりに三姉妹の時間が流れた。

数時間後、おやすみを言い合って、ハグもし合って、フィービーが先に部屋を出ていき、「今夜はリビングルームのソファーで寝るわ」と言って、ドアのノブに手をのばそうとしたチカの背中に、私は声をかけた。

「チカ、さっきはありがとう。でもこれ以上、心配しないでいいからね。私ももうすっかり大人になったし、いちいち傷ついたりしていないから」

「うん、わかった。私もそんなに心配していない。マムよりもあなたの方が、ずっと強い人間だと私は信じてる。だいたいあなたは、ロビンよりも私よりも、親孝行をしているんだもの、両親のそばにいて。マムはきっと、甘えているのよね。あの人、いい加減にしないと、そのうち罰《ばち》が当たるわよ。シーッ！　今の、聞こえちゃった？」

快活な笑い声とその余韻を残して、チカは去っていった。

確かに、私はその夜、まったく傷ついてなどいなかった。

みんなの前で母からどんなにひどいことを言われても、それが無視以上にひどい仕打ちであったとしても、一時的には落ち込んだかもしれないけれど、最終的には私には、傷つかない自信があった。なぜなら私が「本当になりたいもの」は、記者でも作家でもなかったから。

私がなりたかったのは、母の忌み嫌っていた「者」だった。

私にはその頃、大学内で知り合って、つきあい始めたばかりのボーイフレンドがいた。その人は日本からやってきた日本人留学生で、私は彼に夢中になっていて、ほかのことは何も見えなくなっていた。彼のことが好きで、好きでたまらず、彼といっしょにいられることが、できるだけ頻繁に会って、できるだけ長くいっしょに過ごすことが、そのための計画を練ることが私の最優先課題で、大学の授業のこと、成績のこと、将来のこと、就きたい仕事、職業なんて、洋服に付いた糸くずと同じくらいに、どうでもいいことのように思えていた。

彼は私を映す鏡のような存在だった。鏡を見るたびに、私は思った。この人に近づきたい。もっともっと近づいて、この人にぴたりと重なり合い、溶け込んでしまい、この人に同化してしまいたい。この人のものになりたい。それは、好きな人と肌を合わせているとき、誰もが願うことではないだろうか。

願わくは、ふたりでひとりの人間になりたい。私は彼になりたい。英語を話す日系アメリカ人ではなくて、日本語を母国語とする日本人に。

そう、私がなりたかったのは「日本人」だった。

――二〇一七年三月　ニューメキシコ州

「ジューン、あなたは日本へ行ったことがある？」

運転席に座っているマギーから、そんな質問が飛んできた。

「あるわよ、もちろん」

「あなたの家族に会うため？　ファミリー・リユニオンの里帰り？」

「ううん、そうじゃなくて、単なる観光旅行」

観光旅行というのは、嘘だった。それは到底、観光旅行と呼べるような気軽な訪問や滞在ではなかった。私の人生を揺さぶるような重い出来事だった。知り合ったばかりの人に話せるようなことではなかったし、無論、話すつもりもなかった。

「あなたも、日本へ旅行しようと思っているの？」

そう問いかけると、マギーは彼女の愛車、メルセデス・ベンツSLK230コンプレッサーのハンドルを握ったまま、ぱぁっと瞳を輝かせた。ボーイッシュな表情がいっそう精悍に見える。

「そうなの。ソフィーアが前々から行きたがっていてね、その計画をいよいよ実行しようかと思っているの」

「それは素敵なアイディアね。日本はなんていうか、とてもとても素敵な国よ」

そうだろうか？　本当にそんなに素敵？　つくづく私は嘘つきだと思う。

マギーと私は今朝、サンタフェをあとにして、ニューメキシコ州を縦断する高速道路を一路、南に向かっている。温泉が湧いていることで知られるトゥルース・オア・コンセクエンセス――通称「T or C」――というぷうっぷう変わった名前の町を皮切りにして、ラスクルーセス、その昔、銀の発掘で栄えたというシルバーシティ、そして、デミング、アラモゴードなど、めぼしい町を転々としながら、撮影と取材をすることになっている。

マギーは、私と組んでいるサンタフェ在住のフォトグラファーだ。ソフィーアという名の女性といっしょに暮らしながら、芸術通りとして名高いキャニオンロードでギャラリーを経営しているという。

自己紹介をし合ったとき、「私のパートナーは画家なの」と、マギーは教えてくれた。パートナーという言葉には恋人という意味があるのだと、すぐにわかった。マギーがいかにも愛おしそうに「ソフィア」というラテン系の名前を「ソフィーア」とスペイン語風の発音で口にしたから。

何年か前に私は、チェルシー界隈にある美術書専門の書店で、マギーの写真集を手に取って、見たことがあった。迷った末に結局、買わなかったけれど、時間をかけて見た憶えがあった。写真集のタイトルは『シー・イズ・ノット・ミー』。白いページの上につぎつぎに現れたモノクロの女性の裸体は、ソフィーアのものだったのだ。

「どうなのかしら？　日本って国は、私たちのようなカップルにとって」

だから、マギーが何を訊きたがっているのかも、すんなりと察知できた。

「大丈夫よ、日本はレズビアンにとっては、わりあい旅行しやすい国だと思う。同性愛者に対する偏見があるかないかは別として、日本では、女性同士が手をつないで歩いたり、ふたりだけで食事に出かけたり、泊まりがけの旅行をしたりすることは、ちっとも珍しいことじゃないから」

「ほんとなの？　ふたりきりでリョカンに泊まっても平気？」

「全然、平気。ひとつのお布団で寝てもいいくらい、平気よ」

私のジョークに、マギーは笑わず「それはよかった」とだけ言った。

「いい情報を提供してもらえたわ、ありがとう、ジューン」

「どういたしまして」

私はまるで見てきたかのように「平気」と言ったが、実際に日本で女性同士のカップルを多く目にしたわけではなかった。それは、かつて私の恋人だった人が、問わず語りに教えてくれたことだった。それがこんなところで役に立つことになろうとは、思ってもみなかった。

「そうそう、温泉に浸かるときには、水着は着用しないでね。かならず裸で入ること。もちろんふたりともよ。ほかの人もみんな裸なの。男女は別々だけど。それと、畳のお部屋にスリッパを履いたまま上がるのは厳禁よ」

「ああ、それ、ガイドブックにも書いてあった。お手洗いのスリッパは、廊下用とは別なんですってね。複雑よね。あと、リョカンのお料理はアメリカ人の口に合わないものが多いかもしれないが、何事も経験だと思って、楽しみなさいって」

「それ、当たってる。なんだか冷たいお料理がちまちまと並ぶのね。ままごと遊びみたいな小ちゃなお皿と可愛らしい器がいっぱい並んでいるの。テーブルにいっぱい。どれから食べたらいいのかわからないほどたくさん。その器がみんな、とっても素敵なアートなの。本当にね、食べるのがもったいないくらい、絵画みたいにきれいなお料理なのよ」

「テックス・メックスみたいに、大皿になんでもかんでもぐちゃっと盛りつけて、お皿ごとオーブンに突っ込むなんてこと、しないのね？　日本では」

テックス・メックスというのはアメリカ風なメキシコ料理の呼び名だ。本場のメキシコ料理とは違う。同じメキシコ料理だとは思えないほど。

「しないの、しないの、そういう無粋で下品なことは。日本人は繊細なの。味も繊細なら、好みも趣味も繊細なの。どこかの国の、悪趣味で大雑把な国民とは違うの」

言いながら、私は吹き出してしまった。マギーも肩をすくめて笑っている。

車のなかにはさっきから、マギーのお気に入りのクラシックロックが流れている。私たちは足でリズムを刻んだり、片手でギターをかき鳴らす真似をしたり、ハンドルをドラムに見立てて叩いたりしている。

もどれるものならもう一度、もどってみたいような、もう二度と、もどりたくもないような、青春時代に聴いていた曲。深い意味があるようで、ないような。

これは、イーグルスの『テイク・イット・イージー』。


アルバカーキを過ぎた頃から、車内の湿度も、車外の温度も、ぐんぐん上がり始めた。サンタフェを出たばかりのときには小雪がちらついていたというのに、今では、長袖のシャツの背中が汗ばんできている。後部座席には、私たちの脱ぎ捨てた上着やスカーフやマフラーや手袋が小山を形づくっている。

遥か彼方の、その先の先まで、どこまでもどこまでもつづく、まっすぐな道。

制限速度は東部の標準を十マイルも上回る時速七十五マイル。それをさらに十マイル以上オーバーして走る。ぶっ飛ばしているという感じ。今にも前の車輪が道路から浮き上がって、離陸できそうなくらい。それくらい飛ばしても、地平線が近づいてこない。左右に見えているごつごつした岩山が、まったく大きくならない。まるで映画のセットのなかにいるみたいだ。走っても、走っても、道はまっすぐで、岩山は遠くに霞んで見える。車が止まってしまっているような錯覚すら感じる。

あたりは一面の沙漠だ。砂漠ではない。ここには、砂はない。石ころまじりの乾いた土地に、葉っぱの縮れた、枯れたような草だけがぽつりぽつりと生えている。そういう土地を「沙漠」と呼ぶらしい。水が少ない、と書いて「沙」。いかにもこの漢字が似合いそうな土地だ。乾いている。何もかもが。車のなかにいても、それがわかる。外には乾いた風が吹いている。

一時間ほど走るたびに、運転を交代した。そのうち会話にも音楽にも疲れてしまい、私たちは無言で、それぞれの思いに沈んだまま、単調だけれど雄大な景色を、眺めるともなく眺めていた。沙漠のように清潔な沈黙と、わずかな車の揺れとエンジン音に身を任せて、私は思い描いていた。マギーが白いページに焼きつけた、恋人の裸体を。

『彼女は私ではない』――

このタイトルに、マギーはどんな思いをこめたのだろうか。

写真集の前半では、目を覆いたくなるほど、これでもかこれでもかとソフィーアの体に残っていた虐待の痕跡が、後半になってくると、ページをめくるごとに消えていき、少しずつ、少しずつ、しかし着実に、美しい、みずみずしい、彼女の本来の肌の輝きと艶を取りもどしていく。

写真に撮られることによって、マギーに愛されることによって、ソフィーアは生まれ変わっていった、ということだろうか。つまり「彼女」とは、夫から暴力をふるわれていた過去の私で、今の「私」はそんな彼女ではない、ということか。

——それは違うと僕は思う。過去のジュンコと今のジュンコは、どんなに違っていようと同じひとりの人間だよ。それと同じように……

動かない岩山のような記憶の壁から、はらりと剝がれ落ちるようにして、なつかしい人の声が聞こえてくる。日本語だ。日本語の会話だ。

私はベッドのなかで聞く、彼の日本語が好きだった。なんというか、それはとてもせつなく、そして官能的だった。

——ジュンコはジュンコで、僕は僕だよ。どんなに愛し合っていても、人はひとりとひとりなんだと思うよ。僕はあなたではないし、あなたは僕ではない。僕はあなたのものにはなれないし、あなたも僕のものにはなれない。

——やめて、どうして、そんなに悲しいことを言うの？

抱き合ったあとに、あなたはそんなことを。そんな悲しいことを。

喉に声を詰まらせた私の問いに対して、彼はどう答えたのだったか。その答えを聞いて、私はさらに悲しくなったのか、それとも、慰められ、なだめられたのか。私には、思い出せない。ふたりの存在があまりに遠すぎて、あの頃のふたりがあまりに幼すぎて。

フロントガラスの前方にも、バックミラーのなかにも、一直線にのびている道。

その路上で揺らめいている陽炎《かげろう》に向かって、私は問いかけてみる。

あの人は私にとって、いったい何者だったのか。

恋人、愛人、ボーイフレンド、ラバー。どんな言葉でも言い表せない、彼の存在。だけどたったひとつだけ、彼にふさわしい日本語の呼び名がある。

盗人《ぬすびと》だ。

あの人は、私の体から、心を盗んでいった。

「あっ、ジューン、今の、見た？　ほら、あれ。ああ、あそこ、そっちじゃなくて、こっちよ。見て見て、面白いものが転がってる！」

マギーの明るい声が車内の静寂を破った。

胸に立ち込めていた濃霧がさぁっと晴れた。

彼女の指さす方向に目をやると、バスケットボールくらいの大きさの、薄茶色の塊のようなものが、風に転がされてくるくるくる回りながら、あっちへ行ったり、こっちへ来たりしているのが見えた。ときどき突風に煽《あお》られて、地面からふわっと舞い上がっている。

ハンドルを握って前を向いたまま、マギーが教えてくれた。

「タンブルウィードよ。転がる雑草」

目を凝らして見た。根もとのあたりでぽっきり折れた低木のようだ。いや、折れてはいないのかもしれない。根っこごと、地面からすっぽり抜けてしまったのか。イメージとしては、枯れ枝の塊に近い。

あれは、風のしわざ？

「ああやって沙漠を転々と転がって、行き着いた先でまた新しい根を出して、そこで生きていくつもりなのね。それとも、転がりながら種を撒き散らしているのかしら」

マギーがそう言った。

「もしもそうなら、ずいぶんたくましい植物ね。転がる雑草の行き着いた場所にはきっと、別の人生があるのね」

妙に乾いた自分の声を耳にして、私は、クリスの車で空港へ送ってもらう道すがら考えていたことを思い出した。

私にも、別の人生はあったのだろうか。

あったとすればそれは、どのような人生だったのだろう。

かすかに憂いを滲ませた声で、マギーが言った。

「私の目には、儚《はかな》く映るわ。まるで人間みたい。つまるところ、人は誰でも、自分の意志で道を選んでいるように見えて、その実態はあんなふうに、風に吹かれ風にさらわれ風にもてあそばれながら、ただふらふらと、地面を転がっているだけなのかもしれない」

いつか、どこかで、誰かから、聞かされたような言葉だと思った。

——一九三〇年八月　岡山

二年ぶりの日本だった。

おととしの帰国は父重篤の知らせを受け、取るものも取りあえずひとりで船に乗り、かろうじて初七日の法要に顔を出すことはできたものの、ちょうどメロン畑でもさまざまな問題が発生しているさなかだったので、あたふたとアメリカにもどってきた。まさに、とんぼ返りの帰国だった。だから、妻と七人の子どもたち全員をともなった一家総出の今回の日本帰国は、大原幹三郎にとって、真の意味での故郷に錦を飾る旅になるはずだった。

シアトルから乗り込んだスクリュー船、プレジデント・グラント号が神戸港に着いたとき「これは凱旋《がいせん》じゃ」と、幹三郎は武者震いをした。

「着いたで、どうじゃジョー、ケン、これがダッドの生まれた国じゃ」

両脇に従えた息子たちの背中を叩きながら、幹三郎は日本語でそう言った。感無量。この思いは英語では言い表せない、そんな気持ちだった。

裸一貫、ふんどし一丁でアメリカに渡ったのは一九〇四年の春。弱冠十七歳だった日本男子が、苦行にも似た船旅の果てに、栄養不足のために霞んだ視界にアメリカ大陸をとらえてから二十六年が過ぎ、いわゆる棄民——国内における人口膨張を緩和するために、当時の日本政府は主に地方の農村の男子を対象として、アメリカへの移民を奨励していた——に過ぎなかった男が、アメリカで成功した移民一世となって家族を引き連れ、故国にもどってきたのである。これが凱旋でなくてなんだろう。

　意気揚々と踏んだ祖国の地ではあったが、神戸港から岡山へ向かうために乗り込んだ列車内に漂う空気は、幹三郎の膨らみ切った気分に水を差すかのように重苦しく、頭上の空模様同様に淀んでいた。客席や通路には、昼間から泥酔している人や無職と思しき若者が、プラットホームには、孤児や物乞いの姿などがやたらに目立つ。二年前に比べると、明らかに、人々の表情から生気が抜けている。幹三郎の目には、そのように映った。

「日本よ、おまえもか」

　一度ならず何度も、幹三郎はひとりごちた。シアトルの港で見かけた、無数のアメリカ人失業者の姿を思い浮かべながら。

　ニューヨーク株式市場の大暴落、「暗黒の木曜日」に端を発した世界大恐慌の嵐が巻き起こったのは、去年の十月だった。

　この荒波をかぶって、日本の不況は深刻化の一途をたどっていた。

　蔵相の失言が引き金となって、日本国内で金融恐慌が勃発したのは三年前、一九二七年のことである。翌年には治安維持法——一九二五年に公布されていた——の名のもとに、共産党に対する大弾圧が猛威をふるい、日本社会は暗雲に覆われた。中国大陸では、日中間の武力衝突が度重なるなか、関東軍が奉天《ほうてん》軍閥の指導者、張作霖《ちょうさくりん》を爆殺するなどして、一触即発の不穏な動きを見せていた。追い打ちをかけるようにして起こった世界大恐慌後の影響によって、生糸の価格が暴落し、十一月には内務省が「失業者は三十万人」と発表、十二月には全国の製糸業者が二週間、操業を休止した。

失業者が増えるにつれて、親子心中――平均すると、三日に一件の頻度で起こっていた――や自殺者の数も増加した。曲馬団《きよくばだん》や軽業師に我が子を売る親もあとをたたない。今年になってからは、列車に乗るお金すらない失業者たちが、東海道を歩いて帰郷する姿が目につくようになっている。関東大震災時に焼けた土が廃棄されている芝浦埋立地に群がって、金や銀、プラチナやダイヤモンドを掘り出そうとする失業者の姿も見られた。去年の三月、東京帝大を卒業した人の就職率は、わずか三十パーセントだったという。

「大学は出たけれど……か」

幹三郎はその映画を見たわけではなかったが、昨年の九月にそのような題名の映画が封切られ、人々の共感を得ていたことは知っていた。


列車が岡山駅に到着したとき、幹三郎たちを出迎えてくれた夏空は、どこまでも晴れわたっていた。

「よう晴れとるなぁ、やっぱり岡山は」

幹三郎がつぶやくと、傍の佳乃は目を細めてうなずいた。

「ほんまに。空だけは、昔とちっとも変わりませんねえ」

佳乃にとっては十四年ぶりに目にする故郷の空が美しく青く晴れ上がっていたことを、幹三郎は「天の思し召しじゃ」と喜んだ。

一家の帰省後ほどなく、大原家の長男であり、家長である林太郎は、姉妹とその家族、懇意にしている近所の人たちにも声をかけ、幹三郎たちの一時帰国を祝う宴を催してくれた。

「去年から今年にかけては、お天道様《てんとう》のご機嫌がよろしゅうてな、うちの田んぼも畑も大豊作じゃ。大不況の日本で、わしら農民だけは、笑いが止まらんかったんよ」

林太郎は夕餉の席で幹三郎に向かい合うと、アメリカ帰りの弟に手ずから酒を注いでやりながら、昨今の農村の実状を語って聞かせた。

米の収穫は過去最高、林太郎の手がけているキャベツと蕪《かぶ》も大豊作。

「じゃけど、笑いが止まらんかったんは、春までじゃ」

「なんでじゃ？」

幹三郎が問うと、兄は眉間に皺《しわ》を寄せた。

「世の中の景気が悪《わり》いじゃろ。大豊作なら、もっと安うせんか言うて、米も野菜もどんどん値を下げられてしもうてな。このごろでは、米一升とたばこ一箱がおんなじ値段になってしもうとるんよ。キャベツ五十個で、たばこ一箱じゃ。冗談じゃねえ。おかげで、わしらは大貧乏じゃ。豊作貧乏よ。にっちもさっちもいかん言うのはこのことよ。そっちはどうじゃ。メロンはよう売れとるんか」

「メロンか。まあ、それなりにはな」

実のところ、幹三郎にとってメロンビジネスは、すでに過去の栄光になっていた。

味の良さと品質の均一性が高い評価を得て、一時期は西海岸だけではなく、東海岸からの注文も引きも切らなくなっていたし、世界大恐慌のあおりを受けて多少の損失を被ったものの、それは決して大きなダメージとは言えなかった。が、幹三郎はここ数年、次のステップに進みたいと考えるようになっていた。総資産はおよそ十三万ドル。内訳は、ジョー名義の不動産のほかに、株券、債券、約束手形など。これらの資産を運用して、つまりコロラド州の土地と農園を手放して、オレゴン州ポートランドの郊外に新居と雑貨店を構える。裕福なアメリカ人の多く暮らしている地区に。農業から足を洗い、泥のついていない手足で仕事をし、白人たちと肩を並べて優雅に生活していこうという目論見である。

今では切っても切れない間柄になっている日系移民一世の不動産斡旋業者、ベン・マキモトを通して、この計画は着々と進められている。正式な売買契約も、アメリカ帰国後には成立するだろう。

しかしながら、意気消沈している兄に成功談をひけらかすのは、幹三郎の謙譲の美徳が許さない。佳乃にも、オレゴン州への引っ越しと新しい商売については「家のモンにはまだ内緒にしておいてくれ」と頼んである。

「アメリカの農業は規模が大きいけえ、人脈と流通ルートさえきちんと確保しとったら、大きな損はせんのじゃ。豊作になったら貯蔵しておいて、値が上がったときに一気に出荷する。それにうちの場合、畑の半分以上は人に貸して好きにやらせとるじゃろ。その貸し賃なんかもちょぼちょぼ入ってくるしな」

控えめに語りながら「にいさん、ちょっと見んうちに老けたなぁ」と、幹三郎は思っている。

俺よりも十一歳上だから、五十四か。どこからどう見ても七十過ぎのじいさんにしか見えんで。

ここまで兄を老けさせている苦労、狭い村に張り巡らされているしがらみ、家長として肩に背負わされている重荷。それらに比べたら、アメリカでの自分の苦労など、苦労とは言えないかもしれない、とさえ思う。

にいさんは日本にいる限り、死ぬまで農民じゃ。けど、俺は違うで。

今の幹三郎は、ビジネススーツを着こなし、畑から畑へと自家用車で移動しながら、そこで働く作業員を指導し、監督し、管理する、経営者であり、実業家でもある。

「へえ、おめえは人に貸せる土地まで持っとるんか。アメリカいうところは、おめえみたいなモンにでも土地を持たせてくれるんか」

「まあな」

話はそう簡単ではない。ジョー名義の土地を所有するに至るまでの苦労話は、ひと晩かかっても語り切れないほどある。日露戦争後から頓《とみ》に高まった排日運動、第一次、第二次外国人土地法の成立を経て、排日移民法——一九二四年に定められた、日系移民の受け入れ全面禁止措置——に至るまでの荊の道について、冷静に、筋道を立てて話せる自信もない。

「幹三郎さん、えらいりっぱになられましたなぁ」

見覚えのあるような、ないような男がそばにすり寄ってきて、兄弟の会話はそこで途切れた。

「おまえなぁ、幹三郎さんじゃねえ、このお方はマイクさんじゃ。マイクさんとお呼びせんか。なあ、ミスター・マイクさん」

脇からそんな茶々が入る。笑い声が広がる。

床の間のある畳の部屋——佳乃はかつてここで祝言を挙げたと言っていた——に、縦に二列に並べられた長方形の座卓を取り囲んでいるのは、大原家の親戚筋、および近所に住んでいる男たち、総勢二十人あまり。

掛け軸にいちばん近い上座に、向かい合って座っている林太郎と幹三郎のもとには、さっきから入れ替わり立ち替わり男たちがやってきて、兄弟と挨拶の言葉を交わし、酒を酌み交わしている。林太郎の長男、次男、三男は父の隣に、幹三郎の長男のジョーと次男のケンも幹三郎の隣に座っている。三男のアサはまだ小さいので、女たちといっしょに。

女たちが集まっているのは、男たちのいる客間からひと部屋置いて、一段低い位置にある板張りの部屋。昼間でも薄暗い、陰気な空間だ。土間になっている台所からひとまたぎ、上がったところにある。

佳乃を含む大人の女たちは全員、男たちへの給仕がひと区切りつくまでは、与えられた家事を一心にこなしていた。高梁川で獲れた鮎を焼き、野菜を調理し、汁物や酒をあたため、食器を上げたり下げたりしながら、同時に子どもたちの面倒も見る。赤ん坊が泣けば飛んでいき、乳をやり、おしめを替え、誰もがめまぐるしく動き回っていた。男たちの宴もたけなわを過ぎてからようやく、女たちは丸いちゃぶ台を囲んで食事を始めた。

それは長年、幹三郎の目にしてきた、見慣れた光景だった。尾頭付きの魚は男のもの。女は魚の粗《あら》と大根の煮物を食す。昔から、母はそのようにしていたし、男尊女卑に疑問を呈する人などいなかった。けれどもアメリカ暮らしの長い幹三郎にとっては、そもそも男と女が分かれて食事を取ること自体に、違和感を覚える。自分の隣に佳乃が座っていないと、居心地が悪い。いつのまにか、レイディファーストが体に染みついてしまっている。

俺は日本人ではなくなってしまったのか。

幹三郎は視線を巡らせながら、まわりに座っている日本男児たちの顔を、見るともなく見る。茶色い肌。黒い髪。吊り目がちな細い目。腫れたまぶた。

紛れもなく、俺は日本人じゃと自覚する。俺は、こいつらと、どこも変わりはせん。少なくとも俺の外見は。日本人じゃなくなったのは俺の中身なんだと、幹三郎は思い至る。

それなら、中身はアメリカ人である、と言えるんか？　俺はアメリカ人なんか？

答えは「否」だ。自分はアメリカ人ではない。息子たちと娘たちはアメリカ人だ。アメリカの法律上でもそうなっている。親である俺は違う。なぜなら、アメリカがそのことを認めてくれないからだ。排日移民法によれば、日系一世は「帰化不能外国人」だという。よって、市民権も与えないし、土地も所有させない。

普段はなるべく考えないようにしていること、心の一部に蓋をしてそこに閉じ込めていることを、幹三郎は、賑やかな酒宴のまっただなかでひとり、執拗に掘り起こしていた。

どんなに成功しても、どんなに英語を流暢に話しても、「マイク」あるいは「マイキー」と親しげに呼ばれても、アメリカで自分がアメリカ人と同等に扱われてはいないということを、幹三郎は心の奥底では常に意識している。あからさまな差別を受けなくなったのは、メロンビジネスで得た富の力と、そのおこぼれにあずかろうとする人々が、人種的偏見を巧妙に隠しているだけのことなのだ。だから、隠すのが下手な人間——下層階級や肉体労働者に多い——から、「モンキー」呼ばわりされ、自尊心をずたずたに引き裂かれることがいまだにある。渡米後、二十六年が経っても、どんなに多額の税金を納めていても、アメリカ人にはなれない。

それならおまえはいったい何者なんじゃ？

日本人でもなく、アメリカ人にもなれないおまえは。

「ダディ、ぼく、アサたちのところへ行っていいですか？」

次男のケンから英語で耳打ちされ、我に返って、幹三郎はうなずいた。

ジョーは大人たちに交じっても臆することなく、背筋を伸ばして礼儀正しくふるまっているけれど、ケンには到底、こんな仰々しい席で辛抱するのは無理だろうし、日本語の会話もこの子にはほとんど理解できていないはずだから、退屈でたまらないのだろう。

「行ってもいいよ、もちろん。じゃあ、いっしょに行こうか」

幹三郎は英語でそう言って立ち上がると、ケンの手を引いて、女たちのいる台所へと向かった。

「ぼく、マカロニ・アンド・チーズが食べたいなぁ。ジェローも食べたいなぁ。ダディ、マカロニ・アンド・チーズとジェロー……」

ケンの英語を無視して、幹三郎は日本語で言った。

「阿呆、そんなもんは、この家にはねえ。ここは日本じゃし、田舎じゃから。あした、ちゃんばら映画に連れていっちゃるから、がまんせえ」

「ちゃんばら」という言葉を耳にしたとたん、

「わーい、やったぁ！」

ケンは飛び上がって、廊下の柱を相手にちゃんちゃんばらばらの真似をし始めた。

「ケン。おまえはおにいちゃんじゃろ。マミーを困らせたらいけんよ。おとなしゅうして、おにいちゃんらしくせえよ。ほかの子とも仲ようするんで。マミーのお手伝いもしてな」

結婚式のときに一度、来ているとはいえ、十五年ぶりに訪ねたこの家で、知らない顔も多いなか、佳乃が心細い思いをしているのではないかと、幹三郎はさっきからずっと気になっていた。

心配は杞憂に終わった。

佳乃は女たちといっしょに、まるで「昔からこの家で、この台所で、働いてきました」と言わんばかりに立ち働いていた。幹三郎がケンを連れて姿を現すと、佳乃は「何か？　足らんもんでもありましたか？」と言いながら、ふたりに近づいてきた。久しぶりに目にする和装と白い割烹着姿が妙に板についている。

「いや、あっちは足りとる。ケンがこっちに来たい言うから。連れてきたんじゃ」

幹三郎が手を放すと、ケンは飛び魚のように勢いよく、裏庭にいる子どもたちの方へ向かって走っていった。

台所の向こうにある裏庭では、子どもたちがひとかたまりになって、何らかの遊びに興じている。板張りの部屋のかたすみでは、何人かの子どもたちが額を寄せ、絵本か何かに夢中になっている。ちゃぶ台のそばで、ままごと遊びをしている女の子たちの姿もある。洋服の子と着物の子、男女もだいたい半々の割合だ。

幹三郎は、三つの集団のなかにいる我が子の姿をひとりひとり、確認した。

メグは裏庭にいる。男の子たちを従えて女王然としている。ナオミは同年代の女の子とままごと。アサとリサは絵本。年長の誰かが日本語で読み聞かせている。みんなそれぞれに打ち解けて、親戚の子どもたちと遊んでいる。「子どもはええなあ」と、幹三郎は頬をゆるめる。子どもたちの世界には、人種も国境も存在しない。言葉の壁すらない。自由で平等でええ。

人が成長するということは、それらを少しずつ失っていくということなのか。

台所の方から、赤ん坊の泣き声が聞こえてきた。幹三郎は、はっとした。

エミは？　あれはエミの泣き声なんか？　違う。エミはどこじゃ？

きょろきょろあたりを見回していると、佳乃が先に気づいて言った。

「あれは、晶子さんのお孫さんの慎吾《しんご》ちゃん。エミちゃんは、花恵さんが面倒を見てくれとります。おかげでほんまに助かっとります」

晶子は、幹三郎のいちばん上の姉。花恵はいちばん下の妹だ。確か花恵は、ゆうべ遅くこの家にもどってきたはずだ。まだ、まともに顔を合わせてはいない。

事情を何も知らない佳乃の笑顔を目にして、幹三郎の顔は凍りつきそうになっていた。が、おくびにも出さずに言った。

「どこへおるんかの？　花恵とエミは」

「奥の部屋じゃと思います。さっき、エミちゃんがぐずっとったから、おむつを替えてくれとるんじゃないかと」

奥の部屋というのは、幹三郎と佳乃と子どもたちにあてがわれている広い客間——明治天皇の写真が飾られている——を意味している。

「そうか。ほんならちょっと見てくるわ」

「はい、お願いします」

幹三郎はその場を離れて、奥の部屋へとつづく廊下に出た。廊下のすぐそばには、小さな中庭がある。さつき、あじさい、南天、八つ手、いちじくなどの庭木が植わっている。廊下の先には厠《かわや》がある。手洗い用の水を溜めてある石の器のそばで、緋色の立葵《たちあおい》が大輪の花を咲かせていた。

その手前に、妹の姿があった。おくるみに包《くる》まった赤ん坊を腕に抱いて「よしよし」と、優しくあやすような仕草をしている。

「おう、花恵、ここにおったんか」

幹三郎は妹の背中に声をかけた。

「あ、おにいちゃん」

そう答えてふり向いた妹の顔を目にした瞬間、胸を射貫かれた。

どねえしたんじゃ、花恵。

二年前に比べると、思わずあとずさってしまいそうになるほど、妹の姿は変わり果てていた。

幹三郎のすぐ下には、五つ下の妹の美枝がいる。その美枝よりもさらに八つか九つ下だから、花恵はまだ二十代か、三十になったばかりか、それくらいのはずだ。けれども今、幹三郎に向かって懸命に笑いかけている妹の表情は、その立ち姿は、まさに亡霊のそれだった。生きている人間だとは思えないほど、花恵はやつれていた。

別れたときにはまだ幼子だった末の妹。笑って手をふりながら兄を見送る姉たちをふり切って、「おにいちゃま、おにいちゃま」と、泣きながら追いかけてきた、おぼつかない足取り。

二年前の帰国時に、二番目の姉、富子から言われた言葉がよみがえってくる。

「幹さん、あんた、なんとかしてやらんか。花恵はあんたがいちばん可愛がっとった、目に入れても痛《いと》うない妹じゃろうが。アメリカへ行ったきり、見放すつもりか。自分だけが幸せじゃったら、それでええんか」

花恵は二十歳のときに、見初められて京都に嫁いだ。相手は伏見で旅館を営んでいる裕福な家の次男坊で、人もうらやむような縁談だった。けれども、家業のあとを継ぐはずだった長男が不治の病に倒れてから、花恵の人生は暗転した。姑は、旅館の跡取りとして家にもどってきた次男の嫁をいじめ抜いた。農家の出身であること、子どもができないこと、次男に惚れられていることなど、何もかもが姑の気に障った。「花恵さんはお行儀ができてへん」と言って人前で恥をかかされ、何度泣かされたか知れないという。

今を盛りと咲き誇る立葵の花に視線を当てているふりをしながら、幹三郎は、やせ細った妹に優しく問いかけた。

「どうじゃ、可愛いか?」

花恵は胸のなかの赤ん坊を見つめたまま、つぶやくように答えた。

「可愛いなぁ。エミちゃんは、ほんまに可愛《かい》らしい。佳乃さんにそっくりやけど、あたしはおにいちゃんにもよう似とる思うわ」

花恵の声には、涙が混じっている。

尖った肩にのばしかけた手を、幹三郎は引っ込めた。

「そうか」

それ以上、何も言えなかった。

アメリカへの帰国を三日後に控えたその日、幹三郎と佳乃は夫婦水入らずで、備中松山城《びっちゅうまつやま》を訪れた。備中高梁駅の北にそびえる臥牛山《がぎゅうざん》の南の峰、小松山《こまつやま》の山頂に築かれた、日本一の高度を誇る山城である。

赤松、もみ、樫、けやきなどの生い茂る山道は、足の悪い佳乃でもなんとか登れる、傾斜のゆるやかな坂道だった。幹三郎にとっては、目をつぶったままでも登れるほど、慣れ親しんだ道である。少年時代には下から上まで、駆けのぼったことさえある。

ときどき、枝から枝へ飛び移る日本猿の姿が見られた。道ばたで咲く山野草を見つけるたびに、佳乃はしゃがんで小さな花々を愛でた。その全身から、幸せが滲み出ているように、幹三郎の目には映っていた。アメリカにもどったら、オレゴン州への引っ越しが待っている。ふたりで夢見てきた店が持てる。一ヶ月ほど前、佳乃に家と店の写真を見せたときの、彼女の驚きと喜びの笑顔は、記憶に新しい。

「よっしゃ、ここからは俺がおぶっちゃる」

山頂近くの最後の急な坂を、幹三郎は佳乃を背負って登った。

見晴らしの良い岩場にたどり着くと、ふたりは城を背にして並んで腰かけた。城の見学に行く前に水筒の水で喉を潤し、足をのばして休憩を取りたかった。

「ええ眺めじゃのう」

「家や田んぼがみな、おもちゃみたいに見えますねえ。ジョーくんとケンくんも、連れてきてあげればよかった」

子どもたちは全員、家で留守番をしている。

今朝方、上の姉三人は家族といっしょにそれぞれの家に引きあげていった。妹の美枝と花恵はまだ大原家に残っている。夫婦ふたりの時間を持てるよう、幹三郎は彼女たちに子守りを頼んできた。

手ぬぐいで額の汗を拭いている佳乃をちらりと見やると、幹三郎は、水筒にじかに口をつけてぐびぐびと水を飲んだ。今ここで、一気に済ませてしまおうと思っていた。唇の端からこぼれ落ちた水滴を拭いながら、言った。

「佳乃さん、折り入って、話があるんじゃ。聞いてくれるか？」

「なんでしょうか」

「エミのことなんじゃけど、花恵んところの養女にしてやりたい思うとるんじゃ。花恵もそのことを望んどるし、旦那も大喜びじゃ。エミはまだ小さいし、これから日本で、日本人として生きていくのも悪うないと思う。エミだけじゃのうて、まわりのもん、みんながそれで幸せになれる。うちには子どもはぎょうさんおるし、これからじゃって、増やせるじゃろ。花恵にはできん。そのせいで、いじめられて、いつ死んでもおかしゅうねえくらいに弱っとる。不憫でならんのじゃ。兄として、できることがあれば、してやらにゃあいけん思うとる。エミをあいつに。俺にはそれくらいしか、できることはねえ」

ひと思いにそう言って、佳乃の反応を待った。

つかのま、佳乃は黙っていた。黙って足もとを見つめている。

沈黙に恐れをなして、幹三郎は言葉を重ねた。

「正直なことを言うとな、おとどし、おやじの法要にもどったときに、みんなから言われたんじゃ。そんときは、アサとリサのどっちかを花恵にやったらどうかとな。俺は断った、そんなことはできん言うてな。じゃけどエミはまだこんまいじゃろ。エミなら」

やってもいいと、思っているわけでは決してない。できればそんなことはしたくない。その一方で「赤ん坊なら、もらわれても、本人にはわかりはせんじゃろ」と思っている。

佳乃はうつむいたまま、吐き出すように言った。

「できません」

あらかじめ、予想していた答えだった。幹三郎は畳みかけた。姉たちから授けられている切り札を出した。

「花恵の旦那にはな、若い妾《めかけ》がおるんよ。そっちに子ができたら、花恵は追い出される。追い出されたら、行くところもねえ。そうなるとわかっていて、黙って放っておいてええと思うか？」

その問いかけに佳乃は答えず、つと空を見上げた。見るべきものは、そこにはない。ないはずなのに、視線を巡らせている。昼間の晴れた空に、見えない星を探しているようでもあった。

泳いでいた視線が、ふたたび自身の足もとに向けられた。

「親にとって、子を取られるいうことは、手足の一本をもぎとられるいうことです。どうしてもエミちゃんをやる言うんなら、私のこっちの足をもぎとってからにして下さい」

佳乃の手は、悪くない方の足を押さえている。

音もなく、背後の山城が崩れ落ちていくような錯覚があった。佳乃の言葉には、城をも崩せるほどの破壊力がこもっていた。幹三郎は打ちのめされた。それでも言い募ろうとした。すでに花恵には約束をしてしまっている。

「取られる取られるいうけど、取って食われるわけでも、盗まれるわけでもないじゃろ。花恵は俺の妹なんじゃし、俺らの家族でもある。一生の別れになるわけでも……」

季節外れの氷雨を思わせるような声に、幹三郎の言葉は遮られた。

「できません。子を手放せるのは鬼だけ。親にはそんなことはできん。違いますか」

そのあとには、声にならない声がつづいた。できません、私にはできません、できません、そんなこと。幹三郎の耳にはその声が聞こえた。まるで遅霜で駄目になった作物を目の当たりにしたときのような、絶望的な気持ちになった。しかし、絶望しているのは佳乃の方なのだということも、重々承知している。

一陣の風が起こって、まだ青い木の葉が一枚、どこからか飛んできたかと思うと、佳乃の黒髪に張りついた。片方の耳を隠すようにして、ふんわりと結ってある髪の上に。

取ってやろうとして手をのばすと、木の葉はそよ風に煽られて、くるくるくるくる舞いながら、どこかへ飛んでいった。「あ」と、ふたり同時につぶやいた。佳乃は髪に手をやりながら、幹三郎は虚空を見つめながら、「飛んでいった」と思っていた。

飛んでいったのは、一枚の木の葉ではなかった。飛んでいったのはおそらくふたりの運命、あるいはその重みに相当するもの。飛ばしたのは、風。風は目に見えない。木の葉は見えても、そのときの幹三郎には風は、見えていなかったのだった。

——一九三五年十二月　オレゴン州

今朝ほど、業者から届けられたばかりの、まだインクの匂い立つ「ウィークリー・SAKURA」。オレゴン州ポートランドを中心にして、近隣の町や村に住んでいる日系人向けに発行されている日本語の情報誌である。日米の政治、経済、社会情勢、金融関係のニュースも載っているし、物々交換の告知板、悩み相談、四コマ漫画、求人広告など、雑多な内容が盛り込まれている。

ぶあつい紙の束に掛けられている紐を解き、埃を払ってから店のカウンターの上にのせると、大原佳乃はその一部を手に取って、一面の最下段に掲載されている「桜歌壇」に目をやった。

最後に、佳乃の詠んだ一首が載っている。投稿したのは、かれこれ一年ほど前だったか。

あれっ、私の歌が、なんで今ごろになって？

首をかしげながら、佳乃は他の四首を一読した。いつも思うことを思い、湿ったため息をついた。恨みつらみ、劣等感、憤怒の情、自己嫌悪などを歌ったものの、なんと多いことか。

望郷の念は恨みにうりふたつこの黒髪の抜け毛に宿る
この胸にあきし日の丸赤い非よわれらの怒り血よりも濃き緋
ハズバンドワイフと名乗り踊れども所詮亜細亜の醬油の夫婦
白き蝶交じりて這ふはとかげなり切りても絶えぬ黄色き尻尾

ひと頃は、こういう歌を目にするたびに「ああ、いやじゃ、いやじゃ」と目を背けたくなったものだった。けれども、このごろの佳乃は、こんなもの、見たくないと思いながらも、我が目を覆った手のひらの、指と指のすきまから覗き見るようにして、読まずにはいられない。自虐的とでも言えばいいのか、傷口を自分の指でつついて、化膿させてしまうような行為だとわかっていながら、やめられない。人は誰も、己の体内に溜まった老廃物を、生ごみのように腐臭を放つ思いを、なんらかの形で外に出してやらなくては、生きていけないということなのだろうか。

　五年前の夏、日本へ初めての里帰り帰国をしたとき、大阪から岡山まで会いに来てくれた上の姉から贈られた、与謝野晶子の歌集。ひもといて、ページからあふれ出さんばかりの自由奔放な愛の言葉、情熱と叙情の凝縮された美しい三十一文字に魅了されてこの方、佳乃は、見よう見まねで短歌を詠むようになった。

　日中、途切れることなくつづく店の仕事と、めまぐるしく、あわただしい家事や子どもたちの世話の合間、合間に、ふと思いついた言葉を書き留めておいて、夜、眠りに落ちるまでの短い時間に、脳内で五・七・五・七・七の形式にまとめる。朝、起き抜けに、それを紙の上に書き記す。詩や小説と違って、これなら自分にもできそうだと思った。ほどなく、店の常連客であり、日本人移民でもある人のすすめで「桜歌壇」に投稿するようになった。毎月、五首か六首、まとめて送ると、翌月か翌々月に一首が掲載される。


我が乳を噛み切らんとし吸ふ赤児抱き寄せて問ふ吾子は何者

なぜか、一年後に活字になった「我が乳を」にふたたび視線を落とすと、佳乃は思わず知らず胸に手を当て、乳房の膨らみを確かめるような仕草をした。勢いよく、まさに噛み切ろうとするかのように激しく、乳を吸われた日の記憶はすでに遠い。遠い記憶を胸もとに引き寄せるようにして、佳乃は思った。

　私の「吾子」は「小さき死者」になってしまった。

悲しい出来事が起こったのは、忘れもしない、今から二年前の一九三三年の春先だった。家族揃って日本へ一時帰国した年から数えれば、三年後のことになる。

一九三三年と言えば、日本にとっては国際連盟脱退の年に他ならない。野蛮国から文明国への脱皮、さらに、西洋の列強国に肩を並べるアジアの最強国を目指して、富国強兵を実現し、日清戦争、そして日露戦争に勝利した日本は、ポーツマス条約によって、中国の遼東《りょうとう》半島南端地域、いわゆる「関東州」と、東清鉄道の一部をロシアから手に入れ、長春から旅順までを結ぶ南満州鉄道を運営することになった。その頃の中国は、ひとつにまとまった国家ではなく、さまざまな軍閥によって支配されており、常に不穏な状態にあった。日本は「関東軍」と呼ばれる陸軍部隊およそ一万人を送り込んで、関東州と南満州鉄道の警備に当たったが、ロシア帝国で起こった革命により成立したソ連から関東州を守るためには、さらなる軍事力を行使するしかないと考えるようになった。

このような流れのなか、関東軍が作為的に起こした列車や線路の爆破事故に対する、報復として為された複数の軍事行動を経て、関東軍は一九三二年三月一日に「満州国」の建国を宣言した。国際連盟はリットン調査団を派遣し、事実関係を追究した。その結果、調査団は日本に対して、満州からの関東軍の引き揚げと、満州を国際管理のもとに置くことを求めてきた。日本政府はこの要求を拒否し、国際連盟を脱退するに至る。

三月二十七日、奇《く》しくも、日本が国際社会に背を向け、帝国主義、軍国主義に向かって突き進み始めたこの日に、大原家の四男レイモンド——通称レイ、日本語名「嶺」——は天に召されたのだった。

この世に生を享《う》けてわずか二週間足らず。昼間は元気いっぱい、佳乃の乳を吸っていたというのに、夕方に突然、火のような高熱を出し、深緑色をした泥水にも見える下痢便でおしめを汚した。次の朝には、目をあけたまま、こぶしを握りしめたまま、冷たくなっていた。徹夜の看病に疲れて、佳乃がつかのま、深い眠りを貪《むさぼ》っていた朝まだきに逝ったものと思われた。最期まで母の手を求めて泣いていたのか、まつげには涙の塊がこびりついていた。

儚い露の玉のような命だった。

このとき、佳乃は三十五歳。幹三郎は四十六歳。

ふたりとも、口にこそ出さなかったが、この息子が八人きょうだいの末っ子、つまり、ふたりの最後の子どもになるだろうと予感していた。

幹三郎は四男の死を、非業の死を遂げた兵士の死を悼むかのように嘆いた。まだ首の据わらない赤ん坊の遺体を抱きかかえて、幹三郎は声を上げて泣いた。葬式の日にも、体を折り曲げるようにして、涙が涸れ果ててしまうまで泣いていたのは、幹三郎だった。

佳乃はそんな夫を、見知らぬ男を眺めているかのような目で見ていた。当然のことながら、佳乃も悲しかった。自分の産んだ子を亡くすということは、自分自身の一部を失くすことに等しい。それは十六年ほど前に、初めての子を流産したときにも味わわされた喪失感だった。

しかしながら、佳乃はそのときほど悲しむことができなかった。なぜか、気持ちが冷めていた。悲しまなくてはいけないと頭で思いながら悲しんでいる、というふうでもあった。

「男の子じゃったのになぁ、惜しいことをした。強そうな子じゃったのに、なんでじゃ。なんで死んだんじゃ。何がいけんかったんじゃ」

幹三郎が悲しめば悲しむほど、佳乃の悲しみは白々と明けていく夜の闇のように、陽に溶けて輪郭を失い、淡く薄くぼやけていくのだった。

曰く言い難いその感情を詠った歌がある。投稿はしなかった。紙にも書きつけていない。ひそかに脳内に焼きつけている歌だ。自虐的なまでの執拗《しつよう》さで。

金輪際《こんりんざい》涙は出まい悲しめまい我が子を人にやりし鬼には

赤ん坊だった四女のエミを日本に残して船に乗ったときから、佳乃の心の一部は、壊死《えし》していた。壊死したその部位は、もう二度とよみがえることはないし、血が流れることもない。佳乃の内部で死んだのは、愛であり、愛の喜びであり、幹三郎に対する信頼——一部ではなくて全部——だった。

佳乃が四男を身ごもったとき、幹三郎は「でかした、でかした」と喜んでいた。その喜びのなかには「これで、エミのことは帳消しになるじゃろう」と考えている、夫の心が透けて見えるような気がした。そんな自分が嫌だった。夫を許すことのできない自分を、佳乃は憎んだ。

愛という言葉の意味は、決してひとつではないのだと思い知った。ふたりの人間がいれば、そこにはふた通りの愛がある。愛のなかには憎しみが、悲しみが含まれていることもある。交わることのない、すれ違うだけの愛がある。長年、連れ添った夫婦のあいだにも。

高梁の山城から谷底に突き落とされたようだったあの日、「エミを養女に」と宣告されたあの日、佳乃は理解した。夫の愛の在り方を。

つまり、とかげの尻尾のように、あの人の愛とは、あとからあとから生えてくるものなのだ。

あの人の悲しみは、いずれ癒えるものなのだ。

その理解は正しかったと、今も思っている。

エミちゃん、もうじき六つになるんじゃなぁ。

手放した幼子の顔を、姿形を想像しようとして、佳乃はまぶたを閉じた。

果てしなくつづく白い砂漠が見えた。

白い砂のように見えるのは、時の流れによって細かく砕かれた生き物たちの骨と、その上に降り積もった悲しみの粒子の集合体ではないかと、佳乃には思えた。白い砂漠。それは、幹三郎と自分とのあいだに横たわっている溝であり、空洞であるに違いなかった。

胸の痛みを、佳乃は感じた。こんな砂漠を抱えたまま、私たちはこれから先も平然といっしょに暮らしていくのか。


「ただいまー《アイム・カミーン!》」

「今、帰りました」

「あーおなかすいたよー」

店の入り口に設えてあるカウベルが鳴り響くのと同時に、かしましい女の子たちの声が飛び込んできて、佳乃を白い砂漠から現実に引きもどしてくれた。

「おかえり」

できるだけ明るい声を出して、娘たちを出迎える。

「おかあさん、きょうの夕ごはん、なんですか？」

「その前にホームワークしなきゃ」

「あたしはお絵描きするの！」

　長女のメグと、次女のナオミと、三女のリサが団子になって、カウンターの内側に座っている佳乃に近づいてくる。十三歳、十二歳、八歳。メグはついこのあいだ、生理が始まった。ナオミの乳房も膨らみつつある。リサはまだ、お人形さんみたいな体つきをしている。三人の女の子たちの体から立ちのぼってくる甘ずっぱい香りに、佳乃は噎《む》せそうになる。

「どうでしたか、学校は？」

「まあまあだった」

「どういう意味なの、まあまあって？」

「まあまあ楽しかったけど、勉強はまあまあ嫌い」

「学校は良くはない《ノットグッド》、だけど《バット》、悪くもない《ノットバッド》」

「どういう意味なんですか、それは？」

「普通という意味よ、おかあさん」

「おかあさん、マムとママとマミーって、どう違うの？」

「違わないよ。でも正しい日本語はね、マムは『ハハ』だよ」

「ハハ？　マムって、笑われ者？」

　きのうと似たような、意味のあるようなないような会話。軽快な英会話のなかに、ときおり交じる下手くそな日本語。その日本語も急速に失われていく。佳乃はすでにあきらめている。彼女たちは私と違ってアメリカンなのだから。

　三人の娘はもつれるようにして、店の奥にある扉から出ていった。

　扉の向こうにある中庭を横切って、一ブロック先にある公園を通り抜けると、そこには、広い敷地に建っている、りっぱな我が家がある。子どもたちは学校からもどってくると、まず佳乃のいる店に顔を出してから、その家に帰る。


　幹三郎がオレゴン州ポートランドの郊外に構えたマイホームは、裕福な白人の多く暮らす、中産階級かそれ以上の階層の住宅街のはしっこに位置していた。言い換えると、中産階級とそれ以下との境界線に当たるエリアにある、とも言える。

　日本から輸入した食品や日本製の日用品や雑貨などを中心にしながらも、それ以外の商品――アメリカ製の食品、衣類、ソーダ、菓子、文具など――も幅広く取り扱うグロッサリーストア、その名も「オハラストア」は人通りの多い表通りに面しているが、家は閑静な住宅街にある。家と店がほど近くにあることは、足の悪い佳乃にとっては有り難いことだったし、幹三郎もそのことを考慮して、この物件を購入したと言っていた。

　日本への里帰り帰国のあと、一家はオレゴン州に引っ越し、引っ越しが落ち着いてから、佳乃は店番の仕事をするようになった。

「ここなら、暇なとき、佳乃さんの好きな本を読んどったらええじゃろ」

　幹三郎は得意げにそう言った。

　蓋をあけてみれば、そんな暇はほとんどなかった。開店当初は、客の大半は近所に住んでいる日系人だった。そのうち、白人の子どもたちがキャンディやガムや小さなおもちゃを買っていくようになり、すると、その親たちも姿を現すようになり、物珍しさも手伝ってか、日本の製品を買い求めていくようになった。日本の食品や食材が揃っていることを聞きつけて、遠くの村や町からも日系人たちが買い物に来るようになった。純利益は年々、増えつづけ、去年は五千ドルを超える黒字を出した。これは、たとえば豊作に恵まれた年に得られる農家の利益の、およそ五倍に当たる金額だった。

　幹三郎のオレゴン州における新ビジネスは、軌道に乗った。それを根底から支えていたのは、数年前から幹三郎の手がけている、もうひとつのビジネスだった。不動産斡旋業で成功していた日系人のベン・マキモトと組んで始めた、不動産の転売事業。そこから得られる利益は、グロッサリーストアのそれとは桁が違っていた。

　経済的にも余裕が出てきたせいで、幹三郎は頻繁に日本帰国をするようになった。佳乃はいっしょに行かなかった。子どもたちの学校——長いあいだ、休ませるわけにはいかない——を理由にして、アメリカに残った。本当の理由は、行きたくなかったからだ。行けばエミに会いたくなる。会えば自分がどうなるか、自分を保ったままでいられるか、佳乃には自信が持てない。

　先月の終わりから、幹三郎は三人の息子《こ》たちを連れて、日本へもどっている。

「クリスマスプレゼントをぎょうさん買うてきちゃるから、おまえらはおとなしゅうして待っとれ」

　と、娘たちに言い置いて。

　アメリカに帰ってくるのは、年の暮れになるだろう。

男の子たちだけを連れていくことにしたのは「あいつらには、日本という国をしっかり見せておきたいんじゃ。将来、アメリカと日本をまたぐようにして活躍してもらいたいし。俺の仕事を引き継いでもらうからには、日本のこともよう知っとかんとな。百聞は一見にしかずじゃ」――そのあとに、幹三郎は昨今の日米関係に関して自身の思うところを語った。

話の途中で、こんな話題が出た。

「二四年よりも前に生まれた二世はな、日本では『日本人』ということになっとるらしいんじゃ」

「ほんまですか？」

佳乃にとっては、初耳であり、寝耳に水でもあった。一九二四年といえば、排日移民法が成立した年である。双子のアサとリサを除く四人は全員、それ以前に生まれている。ということは、四人の子どもたちは、アメリカではアメリカ人でありながら、日本では日本人ということになる。いわゆる二重国籍。このことが子どもたちの人生に、運命に、どのような影響を与えることになるのか、佳乃にも幹三郎にもまだよくわかっていなかった。

幹三郎にわかっていたのは「それでな、最近になって、帰米二世いうのが増えとるらしい。アメリカじゃのうて日本で生きていくと決めて、帰国した二世らが、どんどんアメリカへもどってきとるそうじゃ」ということだった。

「日本へおったら、奴らも日本人じゃから、兵隊に取られる。それが嫌じゃいうてな」

そんな話を聞きながら、佳乃は言い知れぬ不安を感じていた。長男のジョーが日本に多大なる関心を抱いていて「何年か日本に住んで、日本の学校へ行きたい」などと言っていたことがあったからだ。

「ジョーくんを連れていくのはええけど、必ずいっしょに帰ってきて下さいよ」

佳乃の必死の形相を、幹三郎は笑い飛ばした。

「心配せんでええ。ジョーは大切な俺の跡取り息子じゃ。エミとは」

そこで、幹三郎は口をつぐんだ。

佳乃は凍りついた。「エミとは違う」と、この人は言いたかったのか。

「エミのようすもしっかり見てくる。みんなに可愛がられて、幸せに暮らしとるはずじゃ」

幹三郎は笑顔で取り繕った。般若《はんにゃ》の面を隠して、佳乃は微笑んだ。


「おかあさん、おとうちゃんとおにいちゃんたち、いつ帰ってくるの?」

「クリスマスプレゼント、忘れてない?」

「京都へ行って、エミちゃんにも会ってるの?」

「あたしも会いたいなぁ、エミちゃん、どうしてるのかなぁ」

「アイ・ミス・エミ……」

夕餉のテーブルの上を、そんな会話が行き交っている。佳乃はすべての答えを呑み込んで、無言で箸を動かしている。

食卓には、甘辛く煮つけた魚、豆腐コロッケ、マカロニサラダ、缶詰のグリーンピースなど、和洋折衷のおかずが並んでいる。和風の盛りつけではなくて、すべてを大皿に盛りつけて、各自が好きなおかずを好きなだけ、取れるようにしている。

エミちゃんは、元気でいるじゃろうか。

　この五年間、考えない日は一日として、なかった。そして、佳乃がエミのことを口に出すことも、なかった。忘れたふりをしなければ、生きていけないと思っていた。亡くなった子たちは星になって、天上にいる。けれども、この世に生きているのに会えないエミは、佳乃にとっては、星などではない。たとえば、昼間に目にした歌の言葉を借りるなら、エミの存在は「胸にあいた赤い非」だ。

「日の丸の将来も心配じゃ。中国との戦争は泥沼状態。日米関係がこれ以上こじれたり、悪うなったりせんとええけどなぁ」

　眉をひそめながらそう語った幹三郎の横顔を思い出しながら、佳乃はそのとき自分の思っていたことを、胸のなかで反芻してみる。急速に軍国主義に傾いていっている日本で、エミちゃんは幸せに生きていけとるんじゃろうか。

「クリスマスプレゼント、ほんとに買ってきてくれるかなぁ」

「早く帰ってくるといいねえ」

「あのね、わたしね……」

「へえ、そうなの……でもあたしは……」

「マミー！　聞いてる？　マミー！」

　リサに呼びかけられて、佳乃は我に返った。

　クリスマスプレゼントに関する娘たちの会話は、何ひとつ、佳乃の耳には入っていなかった。ただの雑音として、聞き流されていた。

「あ、ごめんごめん、おかあさんちょっと、頭が痛くて。ごめんね」

その言い訳は、口から出まかせではなかった。

幹三郎と息子たちを送り出して以来、佳乃の体調は優れなかった。このところずっと、吐き気、微熱、気だるさ、風邪に似た症状がある。

その原因は、佳乃だけにはわかっている。

わかりたくも、認めたくもない、この事実。

自分の体に裏切られた、と、佳乃は思っている。流せるものなら流してしまいたいとさえ。昼間でもその通りだけは薄暗い、まるで街の陰部とでも言いたくなるような一角。ぎしぎし軋《きし》む、歪んだ階段を上り切ったところにある一枚の扉。その向こうで、不定期に開業しているという「暗闇の手」で、掻き出してもらおうかと考えることもある。だがその考えが想像に変わった瞬間、佳乃は即座に否定する。

いけん、いけん、そんなことはできん。したらいけん。

エミを手放したあと、夫婦の睦事は絶えて久しかった。幹三郎の求めを、佳乃はときには静かに、ときには感情的に、退けようとした。「よしよしわかった」と訳知り顔をされ、背中と頭を撫でられる夜もあれば、男の力でねじ伏せられてしまう夜もあった。レイモンドを身ごもったのは、仕事上のトラブル処理でむしゃくしゃしていた幹三郎に、半ば強引に事に及ばれたせいだった。レイモンドが亡くなったあとにも、同じことが何度か起こった。

「あともうひとり、産めばええ。そうすれば忘れられる。何もかも水に流せる」

覆いかぶさってくる体を払いのけ、殴りつけてやりたいような気持ちになった。きのうのことのように、佳乃は覚えている。あれは、憎悪と名づけていい感情だった。心を閉じ息を殺し、きつく唇を噛んで、早く終わることだけを願って耐えた夜。

あの夜に、屈辱にまみれたあの夜に、この命はやってきた。

また別の楽しい話題を見つけて、はしゃぎ始めた娘たちの姿を見るともなく見ながら、佳乃はひとり、心の砂漠をさまよい始める。どこまで行っても白い砂の海。波打ち際には幾重にも重なり合った白い骨の粉。足がずぶずぶ沈んでゆく。

私は何者なのか。

私は卑怯者だ。私は嘘つきだ。私は裏切り者だ。自分で自分を裏切っている。もう子どもなんて産みたくない。それなのに、孕んでしまった。この子は私から、いいものを、かろうじて残っているのかもしれないいいものを、ことごとく私から吸い取って、大きくなっていく。私はこの子を、愛することができるだろうか。

＊

小さな愛しいわたしの女の子へ
父と兄たちが、両手に抱え切れないほどたくさんのクリスマスのプレゼント——そのなかには、姉たちの誰かが欲しがっていた羽子板も含まれていました——を抱えて、日本からアメリカへもどってきた翌年、日本では、二・二六事件が起こりました。アメリカで発行されていた新聞（二月二十八日付）にも、この記事は大きく載りました。
陸軍の若き青年将校たち、およそ千四百人が、首相官邸、警察庁などを占拠し、日本政府の要人たちを暗殺し、軍事クーデターを引き起こそうとしたのです。

が、記事の何番目かの見出しには「シチュエーション　アンダー　コントロール」という英単語が並んでいました。皮肉なことに、彼らの崇《あが》め奉《たてまつ》っていた天皇その人によって、彼らは反乱部隊として鎮圧されたのです。この事件によって、陸軍に内在していたふたつの派閥のうち、クーデターを試みた皇道派の力が弱まり、統制派の力が増大していきます。このことが、のちの日本の歴史に与えた影響には、計り知れないものがありました。統制派のなかには、一九四一年に首相となり、日本を太平洋戦争へと向かわせる東條《とうじょう》英機《ひでき》もいました。

四月、日本の外務省は日本の国号を「大日本帝国」に統一すると発表し、天皇の正式な呼称は「大日本帝国天皇」になりました。

このようにして、世界でも類を見ない、天皇崇拝と軍国主義の合体した思想と制度が創られ、いわゆる挙国一致体制が築き上げられていくのです。

翌年の七月には、盧溝橋《ろこうきょう》で日中両軍が衝突し、日中全面戦争が勃発、その年の十二月には、南京を占領した日本軍が南京大虐殺事件を起こします。もちろんアメリカは、こうした日本の動きに不快感を示し、警戒を強めていきます。それが日米通商航海条約の取り消しにつながっていき、アメリカの経済制裁によって追い込まれた日本は、出口のない戦争に、唯一の突破口を求めるようになっていくのです。

そのような時代に、母は、望んでいない子を産み落とし、父を喜ばせます。時代が大きく揺れ動いているときにも、人は身の回りのちまちましたことに気を取られ、くだらないことに一喜一憂しながら、蟻《あり》のようにみみっちく生きていくものなのです。人間とはそういう者です。楽観的な愚か者。

母の妊娠を知らされたとき、父は満面に笑みをたたえて、こう言いました。

「男の子じゃったらええのになぁ。レイの生まれ変わりじゃったらええのに。男の子ならもういっぺん、レイモンドと名づけちゃろう」

残念ながら、生まれてきたのは、女の子でした。

父はその子に「ハナ」と名づけます。日本語の「花」のつもりでした。

母はその子を「ハンナ」とは呼ばず、アメリカ風に「ハンナ」と呼びました。理由はわかりません。「花」は、エミの養母である「花恵」を想わせたからでしょうか。やがて父も「ハンナ」と呼ぶようになり、「花」という名は忘れ去られました。

大原家の末っ子、ハンナは、父からも兄たちからも姉たちからも、可愛がられました。近所の人たちからも「リトルプリンセス」と呼ばれて、たいそうな可愛がられようでした。

父はこの子が三歳になった年のクリスマスに、それまで、姉たちがどんなに欲しがっても決して飼わせなかった子犬を買い与えました。

「アキータ」と呼ばれている秋田犬。白っぽい毛をしていたので、このおす犬は「スノウボール」と名づけられました。丸々と太った子犬が元気いっぱい走り回る姿はまさに、ころころ転がる雪の玉のようでした。その雪の玉を追いかけて走る幼い女の子のまわりには、微笑みの輪がさざ波のように広がっていました。

ハンナは、誰からも愛されていました。

ただひとり、母を除いて。

母はこの子を可愛がろうとしませんでした。母はハンナを疎《うと》みつづけました。兄たち姉たちはまったく、そのことに気づいていなかったと思います。もちろん父も。母もそのことを隠していました。いいえ、うまく隠しおおせていると思っていたのでしょう。でも、ハンナだけは気づいていました。頭ではなくて体で、全身全霊で、理解していたのです。

母の愛を得られなかった、小さな哀れな女の子。

いつも、いつも、母の愛を、それればかりを求めていた女の子。

それがわたしです。

あなたの母親です。

第4章　星ちりばめたる旗のもと

私たちがお尻に卵の殻をくっつけて、黄色いスクールバスに乗って学校に通っていた頃のお話。

毎年、クリスマスが近づいてくると、兄のロビン、姉のチカ、妹のフィービーは、三人三様にそわそわしていた。

十二月になったとたん、ほとんど毎日のように、親戚の人や両親の友人や知人たちから郵便で届くプレゼントの包みを、三人は、リビングルームに飾られているクリスマスツリーの根もとに積み上げていく。そうして、包装紙のかたすみに貼られているシールや、リボンに結びつけられているギフト用のタグに、小さな文字で記されている名前――誰から誰へ――を確認しては、ため息をついたり、歓声を上げたりする。

「うわぁ、なんだろう、これ、ずいぶん大きいな。それにずっしり重いよ」

「レンガでも入ってんだよ、きっと」

「楽しみだなぁ。ああ、早く来ないかなぁ、クリスマス」

そんな三人のかたわらで私は「私へのバースデイギフトはどこ？」と、恨めしそうな顔つきで、色とりどりのプレゼントの山を眺めていた。

「ねえ、ジュン、この人、誰だっけ？　このモビィ・ディックって、どこのおじさん？　ダディの親戚？　それとも、ジョーおじちゃんの弟？」

「あっ、それ、私へのギフト？」

「うん、そう。親愛なるジュンへ、モビィ・ディックより、海よりも深い愛をこめて」

チカがタグに書かれているメッセージを読み上げると、フィービーが横から取り上げて言った。

「モビィなんておじちゃん、いたっけ？」

「知らない、そんな人」

「もしかして、ジュンのボーイフレンド？　ありえなーい！」

私はフィービーからその包みを受け取ると、黙って、自分の部屋まで持っていった。ひとりで静かに、うれしい気持ちを味わいたかった。

モビィ・ディックと名乗っていたのは、母のいちばん上の兄に当たる伯父のジョーだった。名づけたのはこの私。前の年のクリスマスに、ジョーが私に『白鯨』をプレゼントしてくれたから。

ジョーおじさんはその昔、見知らぬ人から受けた暴行のせいで脳に怪我をして、話し言葉によるコミュニケーションがとれなくなったのだと、父から聞かされて知ったのは、私たちがみんな大人になってからだった。子どもの頃には何も知らなかったし、知らされていなかった。伯父には弟がふたり、つまり母には兄が三人いて、ひとりは戦争で、もうひとりは病気で亡くなったということも。もしかしたら、聞かされていたのかもしれないけれど、十代の記憶の引き出しには残っていない。

当時の私たちは、母のきょうだいのことにはあまり関心を抱いていなかった。母自身が何も話さなかったせいもある。たずねても、教えてくれなかった。だから私たちにとって伯父は「いつも黙って、にこにこしている、優しいジョーおじちゃん」でしかなかった。

うずたかく積み上げられたプレゼントを開封できるのは、十二月二十五日の朝だった。

二十四日の夜は、ディナーが終わったあと、サンタクロースに手紙を書かされた。母は四人の子どもたちに、レポート用紙を一枚ずつ、ちぎって手渡しながら命令した。

「最初に『親愛なるサンタ様へ』って書いて、まず今年の反省を、それから来年の抱負を書いて、その次に、自分のいちばん欲しいものを、ひとつだけ書くのよ。この前、私に教えてくれた『あれ』をね。そうしたらきっと、サンタさんが今夜、あなたたちに『それ』を届けてくれるから」

私たちが手紙を書き終えて四つにたたむと、母はそれらを重ねて、リビングルームのコーヒーテーブルの上に置いた。その隣に、チカは母といっしょに焼いたクッキーを並べた小皿を、ロビンはミルクを満たしたグラスを、フィービーはトナカイのために人参を置く。私が置くのは、サンタクロースが使う紙ナプキン。

子どもたちがそれぞれの部屋に引きあげたあと、両親は、あらかじめ四人から聞き出して用意して隠してある「ある物」を、どこからか出してきて、ツリーの下に置いておく。翌朝、子どもたちが起きてきたときには、空になった小皿とグラスと、丸められた紙ナプキンと人参のしっぽだけが残されていて、ツリーの下には、手紙でお願いしたプレゼントがちゃんと届いている。末っ子のフィービーが、サンタクロースは現実には存在しないと気づくようになる年まで、その儀式はつづけられた。

三人は嬉々として、サンタへの手紙を書いた。互いの手紙を見せ合い、はしゃぎ合った。

「ほんとに今夜、届くと思う？　いつごろ来るの？」

「サンタって、暖炉の煙突から家に入ってくるって、ほんとかなぁ」

「ほんとだよ。だからこのあいだ、ダディはあんなにいっしょうけんめい、掃除してたんだと思うよ」

「トナカイさんの人参、一本じゃ足りないかも」

「だったら、増やしておきなさいよ。おなかが空いたら、かわいそうじゃない？」

二十四日の夜は、三人とも興奮してしまって、なかなか寝つくことができない。私たちはロビンの部屋に集合し、三人は遅くまでひそひそ話に興じていた。そんなみんなの様子を、私はひとり、冷めた目で傍観していた。

四人のなかで、サンタクロースのからくりに誰よりも早く気づいたのは、私だった。誕生日がクリスマスに近いせいで、誕生日プレゼントがもらえないと不満を漏らした私に「サンタクロースはジュンの誕生日を知ってるんだ。クリスマスには、ジュンへのバースデイギフトを兼ねた贈り物を持ってきてくれるんだよ」と、父が言い訳をしたとき、子ども心に、ああ、そういうことだったのかと理解した。

それでサンタクロースは、私が「これが欲しい」と手紙に書いた本とは違う本を持ってくるんだな。たとえば、私が『かもめのジョナサン』が欲しいと書いた年には、サンタは『シェークスピア全集』を、『ラブ・ストーリー――ある愛の詩』が欲しいと書いた年には『聖書』をプレゼントしてくれた。うんざりした。サンタもクリスマスも、ちっとも好きじゃないと思った。サンタは私の欲しい本を持ってこない。代わりに、親が喜ぶ本を持ってくる。なぜならサンタは親だから。

あれは、いつの年だったか。確か、フィービーが小学校に通い始めたばかりの頃だから、私は小学校の高学年、チカは中学生、ロビンは高校生くらいか。

「犬を飼いたい」と、最初に言い出したのはチカだった。飼いたい、欲しい、ねえ、飼わせて、お願い、と、チカは事あるごとに両親にねだりつづけた。もちろん私も欲しかった。もしかしたらチカ以上に、私も犬が欲しいと思っていた。私はねだりはしなかったけれど。ロビンとフィービーは、私とチカほどではなかったものの、欲しがっていたことに変わりはない。父は特に反対はしなかった。ちゃんと面倒を見られるのなら飼ってもいいと言ってくれた。

「駄目です。犬なんて、絶対に駄目。チカ、勉強の忙しいあなたに犬の世話なんてできるはずがないでしょ。子犬のときだけ可愛がって、病気になったり、老犬になったりしたら、見向きもしなくなるのよ。そんなこと、許しません。チカ、わかった?」

母は猛烈に反対した。激しい剣幕で「あなたもあなたです。子どもに甘すぎます」と、父にも噛みついた。珍しいことが起こったなと、私は内心、驚いていた。母がチカに対して、あんなにも厳しい態度を見せるなんて。

チカはあきらめなかった。よほど欲しかったのだろう。

クリスマスが近づいてきたある晩、チカは私に相談をもちかけてきた。相談というよりも提案か、作戦か、そのようなもの。今年のクリスマスには「犬が欲しい」と、全員そろってお願いする。それがチカの考え出した作戦だった。

「四人全員でお願いしたら、頑固なマムも降参するような気がするのよ。それにフィービーまでがそう願うのだったら、仕方がないかなって」

末っ子のフィービーは、まだ無邪気にサンタの存在を信じていた。母はそんなフィービーの願いを渋々聞き入れるに違いないと、チカは考えたのだった。

「わかった。それじゃあ、こうしない? ロビンとチカとフィービーは『犬』って言って、私は『犬はいや。猫がいい』って言うの。そうしたら、マムは犬がいいって言い出すと思うよ」

チカはつかのま「どうして？」と言いたげな顔をしていた。すぐに「なるほど」と納得した。納得した理由は語られなかったけれど。

十二月十七日。その日は、私の誕生日だった。

「ねえ、あなたたち、今年はサンタさんへは、何をリクエストするつもりなの？」

何気ないふうを装った母の問いかけ——母サンタの事前のリサーチ——に対して、ロビンとチカとフィービーはすかさず、

「犬！」

と作戦通りに答えを返し、少しだけ遅れて私は、

「猫がいい。犬は欲しくない。犬なんて嫌い」

と答えた。

チカと私は懸命に笑いを噛み殺していた。母がどう反応するか、興味津々だった。

「そうなの、あなたたち、そんなに欲しいのね、犬が。あきらめられないのね？」

母は無表情のままそう言った。

「欲しい、欲しい、欲しい！」

打ち合わせた通り、フィービーが可愛く叫んだ。

「仕方がないわね、そこまで言うなら」

あきらめているような、あきれているような、母は曖昧な笑みを浮かべていた。

「わかりました。そんなに欲しいなら、二十四日の夜、サンタさんに手紙を書いてお願いしてみなさい」

チカと私は目と目を合わせて「そうこなくちゃ」と、視線で喜びの信号を送り合った。この作戦はまんまと成功したと思っていた。

それからしばらくのあいだ「どんな犬が好きか」「どんな犬を飼いたいか」「名前は?」「おすにする、めすにする?」などと、犬の話題が頻繁に、ダイニングテーブルの上を行き交っていた。ロビンもチカもフィービーも、クリスマスの朝には子犬が我が家にやってくると信じて、疑っていなかった。

「やっぱり私は、賢くておとなしいゴールデンレトリーバーがいいかなって思うの」

「僕は、黒いラブラドールがいい。名前は、ミッドナイトって付けるんだ」

「いやよ、私はゴールデンがいい。子犬のときは、ふわふわの毛が、雪みたいに白いの。だからスノウボールって名前にするの。ね、フィービーは? フィービーは、どのワンちゃんが欲しいの?」

チカが犬の図鑑を見せながら問うと、フィービーは小型犬のパグの写真を押さえて、母の方を見た。

「あたしね、パグちゃんが欲しいの。毎日いっしょにお散歩に行くの」

満面に笑みをたたえて、父は言った。

「頭のいい犬といえば、日本犬なんか、いいかもしれないよ。柴犬、秋田犬、土佐犬、日本犬にもいろいろ、いい犬がいるぞ」

母の口数は少なかったものの、終始、笑顔だった。

私はポーカーフェイスで家族の会話に耳を傾けていた。ロビンとチカとフィービーと父にはわかっていないことが、私にはなぜかわかっていた。クリスマスに、サンタは子犬を連れてこない。どんな子犬も、我が家にはやってこない。なぜか、私にだけは、そのことがわかっていた。

なぜだったのだろう。

私は母の嫌われ者だった。私は母が苦手だった。なのに、心の深い部分で、あるいは半ば本能的に、きょうだいのなかで母を最もよく理解していたのは、もしかしたら、この私だったのだろうか。好きだった三人の子どもたちはつぎつぎに独立して家を出ていき、父は仕事を理由にマンハッタンにアパートを借り、母とは別々に暮らすようになり、その後ほどなく離婚した。結局、自分のいちばん嫌っていた子が最後まで自分のそばにいて、その子から介護を受け、最期を看取られるようになったことを、母はどう思っていたのだろう。

案の定、二十五日の朝、子犬はどこからも現れなかった。家のなかは静まり返っていた。私がもらった誕生日とクリスマス兼用のプレゼントは、欲しかった本『ライ麦畑でつかまえて』ではなくて、『アラバマ物語』で、チカとフィービーは「犬が来なかった」と言って、いつまでもめそめそ泣いていた。ロビンはふてくされて、勉強部屋に閉じこもった。三人はそれ以降、犬が欲しいと言うのをいっさいやめた。母はそれほどまでに犬が嫌いなのだと悟ったからだ。

その解悟は、けれども間違っていた。

母と犬の、切っても切れない関係について、私たちがその真相を知るのは、母が亡くなったあと、ずいぶん時が流れてからだ。

五十代になったばかりの頃、病に倒れて手術を受けた母は、快復後「軽い運動を毎日すること」という医師のすすめに従って、犬を飼うことにした。運動と言われても何をすればいいのかわからない。犬でもいれば否応なしに散歩に出かけなくてはならなくなる。母はそう考えたのだろうと、私は勝手に解釈していた。

その解釈もまた、浅いものだった。間違っていたと言っていい。

亡くなる前の五、六年のあいだ、母は、近所にあった動物保護施設——収容されているのは、一定期間だけ保護され、安楽死させられることになっている捨て犬や捨て猫たち——から、ひどく年老いた犬をもらい受けてきては、死ぬまで手厚く面倒を見ていた。もらってくるのは決まって、よぼよぼの老犬。長く生きても半年、早いときには三ヶ月くらいで死んだ。

「ねえ、お母さん、どうして？」

すぐに死んでしまう犬ばかり、もらってくるの？　悲しくないの？

保護施設からの帰り道、膝の上に老いさらばえた犬をのせて助手席に座っている母に、私は運転席から、いつも同じ問いを投げかけた。答えはいつも同じだった。沈黙。

母の横顔は、まるで一枚の白紙のように冷たかった。その白い紙に何が隠されているのか、そこにどんな文章が綴られているのか、母の死後、何年も経ってから、母の無言の答えの真相を知ったとき、私は覚《さと》った。これまでの長きにわたって、私は母のことを、母という人のことを、彼女の生きてきた道のりとそこに残された軌跡を、何も知らなかったのだと。

――二〇一七年三月　ニューメキシコ州

潔白、漂白、純白、明白。独白、告白、自白、白状。白紙、空白、余白、白昼夢。白鳥、白髪、白銀、白熱。白砂、白州、白装束。白波、白菊、白百合……思いつくままに、「白」という漢字の含まれている日本語の熟語を、私はメモ帳に書き連ねていく。これは、時間つぶしをするときの、私の好きな遊びのようなもの。

書き上げた文字を見つめていると、なんとはなしに漂ってくる気配のようなものを感じる。なんの気配だろう。排斥、拒絶、孤独、冷血、幽玄、無情、背徳、虚無……これらを足してもまだ足りないような、何かもっと大きなものの気配。もっと大きな欠落。

ふたりでいっしょに二マイルほど、白い砂丘に等間隔に立っている道案内のポールを伝いながらハイクをしたあと、「もう少しひとりで歩き回ってみたい」というマギーと別れて、私はひとり、入り口にあるビジターセンターにもどってきた。

マギーは今ごろ、あの白い砂漠のなかを歩きながら、どんな気配を感じ、何を写し撮っているのだろう。

「誘惑されるわね、この白には。ううん、挑戦状を突きつけられているという感じよ。フォトグラファーなら誰でも、武者震いするでしょうね」

そう言って、白い砂の世界に向かっていった写真家は。

メモ帳から顔を上げると、カフェテリアの窓ガラス越しに、星条旗が見えた。

五十個の星をちりばめた旗は突風に煽られ、膨らんだり、広がったり、急にしぼんだりしている。そのたびに、白抜きの星たちが生き物のようにうごめく。国旗の掲揚台を取り囲んでいる花壇には、チューリップの花が咲きそろっている。その向こうに広がっている広大な白に、星条旗の青と赤と、チューリップの黄色と緑がくっきりと映えている。

ここは、ホワイトサンズ・ナショナル・モニュメント。

マギーと私は、サンタフェから南下し、トゥルース・オア・コンセクエンセス、シルバーシティ、デミングなどを経て、ゆうべ、アラモゴードという名の町に着いた。町の南西に広がっているこの「白い砂漠」の取材が終わったら、午後は高速道路をぶっ飛ばして、サンタフェまでもどる予定だ。

広さ、二百七十五平方マイル、メートルに換算すると約七百十平方キロメートルにも及んでいるという大砂丘の白砂は、実は砂ではない。手で掬《すく》うと、さらさらと指のあいだからこぼれ落ちていく砂粒の正体は「雪花石膏」と呼ばれている石膏の結晶である。石膏は本来、水に溶ける性質を持っているので、砂粒になることはない。雨に溶かされ、川を流れて、海へとたどり着くところが、アラモゴードの周辺にそびえる山脈から雨に溶けて流された石膏は、近くに川も海もないため、トゥラロサ盆地に溜まる。地面に染み込んだ石膏はやがて乾燥し、地表に透明な結晶を残す。この結晶が風化と浸食によって砕かれ、長い時を経て、砂状になる。

ここからは、風の独壇場だ。砂は風に弄《もてあそ》ばれる。運命に弄ばれる人間のように。風が砂を運ぶ。砂を動かす。砂の上に絵を描く。風紋をつくる。砂丘をつくる。風に運ばれるとき、砂と砂はこすれ合い、傷をつけ合う。無数についた傷によって、光が通りにくくなるため、透明だった砂は少しずつ白くなっていく。

どこまでもどこまでもつづく白。吸う息も吐く息も白いのではないかと思えるほど白い、この世の風景とは思えない、幻想的な白砂の大砂丘は、このようにしてできあがった。

パンフレットを手もとに引き寄せて、しばし取材の復習をしてから、私はアイスティーを飲み干して、カフェテリアの外に出た。そろそろマギーももどってくるだろう。

外に出たとたん、強い風に出迎えられた。

吹き飛ばされないように、あわてて帽子を深くかぶり直す。これが、壮麗なホワイトサンズを創り上げている風だ。この風によって、砂丘は絶えず形を変えながら、一年間に三十フィートほど、つまり約九メートルも、南西から北東へ移動しているという。植物たちは、砂丘の移動によって砂に埋もれてしまわないように、みずから茎に石膏をまとって「スタンド」と呼ばれる台を築き、その上に葉を茂らせている。とかげたちは、天敵から身を守るために皮膚の色を白に変えている。

国旗掲揚台の近くに置かれているベンチのひとつに腰をおろした。ここで、マギーがもどってくるのを待とうと思っている。

マギーを待ちながら、ある懸案事項について、思いを巡らせた。サンタフェで、スタッフ全員が集まって、今回のプロジェクト――ニューメキシコ州を写真と文章で子どもたちに紹介する書籍の編集――に関する打ち合わせをしていたとき、現地で雇用したフリーライターのひとりがこんな提案をした。

「ホワイトサンズを入れるなら、単なる『美しい国定記念物』としての紹介にとどめず、すぐ近くには、ホワイトサンズ・ミサイル実験場があり、かつてその場所で、国内初の核実験がおこなわれたという歴史的事実も載せたらどうでしょうか」

　プロジェクトの責任者代理として、私はこう答えた。

「検討してみます。きれい、楽しい、おもしろい、だけの本をつくるつもりは編集部にはありませんので」

　代打の編集スタッフの私には決定権はないものの、彼女の意見にはうなずくことができた。採用されるかどうかは別にして、取材だけでもしておこうかと思った。

　マギーは反対した。

「私は入れなくていいと思う。第二次世界大戦のことや原爆実験、原爆投下などについては、この写真絵本ではなくて、何かまた別の書物で、子どもたちにはしっかりと学んでもらいたいから。中途半端な形で入れるなら、入れない方がましよ。一枚の写真や半ページの記事で扱い切れるテーマじゃないでしょ。核実験について言及するなら、私たちはロスアラモスへも行くべきだと思うし、でも、そんな時間はないでしょ」

「そうね」

　それもまた一理あると、私は思っていた。

　原子爆弾は、ニューメキシコ州にあるロスアラモス国立研究所で設計、製造され、一九四五年七月十六日、ニューメキシコ州ソコロの南東に位置する巨大な軍事施設、ホワイトサンズ・ミサイル実験場――当時の名称は「ホワイトサンズ性能試験場」――で実験された。これが、人類の歴史が始まって以来、初の核実験、コードネーム「トリニティ」である。この実験は成功し、原子爆弾はそれから一ヶ月足らずののちに広島と長崎に投下され、何十万人という民間人の命を一瞬にして奪うことになる。

「ピシピシ」と、乾いた音を立てながら、はためいている星条旗を見上げて、私は、私の心もあの旗のように揺れている、と感じていた。

膨らんだり、縮んだりしながら、揺れている。

この旗を掲げ、この旗を守るために、いったいどれほどの人間が命を落としたことだろう。星ちりばめたる旗の掲げる理念、理想、正義のために、どれほど多くのネイティブアメリカンが殺され、メキシコ人が殺され、太平洋戦争時には日本人が殺され、その後は朝鮮半島で、その後はヴェトナムで、その後はイラクで、アフガニスタンで、幾多の有色人種が殺されつづけ、同時にアメリカの兵士たち——若者がその大半を占める——が死ななくてはならなかったことだろう。そして、今も世界のどこかで誰かが死につづけている。

そこまで思ったとき、ついさっき、メモ帳に書き連ねていた「白」という文字から立ちのぼっていた、気配の正体がつかめたような気がした。まるで風のしっぽをつかんだようだった。

星条旗を美しく鮮やかに見せているこの白は、白い砂は、砕けた白い石膏の結晶が放っているのは、死後の世界のイメージではないだろうか。私の感じていた気配は、死のそれであり、無のそれだったのではないか。ホワイトサンズは黄泉の国だったのだと気づいたとき、失われたはずの過去が、私の白い過去が、圧倒的な力を持って、押し寄せてくるのがわかった。

——いいから、おいで。きょうは、大丈夫な日なの？

白いシーツの海のなかで、欲望の波に溺れそうになりながら聞いた、あの人の声。

まっ白だった、私の頭のなか。

あの日は、レイルウェイトレイル――廃線跡を遊歩道に造りかえたウォーキングコース――をいっしょに散歩したあと、その途中にある彼の部屋に立ち寄って、あわただしく抱き合った。私と母の住んでいたローゼンデールと、あの人のアパートメントのあるニューパルツを結ぶ、もとは線路だった道。私は「獣医さんに連れていくね」というお膳立てをして、母の犬、英語ではアキータと呼ばれている秋田犬を車に乗せ、待ち合わせの場所へと向かった。


――ところでジュンコ。アメリカの子どもたちってさ、学校で初めて、日本のことをどんなふうに習うの？　世界史の授業で、日本はどんな国として出てきた？

――昔のことだから、覚えてない。あなたは、アメリカのことをどんなふうに勉強したの？　アメリカとの出会いは、どんなふうだったの？

――日本人の子どもにとっては、なんといってもペリーだろうな、最初のアメリカ人は。

――え？　ペリーって、誰なの、それは。

――おいおい、待ってくれよ、ペリーを知らないの？

――名前くらいは聞いたことがあるけど……誰？　どんな人？

散歩しながら、そんな会話を交わした。足の悪くなっている老犬に合わせて、私たちはゆっくりゆっくり歩いた。彼は、歴史の話をするのが好きだった。特に、日米関係の歴史について。江戸時代末期の日本に開国を求めたペリーの黒船のことを、習ったのかもしれないけれど、私は覚えてもいなくて、反対に、彼は真珠湾攻撃のことを正しく理解していなかった。いや、正しく理解していなかったという言い方は、間違っている。アメリカ人が理解しているようには理解していなかった、というのが正しい。

犬を庭の木陰に残して、彼の部屋に上がってからも、私たちは洋服を着たままベッドの上に仰向けに並んで寝転んで、小難しい会話を重ねた。抱き合う前の一連の儀式か何かのようにして。恋人たちは、それぞれの母国がかつて敵国同士として戦っていた時代の話をした。互いの国の民が「ジャップ」と「米鬼」だった時代の話を。

——原爆については、どう習った？

——トルーマン大統領はね、「原爆を落としたのは、戦争の苦難を一刻も早く終わらせて、何百万人ものアメリカ人の命を救うためだった」と国民に説明したの。なぜなら、日本がポツダム宣言を拒否して降伏しなかったから。アメリカの指導者たちは、もしも日本本土への侵攻作戦が実行されたら、日本兵の激しい抵抗に遭って、百万人以上ものアメリカ人兵士が死ぬことになるだろうと予想していたの。

——半分くらいは、正しいかも。最後のひとりが死ぬまで戦うと、日本は決めていたからね。だけど、ポツダム宣言を拒否したというのは間違いだよ。実際には黙殺したというか、無視しただけだったんだ。「黙殺」という単語が英語に翻訳されたとき、「拒絶」になってしまったらしい。この誤訳が、原爆投下の一因になったとも言われている。日本がポツダム宣言を黙殺したのは、ソ連に仲介を頼んで、いずれ降伏するにしても天皇の存在と地位だけは確保してもらおうとして、必死になっていたからなんだ。

——まさか。原爆が落とされたのは、誤訳のせいだったの？

——もちろんそれだけじゃない。しかし僕は、ポツダム宣言の受諾うんぬんよりも、原爆は最初から、落とされることになっていたんじゃないかと思うよ。実験に成功したら、次は敵国に落としてみたくなった。真の意味での人体実験がしたくなった。そういうことじゃないかと思う。その証拠に、原爆による被害を正確に調査しようとして、それまで空襲の被害に遭っていない都市が選ばれているしね。大統領はソ連に対しても、核の脅威を示しておきたかったんだろう。

——ちょっと待って、そんなこと、あるわけないじゃない。アメリカがそんな実験をするなんて、私には信じられない！　大統領は戦争を終わらせるために、これ以上、人が死なないようにと願って……

——ジュンコの言ってる「人」っていうのは、要はアメリカ人ってことでしょ。実のところ、日本は原爆が落とされたあとも、戦争をやめなかった。だから、原爆には戦争を終わらせる効果なんて、なかったんだよ。広島の人たちも、長崎の人たちも、ただ殺されるためだけに殺された。戦争は、原爆によっては、終わらなかった。これが歴史的真実だ。日本が戦争をやめたのは、ソ連が参戦したからなんだ。


私は大きなため息をつきながら「もうやめましょう」と言った。「歴史の勉強は終わりよ」と言いながら、彼の洋服に手をかけた。シャツのボタンを外しにかかった。恋人たちは互いの洋服を脱がせ合いながら、互いの体に触れ合い、手足をからませ合い、くすくす笑いながら、くっついたり離れたりした。睦み合っているふたりのあいだには最早、日本やアメリカや戦争や原爆の、侵入を許すような透《す》き間《ま》はなかった。

網戸の網目から、雨の香りをたっぷり含んだ初夏の風が忍び込んできて、ふたりを包んだ。


——こうして僕らがいっしょにここにいるってことが、何よりの復讐だね。

——復讐って？

——国家とか、国体とか、国家権力？　そういうものに対する、ささやかな個人の復讐ってことかな。国家より国民が、国よりも個人が偉いんだって、ベッドの上で証明してやればいいのさ。それが復讐。

——つまり、復讐の同義語は、メイクラブってこと？

——いいから、おいで。きょうは、大丈夫な日なの？


彼は私にたずねた。私は嘘をついた。大丈夫な日よと、甘い声を出した。

まっ赤な嘘ではなくて、あれは、まっ白な嘘だった。私の頭のなかはまっ白になっていた。私にはある強い願望があって、その願望によって、私の脳内は白い砂で埋め尽くされていた。埋め尽くされて、ほかのことは何も、考えられなくなっていた。

私は妊娠したかった。日本人になれないのであれば、日本人を産めばいいのだと思っていた。それが、私が彼のものになれる、彼が私のものになる、彼と一体化できる、唯一無二の方法だと信じていた。

彼と別れたことを、後悔はしていない。悔いは砂粒ほどもない。けれども、今でも私はときどきあの日の午後のことを思い出しては、風を恨む。なぜあの日、運命を司る風は、私の願いを叶えてくれなかったのか。

私の人生のなかにぽっかりと空いた、空洞のようなあの日。

別の人生が始まったかもしれない、あの午後。

「ごめんね、お待たせ！　傑作が撮れたわよ」

春風がマギーの朗らかな声を運んできた。入れ替わるようにして、私の周辺に立ち込めていた白い過去が遠のいた。

――一九四〇年十一月　東京

五年ぶりの日本だった。

父と母の生まれ育った国だった。

だから日本は自分の祖国でもあると、ジョー・オハラこと大原穣は、物心ついた頃から思いつづけてきた。幼い頃にはただ漠然と。成長するにつれて、その思いは次第にくっきりとした輪郭を持ち始め、やがてあこがれに変わっていった。無論、自分は日本人であるとは思っていない。

アメリカで生まれ育った、英語を母国語とする、アメリカ人だと思っている。けれども、きょうだいのなかでは自分がもっとも濃く、両親の「日本と日本人」を受け継いでいる。そのような自覚が常にあった。

ジョーにとっての日本とは、母が暇さえあれば読んでいる日本文学に描かれた国であり、両親の話す情緒豊かな郷里の言葉のなかに存在する国であり、そうして、これまでに二度、訪れたときの印象をもとにして、想像で創り上げた国だった。ジョーにとっての日本人とは、過剰なまでに親切で、捨て身と言っていいほど謙虚で、相手をまるごと包み込んでしまうような、慈愛に満ちあふれた人々だった。

オレゴン州ユージーン市にあるオレゴン大学を優秀な成績で卒業したジョーは、来年から本格的に、両親の片腕となって働くことになっている。グロッサリーストアの経営と、不動産斡旋業。それは、大学に進学する前から、父とのあいだで交わされていた約束だった。本当は、法科大学院に進んで法律を学び、弁護士になりたかった。できればオレゴン州から外に出て、日系人社会から解放されて、自由に羽ばたいてみたかった。しかしながら、父のビジネスを引き継ぐことは、オハラファミリーの長男として果たすべき義務である、とも思っていた。そういう教育を、父から受けてきた。

「社会人になる前に、僕はもう一度、この目で日本という国を見ておきたい。今の日本がどういうふうになっているのか、知っておきたい。できればひとりであちこち旅をしてみたいと思っている」

大学卒業後ほどなく、荷物をまとめて郷里にもどってきたジョーが日本旅行の計画について話

すと、

「おお、行ってこい。ひとりで行くのはいいことだ。男一匹、日本で武者修行をしてくるといい。向こうで学んだことを、こっちに帰ってきてから活かしてくれ。今の日本がどういう方向に進もうとしているのか、しっかりと見てこい」

幹三郎は諸手《もろて》を挙げて賛成したが、佳乃は目に涙をためて声をふるわせた。

「ジョーくん、旅行するのはかまわないけど、必ず帰ってきてね。帰りたくても帰ってこられないような状況に陥ったりしたら……向こうで兵隊に取られたりしたら、あなたの従兄弟《いとこ》たちみたいに赤紙一枚で中国へ戦争に行かされたりしたら……どうするの。そんなことにならないという保証は、どこにもないのよ」

ジョーは母の肩を抱いて、笑った。

「お母さん、僕はれっきとしたアメリカ人だし、アメリカのパスポートで日本へ行くんだよ。二ヶ月足らずの旅行だ。そんな馬鹿なことが起こるはずないだろ？」

笑いながらそう答えたものの、一九二四年以前に生まれた自分は、両親が在米日本領事館に届けた出生届によって、日本国籍を有するということも認識していたし、昨今の日米関係は悪化の一途をたどるばかりである、ということも理解していた。

折しも日本では、七月に成立した第二次近衛内閣が閣議決定し打ち立てた「日・満・支の強固なる結合を根幹とする大東亜新秩序の建設」と、高度な「国防国家体制の確立」というスローガンによって、資源の豊富な東南アジアへの武力による侵略、いわゆる「武力南進」が推し進められていた。泥沼化している日中戦争から抜け出すためにも、日本は戦域を拡大しようとしたのである。

　アメリカは、このような日本の南進行為を激しく非難し、日本に対する石油と屑鉄《くずてつ》の輸出許可制、航空機用ガソリンの対日禁輸を実施した。これらは日本にとって、非常に大きな痛手となった。なぜなら、それまで日本がアメリカから輸入していた石油と鉄類の全輸入額に占める割合は、石油が約七十五パーセント、鉄類が約五十パーセントと、その大半をアメリカに頼っていたからだ。ヨーロッパ西部戦線でドイツに負けて降伏したオランダとフランスの植民地を、まさに火事場泥棒のように奪い取ろうとしたものの、アメリカの制裁によってその梯子《はしご》を外され隘路《あいろ》に追い込まれた日本は、戦争のための資源獲得を目指して、東南アジアへのさらなる武力行使を推進していった。

　アメリカの大統領は、中国びいき、日本嫌いで知られるフランクリン・ルーズベルト。大統領の任期は最長二期、合計八年という不文律を破って、彼は来年の初頭から、三期目の任務に就くことがほぼ確実視されている。つまり昨今の日本とアメリカは、いつ戦争が始まってもおかしくない、一触即発の状態にあると言っていい。

　佳乃の心配は決して、的外れなものではなかった。

　それでも日本へ行ってみたいと、ジョーは思った。

　子どもの頃からあこがれつづけてきた国、日本へ。

「宮城《きゅうじょう》前です。遥拝《ようはい》！」

　混み合っている電車内に、車掌の声が響いた。

まるで号令のように威圧的な口調。これまでにも何度も耳にしてきた呼びかけだが、聞かされるたびにドキッとして、ジョーは身を硬くしてしまう。

宮城とは「天皇陛下のお住まいになっているところ」で、遥拝とは「神様や仏様を遥か遠くから、拝ませていただく」という意味である。遥拝は宮城だけではなく、靖国神社や明治神宮の近くを電車が通りかかったときにも、強要される。

「難しいことじゃないのよ。ただ、頭を下げるだけでいいんだから」と、教えてくれたのは叔母だ。この叔母は父の、ふたりいる妹のひとり――美枝という――で、父が事前に話をつけてくれ、ジョーは東京滞在中、叔母の家で寝泊まりさせてもらっている。彼女の夫は数年前に病死したという。

「いつまでも、好きなだけいてくれたらいいのよ。ここはあなたのおうちだと思って。私もひとりで心細かったの。ジョーくんがいてくれると心強い」

そう言われたときには、素直にうれしかった。しかしその喜びは、日ごとに薄らいでいくばかりである。叔母のせいではない。

ジョーは立ったまま、宮城のある方に向き直って、丁寧に頭を下げた。

ここは日本だ。日本にこのような決まりがあるのであれば、たとえアメリカ人旅行者であっても、それには従うべきだと思っている。たとえ奇妙な決まりだと思えても。

頭を下げながらあたりをうかがうと、帽子を取り、手に持っている荷物をわざわざ床に置き、腰を折り曲げて深々とお辞儀をしている人がひとりだけいたものの、大半の人たちは面倒くさそうに、あるいは嫌々ながら、人形のようにぴょこんと頭を下げている。宮城に背を向けて座っている人などは、ちらっとうしろをふり返って、ただ顎を引いているだけに過ぎない。

「くだらない《ステューピッド》」

と、ジョーは心のなかで独りごちた。これまでと同じように。

心の底から神と崇める天皇陛下に遥拝を捧げている人は別として、仕方なく、形式的に頭を下げている人たちの隷属が、ジョーには「馬鹿げている」と思えてならない。気が進まないなら、こんなこと、しなくてもいいじゃないか。大の大人にそれっぽっちの自由もないのか。自由を奪われていることに気づいているのか、いないのか。これではまるで子どもの国ではないか。この子どもの国には、若い男がほとんどいない。みんな兵隊に取られて戦場へ送り込まれているせいだ。

叔母のふたりの息子たちも一年ほど前につぎつぎに出征し、中国のどこかで戦っているという。出征させられ、戦わされている、というべきか。

「でも、ほんとに中国にいるのかどうか、わからない。手紙も来ないし、誰も何も教えてくれないの。軍の機密だからとか言って」

電車の揺れに身を任せながら、ジョーは思い出している。

東京滞在が始まってほどなく、叔母といっしょに参加したバケツリレー。

「防空演習なのよ。空襲があったときの消火活動の訓練ね。出ていかないと『国賊』にされちゃうの」

「コクゾクって、なんですか?」

「犯罪者みたいなもの。国に背いている人」

それは、馬鹿馬鹿しいとしか思えないような訓練だった。幼稚園児の遊戯か、小学生の運動会じゃないかと、ジョーはあきれた。あいた口が塞がらなかった。こんな幼稚な国に、日本は成り下がってしまったのか。信じられない。バケツリレーによる消火で空襲に対抗できると、国も人も本気で思っているのか。

窓の外を流れてゆく東京の街には、数ヶ月ほど前に、千五百本もの立て看板が設置されたと聞いている。そのひとつが、ジョーの目に飛び込んできた。

〈ぜいたくは敵だ〉

かまびすしい文字が躍っている。

そういえば、街のいたるところで見かけるなんとか婦人会の中高年女性たちの顔つき、張り上げている金切り声のかまびすしいことといったら。アメリカにいる母が見たら、どんなに驚くことだろう。日本人女性の美徳は、いったいどこへ行ってしまったのか。

この五年のあいだに、日本という国は、国民全員が、戦争一色に塗りつぶされてしまった。ジョーの目には、そのように映っている。五年前、父に連れられふたりの弟といっしょに訪れたときにも、日本は中国と戦争をしていた。当時はまだ高校生だったから、自分の目には見えないこともあったのかもしれない。

今は見える。明らかに、この国はおかしくなっている。

長きにわたる中国との戦争によって、国民は疲れ果て、欲求不満だけが募っているのかもしれない。不条理な世の中になっているとわかっていても、異を唱えることすらできない。困窮している日常生活のなかで、人々はさらなる忍耐を強いられている。

叔母も近所の人たちもみんな、コーンスターチを水に溶かしたようなアイスクリームを舐め、味のない蠟燭《ろうそく》のようなチョコレートを食べ、大豆の煎ったものを湯に溶かしたコーヒーを飲み、米を節約するために、うどんやそばを使って寿司をつくっている。食堂や料理店での米の使用は全面的に禁止され、巷では「代用食」と称する奇妙な食べ物が跋扈《ばっこ》している。大豆入り昆布飯、かぼちゃ飯、にしん入りうどん飯。うどんとじゃがいもと玉ねぎを油で揚げた「国策ランチ」に至っては、悪い油にあたったのか、食べた日の晩、ジョーは夜中に激しい腹痛に見舞われた。

「とにかく物資が不足してきているの。食料も日用品も何もかも。靴も闇市場じゃないと手に入らなくなってきてるしね。犬の皮、魚の皮まで剝いで靴をこしらえて、でもそれでも足りない。布もね、今はこんなガーゼみたいなものしかないのよ。本当に大変なの。だけど、戦争で戦っている兵隊さんはもっと大変よね、だから私たちは我慢しないと」

叔母はそう言いながら、仏壇の前で手を合わせていた。

国家は、何もかもを精神力で乗り越えようと、国民を鼓舞している。戦争を、節約と忍耐で戦えと。これでは士気が高まるどころか、逆に生きる意欲を失ってしまうのではないか。

「アメリカでは毎日、どんなものを食べているの？」

叔母にそう訊かれたとき、ジョーは、毎朝、毎晩、家族で囲むテーブルの上に並んでいる母の豊かな手料理のかずかずについて、とても話すことができなかった。

電車を降りると、陰鬱な気持ちを抱えたまま、警察署に向かった。

きょうは二度目の出頭である。

叔母の家に身を寄せて十日ほどが過ぎた頃、警察署から、一通の文書が郵送されてきた。その文書によれば、アメリカの旅券を所持するジョー・オハラには、日本国内における〈写真機の所有又は使用並びに現滞在地より五里以上の旅又は転移〉が禁止されているという。なんなんだ、これは、と、びっくり仰天した。叔母に見せると「従った方がいいわよ」と言われた。文書の最後は〈五日以内に当警察署に出頭されたし〉と締めくくられていた。一里はおよそ二・五マイル、キロに換算すると約四キロ。五里は約二十キロ。ということは、両親の生まれ故郷である岡山や、赤ん坊のとき養女に出された下から二番目の妹、エミの暮らす京都へは行くことができない。当然のことながら、満州へも行けない。母の心配の種を増やしてはいけないと思い、出発前には内緒にしていたのだけれど、今の日本を知るためには、満州もぜひ見ておかねばと、ひそかに満州行きを計画していたのだった。

一回目の取り調べは執拗で、陰湿だった。

終始、犯罪者のように取り扱われた。四方を壁に囲まれた、窓のない部屋で何時間も待たされた挙句、日本へ来た目的、アメリカでは何をしているのか、両親の出自や職業など、入国管理局で受けたのと同じような尋問を受けた。嘘をついているのかもしれないと疑っているのか、一度たずねたことを、しばらくしてからまた訊いてくる。入国管理局ではなんの問題もなかったというのに、なぜ、地元の警察署に自分を取り調べる権利があるのか。おそらく、治安維持法のなせるわざなのだろう。

同じような命令を受けて出頭していたらしい赤ら顔の白人男性に対して、平身低頭で卑屈な笑顔をふりまいていた下級警察官は、ジョーの顔を見るなり、いきなり高圧的な態度に出た。腹立たしさを通り越して、唖然とさせられた。西海岸で受けている不当な人種差別を、日本で、日本人から受けることになろうとは。

「帰ろう」と、ジョーは一回目の取り調べを受けた日に決意した。

ここは、自分のいるべき場所ではない。母の心配していたことがいつ起こっても不思議ではない。どんなに理不尽なことが起こっても、それに対抗する手段がない。日本への憧れは霧散していた。これ以上、この国を見たいという気持ちもない。予定を繰り上げて、船の切符が取れ次第、アメリカに帰るつもりだ。

きょうはそのことをこれから、警察官に告げようと思っている。

——一九四一年十二月　オレゴン州

十二月七日、日曜日。

ポートランド郊外にある街は、真冬の朝の静けさに包まれていた。

日曜の午前中は、付近の店はどこも閉まっているし、車の往来も少ない。

ふと帳簿から目を離して、ジョーは窓の外に目をやった。

いつもと変わりない街並みが広がっている。通りと家々と並木と停車中の車。それらをくぐり抜けるようにして、どこからともなく、野生の鳩の鳴き声が聞こえてくる。

「ボボー、ボボー、ボボー……」

低く唸るようなその声は、まるで人の死を悼む僧侶の読経のように、静寂のなかに染み通っていく。

オハラストアの店内も静まり返っていた。レジの近くには、開封されていない段ボール箱が塀のように積み上げられている。箱のなかには、クリスマスに備えて仕入れた品々がぎっしり詰まっている。

日曜の午前中は家族そろって教会へ行くのがオハラファミリーの長年の習慣だが、ジョーは今朝、ひとりで店に出て、奥の事務所で仕事をしている。クリスマスが近いため、さまざまなクリスマス用品やケーキの注文が引きも切らず、月曜からは店の仕事がいっそう忙しくなるとわかっていたので、きょうのうちに、たまっている伝票を整理し、帳簿をつけておこうと思っていた。

父は二、三週間前からシアトル方面に出張している。不動産投資ビジネスがらみの所用を終えたあと、シアトルで学生生活を送っている次男のケンと合流し、クリスマスまでには帰ってくる予定だ。ジョーの卒業したオレゴン大学の教育学部に進学した長女のメグは、今は学生寮で暮らしている。彼女もクリスマスには帰省するだろう。

日曜礼拝に出かけているのは、母と次女のナオミと、双子のアサとリサ、末っ子のハンナの五人である。

ナオミは勉強が嫌いで、やる気もまったくなく、とうとう去年、高校を中退させられてしまった。優等生の姉とは対照的で素行が悪く、母に心配ばかりかけている。アサは生まれつき心臓と肺が弱く、喘息《ぜんそく》持ちで、学校も休みがち。リサは年がら年中、風邪を引いては高熱を出している。

おまけに彼女は弱視。母はこのふたりの面倒を見るのに忙しく、末っ子のハンナはほったらかし。ハンナは来年、小学生になる。年が離れているせいか、ジョーにとっては、妹というよりも、我が子のように思えてならない。


その電話がかかってきたのは、正午よりも少し前だった。

受話器を取ると、間髪を容れず、相手はこう言った。

「ジョーか。よかった、そこにいたんだな。おまえ、知ってるな」

電話をかけてきたのは、近所に住んでいるアレックス・ヨコヤマだった。ジョーたちがオレゴン州に引っ越してきて以来、家族ぐるみで仲良くつきあってきた。ジョーとアレックスは同い年で、高校までは同じ学校に通っていた。アレックスの両親は広島出身の日系一世だが、アレックスはジョーと違って、日本語はほとんどしゃべれない。

「知ってるって、何を？」

左手で受話器を耳に当て、右手で書類をめくりながら問うと、アレックスは怒鳴りつけるように声を荒らげた。

「おまえ、ぼーっとしてる暇はないぞ。今朝、ついさっき、日本がハワイの真珠湾のアメリカ軍基地を攻撃した。空から爆弾の雨を降らせた。死者多数。戦争が始まったんだ。わかるか？　戦争だよ、アメリカと日本の戦争だ」

友の声に、ジョークの混じっている気配は微塵《みじん》も感じられない。店内の空気が突然、ばりばりと音を立てて凍りついたような気がした。

顔を上げ、意味もなくあたりを見回しながら、ジョーは訊き返した。

「確かか？　情報源は？　確認は取れているのか？」

遠からず、このような日が来るだろうと、予想はしていた。

日本の陸海軍による南部仏印――フランス領インドシナ――への侵略行為に対して、ルーズベルト大統領が日本への石油の輸出を全面的に禁止したのは八月のことだった。九月には、アメリカ国務長官のコーデル・ハルが、イギリスと中国に対する援助、日本に対する経済制裁を発表。一方の日本では、十月に近衛内閣が総辞職、代わって首相になったのは、主戦論を唱える陸軍大臣の東條英機。そしてつい先月、十一月二十六日、アメリカの提示した、国務長官の覚書「ハル・ノート」に対して、日本は首を縦に振らなかった。ハル・ノートで提示されたのは、ドイツ、イタリアと結んでいた三国同盟の取り消し、中国、満州、仏印からの撤退、中国においては、国民党政府以外は認めてはならないという厳しい内容。つまりアメリカは日本に対して、「満州事変を起こす前の状態にすべてをもどせ」と要求したのである。こんな要求を、東條英機が受け入れるはずはない。

日米戦争は避けられないかもしれないと、だからジョーは覚悟もしていた。父も同じようなことを言っていた。「戦争になるじゃろうなぁ」。しかし、実際にそうなってみると、不意打ちを食らったとしか思えない。この現実を認めたくない、信じたくない、嘘だと思いたい。

「情報源？　確認？　いいからラジオをつけてみろ。臨時ニュースをやっているはずだ。ハワイ時間の朝、七時五十五分、日本軍の連合艦隊による奇襲攻撃によって、アメリカの基地は壊滅的な打撃を受けた。死者多数。次は西海岸がやられるという情報も流れている」

死者多数、という言葉をアレックスはくり返した。

「よくわかった。ありがとう、教えてくれて。助かったよ」

「とりあえず、身辺には気をつけろよ。あしたは、店はあけない方がいいかもしれないな。天皇の写真とか、日の丸とか、そういうものは隠しておけよ。冷静に行動しろ。近いうちに会おう。また電話する。家族のみんなによろしくな」

「ああ、伝えておく。ありがとう。こっちからもまた連絡する」

電話を切ったあと、ジョーは立ち上がり、ラジオはつけず、コートスタンドに掛けておいたオーバーコートを着てボタンをすべてはめ、帽子を目深《まぶか》にかぶって、外に出た。

落ち着け、落ち着け、冷静になれ。自分に言い聞かせながら、急ぎ足で歩いた。

教会までは十五分ほどで着ける。ダッシュで走れば五、六分だ。

歩き慣れたその道を、ジョーは小走りになり、前のめりになりながら進んでいった。もうじき礼拝と説教が終わって、母、弟、妹たちが通りに出てくるだろう。教会内にいる人たちは、おそらくまだ、このニュースを知らないはずだ。いや、すでに知っているのか。家でニュースを聞いた誰かがあわてて教会に駆け込んで、そこにいる人たちに伝えていたとしたら。

心臓が、胸を突き破って外に出てきそうな勢いで跳ねている。母ときょうだいたちが怒り心頭に発した人々に取り囲まれ、袋叩きに遭っている場面を思い浮かべてしまう。母は足が悪いから、走って逃げられない。しかも、体の弱いアサとリサを抱えている。幼いハンナを誰が守ってやれるのか。シアトルでニュースを知った父も弟も驚き、不安を感じているだろうなと思った。もちろんメグも。父は家族のことを心配しているに違いない。家族を守れるのは、今はこの自分しかいない。

教会が見えてきた。ジョーの不安とは裏腹に、教会周辺の様子はいつもと同じだった。入り口からぞろぞろと、人々が出てくる。大人もいれば子どももいる。見知っている顔もあれば、そうでない顔もある。排日派の人もいれば、親日派の人もいる。

ジョーはせわしなく視線を巡らせながら、家族の姿を探した。

白人だからといって、誰もが日系人を嫌っているわけではない。大半は、知性も教養も豊かで、いかなるときにも理性的に行動できる、信仰心の厚いピューリタンたちだ。しかしながら、そのような人々が星条旗を振りかざして、メキシコ人やネイティブアメリカンを虐殺し、領土を奪い、黒人を奴隷として酷使してきた。偏見と抑圧と暴力の歴史は今も生きている。白人国家主義。白人至上主義。皮膚の色が白いということは、それだけで、それほどまでに強い力を持っている。その証拠に、ここ数十年のあいだ、カリフォルニアを中心にして巻き起こっている激しい排日運動は、収まる気配すら感じさせてくれない。日本の奇襲攻撃によって戦争が始まってしまった今、アメリカは、自分たちをどのように扱うのだろうか。

背中を冷や汗が一本、伝っていった。

「おにいちゃん！」

兄の姿を見つけて、転がるように走り寄ってきた末っ子のハンナを両腕で抱き上げて、ジョーは頰ずりをした。

「ハンナ、いい子にしてたか？　ちゃんと牧師さんのお話、聞いた？」

「うん聞いたよ。むずかしかった。あとでスーといっしょにお散歩に行くの。おにいちゃんも来る?」

スーというのは、家で飼っている秋田犬の名前「スノウボール」の愛称である。

「もちろん行くよ。いっしょに行こう」

ハンナひとりでは到底、行かせられない。


帰宅後、日本軍による真珠湾攻撃についてジョーから知らされた家族は驚き、叫び、ショックを隠せなかった。

佳乃は両手で顔を覆って「信じられない」という言葉をくり返し、リサは母に抱きついて「こわいよー」と言い、ナオミとアサとハンナは不安そうな目をして、母と兄の顔色をうかがっている。犬も不穏な空気を察しているのか、そわそわと落ち着きなく、みんなのまわりをうろうろしている。

「どうなるの? おにいちゃん。アメリカと日本が戦争を始めたら、私たち、どうなるの? あした、学校へ行ってもいいのかなぁ」

リサに問われて、ジョーは答えた。

「当たり前じゃないか。普通に学校へ行けばいい。どうにもならないよ。僕らはアメリカ人なんだから、戦争になったら、アメリカのために働く。それだけだよ」

「働くって、どういうこと? まさか、ダディとジョーとケンも日本と戦うってこと?」

リサの質問に、ナオミが嚙みついた。

「馬鹿だね、そんなこと、するわけないじゃないか。だって、あんたのダッドとマムは日本人なんだよ。わかる？　あたしらはジャップなんだ！　おまえらはうすのろで、黄色いめがね猿のジャップだ！」

　ナオミはそのあとに、いじめっ子たちの口調を真似て「日本人《ジャップス》、出ていけ《ゴー・ホーム》」と囃し立てた。人差し指でリサの顔を指差しながら。「黄色いめがね猿」というのは、クラスのいじめっ子がリサに付けたあだ名である。この蔑称は、一部の新聞社や政治家や心ないアメリカ人が、日系人を誹謗中傷するときに用いる言葉でもある。

　リサは声を上げて、泣き始めた。弱視のためにかけている分厚い眼鏡の内側が濡れて、びしょびしょになっている。リサは頭もいいし、努力家でもあるのだが、病気がちでしょっちゅう学校を休んでしまうため出席日数が足りなくて、今年は中学を卒業できなかった。ナオミはなぜか、この妹を目の敵にしている。

「いやだー、いやだー、どうしよう、どうしよう、どうしよう」

「リサちゃん、おいで。ナオミ、どうしてあなたは、妹を泣かすようなことを言うの。悪い子です。もっと良いお姉さんにならなくては」

　佳乃はリサを胸に抱きしめて頭を撫でながら、唇をきつく噛んでいる。

　そんな母に声をかけたくてたまらないのに、なんと言えばいいのか、ジョーにはわからない。ナオミを叱りながらも、母の胸中には今、日本に住んでいる家族、親戚のことがめまぐるしく去来しているのだろう。十年ほど前に日本に養子に出されたエミのことも、案じているに違いない。ジョーは、母がエミの写真を肌身離さず身に着けていることを知っている。日本とアメリカをふたつの国として分けて考えられる父と違って、両国のあいだをさまよい、揺れ動いている母の胸は常にふたつに引き裂かれている。ジョーにはそのことがよくわかっている。父の家族、親戚、母の家族、親戚、両親の愛する人たち。

もしも自分がアメリカ軍の兵士になったなら、戦う相手は彼らであり、彼女たちなのだと思うと、ジョーも妹と同じように、声を上げて泣きたくなる。

去年の十一月、東京で目にした「母の国」の光景が胸に浮かんでくる。優しくしてくれた叔母はもちろんのこと、黙々とバケツリレーをしていた人たち、電車のなかで遥拝をしていた人々、駅前で声を張り上げていた中年女性たち、糸のように細い目でジョーを睨みつけていた警察官。今となってはそのような人々でさえ、ジョーには親しくなつかしく思えてならない。

夕方のニュース番組で、真珠湾攻撃の詳細が明らかにされた。

日本軍の連合艦隊は大型空母艦合計六隻で北から真珠湾に接近し、奇襲攻撃を仕掛けた。空母から飛び立った航空隊による奇襲は成功し、アメリカ軍の太平洋艦隊のうち、戦艦アリゾナ、カリフォルニアなど五隻と、軽巡洋艦、給油船などが撃沈され、二千人以上のアメリカ兵が死亡、多数の市民に死傷者が出た。アメリカ側の犠牲者および戦死者は、日本のそれらを大きく上回っており、それはひとえに日本の騙し討ちの結果である、とのことだった。

夜になって、ふたたびアレックスから電話がかかってきた。短波ラジオを使って、「在米同胞に向けて」と題された東條英機の檄《げき》を耳にしたという。

「彼はかなり興奮していた。激昂しているというのかな。いやが上にも戦争が始まったという感じがしたよ。在米日本人、日系人のわれわれには『六ヶ月だけ辛抱してくれ』って言ってた。奴は六ヶ月で戦争に勝てると思っているのかな。だとしたら、そんな考えは甘いんじゃないかと思うんだけど」

「僕もそう思う。それは甘すぎる」

あのちっぽけな日本が、子どもの国が、たった六ヶ月で、この、広大かつ強大なアメリカを打ち負かす？　天と地が逆さになっても、そんなことは起こりえないと、ジョーは思った。第一、中国や東南アジアで戦いながら、どうやって、遠いアメリカと戦争をするのか。国土は日本の二十五倍、資源も豊富、工業生産力は十倍。日の丸は、星条旗にはとうてい敵わない。保育園児でもわかることじゃないか。日本はアメリカを知らな過ぎる。

「日本に勝ち目はないよな、ジョー。西海岸まで攻めてくる前に、全滅だよな」

「ああ、火を見るよりも明らかだ」

ジョーはうなだれた。暗澹《あんたん》たる気持ちになった。これまでの新聞報道によれば、アメリカ国民のおよそ八十三パーセントはきょうまで、アメリカの参戦を望んではいなかった。そのことを、日本の軍部は知っていたのか。日本が先に攻撃してくるのを誰よりも待ち望んでいたのは、イギリスの首相チャーチルにそそのかされて対独戦争を始めたがっていた、ルーズベルトその人だったかもしれないのに。

翌日の十二月八日、ルーズベルト大統領は、ワシントンDCのアメリカ合衆国議会で演説をぶった。およそ二千五百万人のアメリカ人がこの演説を聞き、大統領の言った「十二月七日はわが国の恥辱の日」という言葉を脳裏に刻んだ。

「……日本とハワイの距離に鑑みれば、この攻撃には何日もの、いや何週間もの周到な準備があったことは明白である。そのことはしっかり記憶されなければならない。この間に日本は、和平の継続を望むという姿勢を見せて、わが国を欺いたのである。昨日のハワイ諸島への攻撃で、わが海軍および陸軍は甚大な損害を被った。残念であるが、多くの国民の命が失われた。加えて、ホノルルとサンフランシスコを結ぶ公海上でも、わが国の艦船が魚雷攻撃を受けたとの報告があがっている。昨日、日本はマレーを攻撃した。昨晩香港を攻撃した。フィリピンを攻撃した。ウェーク島を攻撃した。そして今朝、ミッドウェイ島を攻撃した。日本は太平洋全域にわたって奇襲攻撃を実行したのである。昨日そして本日の日本の行動が何を意味するかは自明である。わが国民はすでに意思を固めた。……」

幹三郎とケンはシアトルで、メグはユージーンで、佳乃とジョーと残りのきょうだいたちも全員、ラジオのそばに牡蠣《かき》のように張りついて、耳を傾けた。ルーズベルトはこの演説によって、対日宣戦布告決議に対する議会の承認を求めた。

スピーチの最後は、このように締めくくられた。

「私は議会に対して、一九四一年十二月七日日曜日の、挑発されていないにもかかわらず、わが国を卑劣にも攻撃した事実をもって、合衆国と大日本帝国は戦争状態に入ったことを、宣言するよう求める」

これを受けて、ハミルトン・フィッシュ下院議員は、宣戦布告を容認するスピーチをおこなった。

「……私は再三再四、外国での戦争にわが国が参戦することに反対を表明してきた。しかし、わが国が攻撃された場合、あるいは合衆国議会がアメリカの伝統である憲法に則ったやり方で宣戦を布告するなら、大統領および合衆国政府を最後の最後まで支援しなければならない。日本民族は、神が破壊せしものに成り果てた。日本人は気が違ってしまったのである。一方的な軍事攻撃を仕掛けてきたが、これはまさに国家的自殺行為である。私は先の大戦で志願して戦った。このたびの戦いにも時期をみて志願するつもりである。……」

　フィッシュ下院議員の声と言葉は、ジョーの胸に黒々とした墨を流した。

「……国を守るためにはどんな犠牲を伴っても致し方ない。気の触れた悪魔のような日本を完膚なきまでに叩き潰すためには、どのような犠牲であれ大きすぎることはない。戦いの時は来た。手を携え、堂々とアメリカ人らしく戦いを始めよう。そしてこの戦争は、たんにわが国に向けられた侵略に対する防衛の戦いというだけではない。世界に、自由と民主主義を確立するための戦いであることを知らしめよう。勝利するまで、わが国はこの戦いをやめることはない。……」

　黒く染まった胸はもう、もとの色にもどりようがなかった。


　十二月十七日、水曜日。

「恥辱の日」から十日後の早朝、大原幹三郎は家族の誰よりも早く目を覚まして、顔を洗って髭を剃《そ》り、身支度をととのえた。その気配を感じ取った佳乃があわててベッドから出ようとするのを、幹三郎は制止した。

「おまえはまだ寝とったらええ。きょうは店へは行かんでもええよ。どうせお客も来んじゃろうし。ジョーとケンが起きたら、店で待っとる言うてくれ」

　風邪をこじらせたのか、数日前から熱っぽい体をしている佳乃に、幹三郎はそう言い置いて、家をあとにした。

朝まだきの暗い小道を足早に歩いてオハラストアに着くと、幹三郎は湯を沸かしてコーヒーを淹れ、店の商品でもある缶スープを温め、売れ残ったクラッカーを齧《かじ》りながら、ゆうべ刷り上がったばかりの散らしを読み直した。

幹三郎の考えた日本語の文案をもとにしてジョーが英語でまとめ上げ、近所に住んでいるジョーの親友、アレックス・ヨコヤマにも目を通してもらった上で完成させたこの散らしを、きょうは二人の息子とアレックスとその友人の五人で手分けして、しかるべき団体、会社、学校、各種公共機関、ホワイトハウスを含めた政府機関などに郵送したあと、可能な限り多くの近隣の家々に、五人の手足を使って配るつもりにしている。

大統領閣下　ならびに、我が国の国民のみなさまへ
謹《つつし》んで、申し上げます。私ども日系アメリカ人、ならびに、その親である日本人移民一世は摂心し、衷心より、我が国アメリカに対する、終生の忠誠をここに宣誓いたします。いつ、いかなる時にも、アメリカの法、政策、行政指導を遵守します。いつ、いかなる時にも、この偉大なる民主主義国家、アメリカに対する献身を遂行します。いつ、いかなる時にも、進んでこの身を差し出します。今こそ、輝かしい星ちりばめたる旗のもと、私たちは一致団結し、一丸となって、我が国のために、ありとあらゆる敵と戦います。その敵の中にたとえ日本を見たとしても、私たちの信念が揺らぐことはありません。この宣誓には、いささかの疑念も迷いもありません。
我が国の国民のみなさま、アメリカに生き、アメリカの土地を耕し、妻子を愛する国民のみな

さま、どうか、アメリカに住む日本人、および日系人が謂《いわ》れなき迫害の犠牲とならぬよう、お力をお貸しくださいますように、切にお願いする次第です。

アメリカ合衆国日系市民の会
ポートランド松支部　会員一同

同様の散らしは、真珠湾攻撃の日以来、全米の至るところで作成され、ばら撒《ま》かれていた。幹三郎たちの属している日系市民の会の総本部に当たるＪＡＣＬ――日系市民協会――は、攻撃の直後にホワイトハウスに宛てて「この粛然たるときにおいて、われわれは大統領閣下ならびに我が国の戦いに、全面的に尽力することを誓います」と打電した。

攻撃の翌日、ある下院議員は連邦議会でこのように述べた。

「自称愛国主義者や、激昂した英雄気取りの連中によって、在米日系人が迫害の犠牲者となってはならない。日系人を不当に扱って、権利章典を辱めるようなことがあってはならない」

しかしながら、悲しいかな現実は、この戒めを押し返すような方向へ進み始めた。しかも、かつてないほどの勢いで。

攻撃後、西海岸各地では連日のように、日系人の経営する店や施設への投石、破壊行為、農園や果樹園への放火などが相次いだ。公園に植えられていた桜の木が切り倒された町もあった。その町に住む日系人たちの寄贈した木だった。ある町では日本国籍を有する者とアメリカ市民の商取り引きが禁止され、ある町では日系人につながっている電話回線が不通にされ、ある町では保安官事務所による「禁制品リスト」が発表され、カメラ、短波受信機、銃、弾丸、爆薬、刀剣などを所持していないかどうか、日系人の家々に大がかりな捜索の手が入った。

巷では、常軌を逸した流言飛語が飛び交っていた。

〈真珠湾攻撃が成功したのは、ハワイの日系人が日本軍に協力していたからだ〉

〈日本軍は近々、ロサンゼルスを攻撃するかまえを見せており、その際、西海岸一帯の日系人が決起し、市民軍を結成し、日本軍と共に戦うことは必至である〉

〈オレゴン州のキャノンビーチでは、日本の爆撃機に攻撃目標を示すため、日系人たちが火災を起こす可能性がある〉

日系の新聞や雑誌、小冊子などをはじめとする日本語の発行物は、十二月七日付を最後にして全面的に発行禁止となり、二世ほど英語力のない移民一世にとっては情報源を断ち切られたに等しく、彼ら、彼女たちの不安は、いやが上にも掻き立てられた。在米日系人たち、特に西海岸一帯で暮らす十万人あまりの人々はまさに、群れのまんなかにいきなり上から石を落とされ、無秩序に逃げ惑う蟻のような存在と化してしまった。逃げなくては踏みつぶされる。だが、逃げ場はどこにもない。

これまでの長きにわたって、執拗に、病的なまでの排日運動を推し進めてきた各種団体、マスコミにとって、真珠湾攻撃ほど、運動の正当性を示してくれた出来事はなかった。反日思想、人種差別主義を標榜する新聞は、こぞって書き立てた。

〈われわれは国内に卑劣な敵国民を住まわせている〉

〈毒蛇はどこで孵化《ふか》しても、毒蛇である〉

卑劣な敵国民とは、幹三郎と佳乃のような、アメリカ国籍を持たない日系一世を指していた。

そもそも国籍を与えようとしなかったのはアメリカだったということを、人々は忘れてしまっていた。三国同盟国のうち二国、ドイツとイタリアからの移民には与えられていた国籍が、日本人だけには与えられていなかったという事実を。

毒蛇とは、アメリカで生まれ、アメリカ国籍を有する日系二世を指していた。真珠湾攻撃に半ば便乗するような格好で、この際、一世だけではなくて二世をも排斥してしまおうとする機運が高まっていたのである。

幹三郎が出張先のシアトルから次男のケンと共に自宅にもどってきたのは、三日前のことだった。攻撃日よりも数週間前からシアトルに滞在していた幹三郎は、日米戦争の勃発を予感した日系人たちが、ばたばたと家財を整理し、荷物をまとめて、日本行きの船に乗り込もうとする姿を目にしていた。幹三郎には、日本帰国という選択肢は、端《はな》からなかった。帰国すれば、上の息子たちを兵隊に取られて、アメリカ軍に殺されるのが落ちではないか。ジョーの話によれば、昨年の旅行時に彼の見た日本は、近代の戦争を戦おうとする国だとは思えなかったという。日清戦争、日露戦争に辛くも勝利してきた日本は、アメリカを甘く見すぎているのではないか。幹三郎の述べた意見に、ふたりの息子たちも「その通りだと思う」と言った。

散らしから目を離すと、幹三郎は空になったコーヒーカップに湯を注ぎ足して、店の窓ガラス越しに通りに目をやった。うす暗い通りにはまだ人気《ひとけ》はない。ときおり、寒風に煽られて、紙くずが舞い上がっている。

ガラス窓の内側には、蜘蛛《くも》の巣のようなひびが複数、入っている。真珠湾攻撃の翌々日の白昼

「高校生くらいに見える男の子の集団が『ジャップス・ゴー・ホーム』と叫びながら、石を投げつけてきたんです」と、語った佳乃の声はふるえていた。近所の人たちが止めに入って事なきを得たものの、今後も同じようなことが、いや、もっと卑劣な暴行がなされないという保証は、どこにもない。幹三郎とケンの帰宅後ただちに、この不名誉な亀裂を隠すためにも、窓の外側から、店名の真下に横長の巨大な看板を取りつけた。表には「I AM AN AMERICAN」と、遠目にも読める極太の文字で書き記した。シアトルの日本人街でも、随所で見かけた看板だった。

十二月八日付の新聞に濡れ濡れと躍っていた見出しを、幹三郎は思い出す。

「U.S. DECLARES WAR ON JAPAN」——

その上には、「BOMBERS RAID MANILA」

真珠湾攻撃の翌日、台湾から飛び立った日本軍の戦闘機は、フィリピンのマニラにあるアメリカ軍基地を攻撃し、アメリカ陸軍の極東向け戦闘機の約半数を破壊することに成功した。このニュースを耳にしたとき、幹三郎は内心、鬼の首を取ったような気持ちになった。祖国、日本に対して「おぬし、やってくれるじゃねえか」と快哉《かいさい》を叫びたくなった。もしも日本が勝てば、これまでさんざん俺たちを叩いてきた排日運動家の鼻を明かしてやれる。そう思うと同時に「何をふざけたことを」と、自身に対する忸怩《じくじ》たる思いにも捕らわれた。

おまえはどっちの人間じゃ。

ふたたび看板に目をやった。裏側にも記されている。

I AM AN AMERICAN——

日米戦争か。勝つか、負けるか。どっちが勝っても、どっちが負けても、俺が勝つことはないだろうと思いながら、幹三郎は鼻から二本、太くて苦々しいため息を漏らした。

散らしで朗々と謳い上げた、星条旗に対する終生の忠誠を宣誓することに「いささかの疑念も迷いもない」というのは、少なくとも幹三郎にとっては百パーセントの本意ではない。ジョーにもケンにも佳乃にも、口に出して言いこそしなかったものの、幹三郎の胸には常に疑念が渦巻いている。迷いもある。日本と戦うということは、日本に住んでいる親、兄弟、姉妹、親戚、友人、知人、世話になった人たち全員を敵に回すということを意味している。疑念を抱かないわけがない。おまえは、親きょうだいと戦争ができるのか。

それでも、本音にきつく蓋をして、幹三郎は宣誓しようと決意した。アメリカ市民である子どもたちのために。アメリカで築いた家と財産と家族を守るために。それ以外に、自分の進む道はないではないか。


夕方、宣誓の散らしをあらかた配布し終えたあと、幹三郎は、これからどこかで食事をしてから帰るという息子たちと別れて、ひとり、家へもどった。

「ただいま《アイム・ホーム》」

「お帰りなさーい」

出迎えてくれたのは三女のリサだった。佳乃は具合が悪くてベッドで横になっているという。次女のナオミはリビングルームの長椅子にだらしなく寝っ転がったまま、右手だけを挙げて「ハイ・ダッド」とおざなりな挨拶をした。アサの姿はなかった。おそらく二階の勉強部屋にいるのだろう。

長女のメグはユージーン市にあるオレゴン大学の学生寮にいる。クリスマスまでには家にもどりたいと言った彼女に「しばらくのあいだ、そっちにいなさい」と、幹三郎は言い聞かせた。

「こっちが落ち着いたら、お兄ちゃんを迎えに行かせるから」

それまでは大学内にとどまっていた方が安全だと思った。女の子をひとりで長距離バスに乗せるわけにはいかない。あちこちで、日系人が暴行を受けている。レイプされた女性もいると聞いている。都会では、発砲事件や殺人事件まで発生している。警察はまったく頼りにならない。警察官のなかには日系人差別主義者が多い。これまで親しくつきあってきた近所の人たちのなかにも、真珠湾攻撃を境にして、がらりと態度を変えてしまった人が少なからずいた。

リサとアサには学校を休ませ、ナオミとハンナにも終日、家にいるように言いつけ、外出するときには必ずジョーかケンを同行させている。いつ、何時《なんどき》、どこで何が起こるか、わかったものではない。通りを歩いていると、胸に「中国人」「フィリピン人」と書かれたバッジを付けている子どもたちの姿を見かける。日本人と間違えられないように、という親の配慮だろう。

帰宅して五分も経たないうちに、家のドアがノックされた。まるで、幹三郎が家に帰り着くのを待ち構えていたようなタイミングだった。

「あ、誰か来たよ」

玄関のドアをあけたのは、ナオミだった。一日中、家に閉じ込められて鬱憤《うっぷん》のたまっていた彼女は、ノックの音を耳にするやいなや、リビングルームのソファーから弾かれたように起き上がって、相手を確認することもなく、力任せにドアを引きあけた。

黒っぽい背広に身を包んだ男が三人、立っていた。十八歳のナオミの目には、身なりのいい男に映ったに違いない。唇を横に広げて、彼女はにっこり笑った。自分がいちばん可愛く見える笑顔をつくった。退屈だった一日を、この男たちが刺激的にしてくれるのかもしれない、などと思いながら。

そんな娘の背中を、幹三郎は廊下から眺めていた。

三人のうち、もっとも年長に見える男が言った。

「お嬢さん、こんばんは。こちらに、マイク・オハラさんはおられますね。ああ、きみのお父さんかな。ちょっと話を聞きたいので、お父さんを呼んできてくれるかな。ここでは、時間はそんなに取らせません」

ナオミが答えようとするよりも先に、背後から、幹三郎が応えた。

「私がマイク・オハラですが、何かご用でしょうか」

幹三郎はナオミの背中を軽く押すようにしながら「向こうへ行ってなさい」と小声でささやくように言い、姿勢を正して男たちに向き直ってから、返答を待った。

返ってきた答えは、幹三郎の予想していた通りのものだった。だから、驚かなかった。来るべきものが来た。そう思っただけだった。

「連邦捜査局《FBI》の者です。マイク、あなたを連行します。いくつかの簡単な質問があります。お話を聞かせていただくだけです。今からわれわれの車で行きます。身ひとつでかまいません」

丁寧で、礼儀正しい言い方だった。丁寧で礼儀正しいがゆえに、相手に有無を言わせない不遜さと強引さを感じさせた。

「ちょっと着替えをしたいのですが」

「その必要はありません」

「長くなりそうですか。今夜、家にはもどれますでしょうか？」

「さあ、それはなんとも言えません」

「わかりました。では、歯ブラシだけでも」

「三分だけ、待ちましょう」

「妻にも話をしてきたいと思います」

「では五分、待ちます」

男はそう言って、腕時計に目を落とした。

日米開戦直後からわずか数日のあいだに、ＦＢＩは、ありとあらゆる日本人会の指導者、なんらかの形で日本と関係している会社や店の経営者、日本語学校の関係者、日系新聞社の経営者、編集者、神道や仏教の聖職者など、主に一世を中心にしたリーダー格の日系人の連行、逮捕を決行していた。容疑はスパイ、もしくは、日本軍への協力行為。あらぬ疑いをかけられた日系人の数は、開戦後四日目にして千三百名以上にものぼった。

ノックから五分後、幹三郎は、歯ブラシをシャツの胸ポケットに収め、佳乃が大急ぎで用意した下着と靴下とシャツ二枚の入った風呂敷包みを手に、男たちに挟まれるようにして、家を出ていった。

車の後部座席に乗り込んでから、幹三郎は首を回してうしろをふり返った。

玄関先には、ジョー、ケン、メグを除く全員――佳乃、ナオミ、リサ、アサ、ハンナ――が並んで立っていた。事情を何もわかっていないと思われる末っ子のハンナが、伸び上がるようにして手をふっているのが見えた。「ダディ、ダディ、行ってらっしゃい。早く帰ってきてね」。そんな声が聞こえてきそうだ。すぐそばで、彼女の可愛がっている犬がちぎれんばかりに尻尾をふっている。佳乃の表情は険しい。五人の背後には二階建ての家。白い外壁。緑色のドアと窓枠。ピケットフェンスで囲まれた庭。

あたかも、神々しい一枚の肖像画を見ているような気持ちになって、その絵が小さく、小さくなり、やがて切手ほどになり、点になって消えてしまうまで、幹三郎は見つめつづけていた。三十七年という年月をかけて自分の築いてきたものを目にした、それが最後の刹那《せつな》となった。

そのとき、ジョーとケンは、町はずれにある中華飯店「ドラゴンズ・デン」にいた。ジョーの友人のアレックスもいっしょだった。行きつけにしている日系人経営の食堂は、真珠湾攻撃の日から閉業してしまっていた。三人とも血気盛んな若者ではあったが、時節柄、さすがに白人経営の店に行く度胸はなかった。

三人が店に入ると、経営者の中国系アメリカ人、チャールズ・チェンがすかさず声をかけてきた。

「なんだい、あんたたち、三人も揃って来られたら困るよ。うちがジャップの集会場だと疑われたらどうしてくれるの？　このところ、目つきのよろしくない連中がそのへんをうろうろしてるんだよ」

目つきのよろしくない連中というのは、FBI捜査官のことを指しているのだとわかっている。「困る」というのは冗談半分、本気半分で言われているのだということも。チャールズ、通称チャーリーは決して悪い男ではない。むしろ、日本人の味方だと言っていい。オハラストアの上客でもある。

　ジョーは両肘《ひじ》をVの字の形になるように上げ「参ったねー」という仕草をしながら、言葉を返した。

「悪いな、チャーリー。僕たち、腹ぺこなんだよ。とにかく何か食べさせてくれないかな。ついでに酒も飲ませてもらえるとありがたいんだが。連中がやってきても、店には迷惑はかけないようにするから」

　チャーリーは欠けた前歯を見せて、にやりと笑った。

「仕方がないねえ。だったら二階へ上がりな。そこなら、お上品で清潔好きな白い紳士たちは来ないだろう。上はうす汚い豚どものたまり場だからさ」

　店の二階は、麻雀部屋だった。客はほとんど全員、中国系アメリカ人である。

　フカヒレのスープ、鳥の巣のスープ、マッシュルームのスープ、焼き飯、麺類などのほかに「上海ジェスチャー」と名づけられているミックスサラダの大盛り――トマト、ゆで卵、パイナップル、アンチョビ、ピーマン、カテッジチーズなどがごちゃ混ぜになっている――を頼んで、ケンはビールを、ジョーとアレックスはスコッチウィスキーを飲みながら語り合い、互いの胸の内をぶつけ合った。

　今の三人の語りたい話題といえば、それはひとつしかない。

「アメリカは、ほんとは日本なんて、相手にしていないんじゃないか。本当はドイツと戦いたいんだと思うよ。だけど、ドイツに宣戦布告する理由が見つからない。それに、今まで、国民はヨーロッパの戦争にはまったく興味がなかった。そこへ、日本の攻撃だろ。日本が攻撃してくれば、ドイツとイタリアも当然、アメリカに戦争をしかけてくるだろう。そうなったら、アメリカは戦うしかない。そういうシナリオが、最初からできあがっていたような気がしないか？」

「つまり、日本はアメリカの仕掛けた罠に掛かったってことか？」

「そういうことになるかな」

「ルーズベルトっていうのはしかし、大嘘つきだよな。『あなた方の息子さんを戦場へ送ることはありません』なんて公約しておいてさ、再選されたとたん『日本を叩きのめせ！』だもんな」

「だけど兄貴、俺はいざとなったら戦うよ」

「まさか、日本とか？　ケン」

「いや、志願して、ヨーロッパへ行かせてもらう」

「そんなに都合よくいくか？」

「そういえば、おまえたちさ、『ＡＢＣリスト』っていうのがあるって話、知ってるか？」

「なんだ、それは」

アレックスの仕入れた話によれば、真珠湾攻撃の五ヶ月くらい前から、司法省の特別委員会はＦＢＩと海軍情報部の協力を得て、ドイツ人、日本人、および日系人のブラックリストを作成していたという。

「捜査歴、逮捕歴があって非常に危険な外国人がＡ、疑わしい外国人はＢ、経歴には特に問題はないが、現在の地位や職業上、疑いを抱かれても仕方のない外国人はＣなんだよ。ってことは、おまえたちのおやじさん、Ｃってことにならない？」

ジョーとケンは一瞬、口をつぐんだ。ジョーは今いちばん聞きたくない話を聞かされたと、ケンは今いちばん知りたいことを知らされたと思いながら。

幹三郎は、主に日系人向けのグロッサリーストアの経営のほかに、デンバー在住の日系人ベン・マキモトと組んで、日本人や日系人に土地や家を斡旋する不動産業も営んでいる。また、一世にしては珍しく英語が流暢で、アメリカ人とのつきあいもうまく、地元の名士としても名を馳せている。アレックスは「その、つきあいが上手だというところこそが、疑わしいとされるポイントなんだよ」と言う。

「なんの疑いだ？」

「スパイだよ、スパイ。つまり、アメリカ国内の諸事情や機密情報を日本軍に流しているという疑い」

「まさか！」

「たとえ逮捕されたって、証拠がなければ、釈放されるだろう」

「兄貴、おまえは大丈夫か？」

「僕？　僕がスパイ？」

「だって兄貴は去年、日本へ行ってきただろ。それってBってことにならない？」

「ならないよ。あんなの、ただの観光旅行じゃないか」

「旅行中、日本軍を訪ねてないっていう証拠が示せるか？」

「おまえ、何か勘違いしてない？　僕たちは親父と違って、れっきとしたアメリカ市民なんだぜ。外国人じゃないんだから」

「だけど兄貴は日本国籍も持ってるだろ？」

「持ってるって言われても、生まれたのはアメリカだし、パスポートもアメリカだし、日本に住んだこともなければ、納税したこともないし、僕は帰米二世とは違うよ」

「まあ、それはそうなんだろうけど、こういう時勢になってくると、疑わしきはぶちこめってことになってくるのさ」

「僕はアメリカの正義を信じる」

「とにかく、日本も日本だ。あんな卑怯な形で攻撃してくるなんてな。アメリカ人は何が嫌いかって、それは『不正義』だよ。不正義に対して腹を立てる国民なんだよ。そんなことも知らずに日本は……」


延々とつづく日米関係に関する会話の途中で、ジョーは席を立って一階へ下りていった。一階のトイレで用を足したあと、ついでに勘定を払っておこうと思っていた。三人ともすでに満腹になっている。酒も、もうこれ以上は飲めないというほど飲んだ。

トイレを出ると、ジョーはバーカウンターの内側にいるチャーリーの背に声をかけた。

「ヘイ、チャーリー」

ふり向いて、自分の方に視線を向けたチャーリーの笑顔がなぜか、奇妙に歪んで見えた。口を大きく開いて「あー」と叫んでいるようにも見える。

おかしいな、酔ってしまったかな、と思った次の瞬間、うしろ頭に激しい衝撃を感じて、ジョーはよろめいた。そのまましゃがみこんで、両腕で頭をかばおうとした。

丸めた背中を激しく蹴りつけてくる足がある。一本ではない。二本、三本、四本、数え切れない足だ。背骨が折れたのかと思えるような痛み。蹴られるたびに、咳が出る。咳といっしょに胃の内容物も。食べたものだけではなくて、食道まで飛び出してきそうだ。

しゃがんでいることさえできなくなって、床の上にうつ伏せに倒れた。倒れた体をひっくり返し、上から覆いかぶさるようにして、さらに顔を殴りつけてくる手がある。顔の次は腹だ。

なんなんだ、これは。誰なんだ、おまえらは。

ケン、助けてくれ。アレックス、助けてくれ。誰か、助けてくれ。誰か……

声も出ない。耳も聞こえない。抵抗もできない。呼吸もできない。流れ落ちてくる血液のせいか、目も見えない。自分の身に何が起こったのか、起こっているのか、鮮明にわかっているような気もするし、まったくわかっていないような気もする。まぶたの裏に、ぐにゃりと歪んだチャーリーの笑顔が浮かんでくる。

チャーリー、もしかしたら、これはおまえの仕業《しわざ》なのか。おまえがこうなるように仕向けたのか、まさか……

暴漢たちが立ち去ったあと、壊されてばらばらになった農機具のように床に倒れたまま、ジョーは何かを手繰り寄せるようにして、両手だけをもぞもぞ動かしていた。遠のいていく意識を取りもどそうとしているようでもあり、自分の体を抜け出して、どこかへ走り去っていこうとしている自分の魂を、懸命に呼びもどそうとしているようでもあった。

＊

小さな愛しいわたしの女の子へ

父を連れ去られ、兄が瀕死の大怪我をさせられたその日こそ、わたしたち家族にとっての「恥辱の日」でした。

真の意味での恥辱の日々は、けれども、そのあとに襲いかかってくるのです。

真珠湾攻撃の翌年の五月、よく晴れて、雲も風もない、穏やかな朝でした。

わたしたち家族は、膨らみ切って今にもはち切れそうな鞄、布団や毛布や衣類をぎゅうぎゅう詰めにして紐で縛った布団袋、頭陀袋、お皿やナイフやフォークや台所用品などを詰め込んだバスケット、物を詰め込みすぎて、いつ底が抜けてもおかしくない行李などを抱えて、教会の近くにあるバス停に向かいました。

家から持って出ていい荷物は、それぞれが両手で抱えられる範囲内と、決められていたのです。ですから、わたしたちは、持てるだけのものを持っていこうとしました。洋服も何枚も重ね着して、みんな、ぶくぶくになっていました。

あたりには、わたしたちと似たような家族が大勢、集合していました。子どもたちのなかには、無邪気にはしゃいでいる子もいましたが、大人たちの顔は一様に曇っていました。

子どもたちの着ている洋服の襟元やボタンには、まるで値札のように見えるタグが糸で巻きつけられていました。そこに記されていたのは、名前ではなくて、数字です。レジストレーション・ナンバー。私たち家族全員の番号もありました。事前におこなわれていた予備登録時に、わたしたちは個々の名前を取り上げられ、数字で呼ばれる存在になっていたのです。

それは、真珠湾攻撃から約二ヶ月のちの一九四二年二月十九日に、ルーズベルト大統領の署名した「行政命令９０６６号」——西海岸沿いの地域に居住する全日系人（＝敵性外国人）に対し、軍が立ち退きを命じる権限を認める——を受けて、五月七日に発令された「民間人排除命令49号」に基づく、軍事地域からの退去命令でした。

身辺整理と荷造りに与えられた猶予期間は、たった六日間。

わたしたち日系人は、それまで何十年もかけて、苦労して、身を粉にして働いてやっと手に入れた土地、家、店、家財道具、財産などのすべてを、一週間足らずで整理、あるいは放棄しなくてはならなくなったのです。すべては「軍の必要上」という旗印のもとに。

当時、わたしはまだ六歳かそこらで、小学校へも上がっていませんでした。だから、こういった事情、歴史的事実の何もかもを、正しく理解していたわけではありません。あとあとになって、人から教わったり、学校で習ったり、自分で書物をひもといたりして、あの頃に何があったのか、何が起こり、何が起こされたのかを知ることになります。

住み慣れた町と家を去っていくことを余儀なくされたその日、

「これからみんなでキャンプに行くのよ」

上の姉のひとりからそう言われて、夏休みのサマーキャンプと勘違いした、わたしのすぐ上の姉は「わあ、うれしい」と、歓声を上げていました。

そんな姉を横目で見ながら、わたしは母に問いかけました。

「ねえマミー、スーもいっしょにキャンプに連れていっちゃいけないの？」

「いけません」

「どうして？」

「決まりだからです」

「どうしてもだめ？」

「どうしても、です」

前の年の十二月に忽然と姿を消した父のこと、大怪我をして病院に運ばれ、頭にぐるぐる包帯を巻かれた姿で家にもどってきて以来、口をきかなくなった兄のことよりも、わたしにとっては、可愛がっていた犬のことが心配でした。

「スーはお隣のキャサリンさんが預かって下さるのだから、何も心配はいりません」

母は冷たくそう言い放ちました。

「いつ会えるの？」

「それはわからないけど、ここに帰ってきたときには」

「いつ帰ってこられるの？」

「わかりません。いつまでもわがままなことを言っていたら、みんなに迷惑です。さっさと支度をしなさい。着替えはちゃんと鞄に入れたの？　靴も入れておくんですよ」

別れの朝、わたしは前庭のフェンスのそばで、犬の太い首に両手を巻きつけて抱きついたまま、声を上げて泣きました。

泣くことしか、できなかった。できることは、泣くことだけ。わたしの心はどしゃぶりの雨に打たれて、びしょ濡れでした。スーはそんなわたしの頰をぺろぺろ舐めつづけていました。三歳のクリスマスに、父から贈られた犬です。賢くておとなしくて優しい犬でした。もしかしたらわたしよりもしっかりと、自分の運命を悟っていたのかもしれません。

「スー、ごめんね。ひとりにしてごめんね。きっと帰ってくるからね、待っててね」

泣きながら、わたしは犬に声をかけました。

何度も何度も「ごめんね」と言いました。

「スーさようなら。もどってくるからね、待っててね」

もう行かなきゃと、姉たちにうながされて、わたしは泣く泣くスーから手を離しました。スーは黒いボタンみたいなつぶらな目を見開いて、涙で汚れたわたしの顔をじっと、不思議そうに、見つめていました。それきり、わたしたちが家にもどってくることはなく、スーに会える日もやってきませんでした。スーがその後、どこでどんなふうに生き、そして死んだのか、知ることもなく、知らされることもなく。

あんなにもつらい別れは、その後のわたしの生涯を通して、一度としてなかったと言っても、過言ではありません。

小さな愛しい女の子よ。

これが、わたしが涙を失くした理由です。人が持って生まれた涙を全部、わたしはあの日、使い果たしてしまったのです。あの朝以来、わたしの心は渇いたままです。水を抜かれて干上がった湖。そのような人生を、わたしは長く生きることになります。

第5章　私たちは生きて死ぬ

母の死に方は、潔かった。

五十代の終わりごろ、二度にわたって受けた手術で完全に取り除いたはずの病巣が、ふたたび発生したときには、すでに末期の一歩手前まで来てしまっていた。母はあわてず嘆かず、淡々と事を進めていった。自分が何をどうすればいいのか、残された時間に何をするべきか、彼女はすべてを把握しているように見えた。まるで、それまでに何度も予行演習を重ねてきた人が、いよいよ本番に臨んでいる、というふうでもあったし、嬉々として、あの世への旅の準備を進めている、というふうでもあった。

私はその頃、日本へ帰国した恋人を追いかけてはるばる日本まで行ってはみたものの、彼に結婚の約束をしている人がいたことを知り、失意のままアメリカに帰国し、ほかに行くところもないので実家の近くにある町に舞いもどり、一から人生を立て直そうとして、母校の州立大学で日本語教師の職を得たところだった。

母は医師のすすめた手術は受けず、放射線治療や化学療法も固辞し、ぎりぎりまで自身の仕事をつづけた。三十代の頃に介護士の資格を取得していた彼女は、当初は総合病院の入院病棟の専門介護士として、晩年はフリーランスの介護士として、高齢者や身体障害者の家々を訪ねて介護の仕事をしていた。傍観者として、母の仕事ぶりをひとことで言い表そうとするなら、それは「献身」という言葉がもっともふさわしかったと、私は思う。

人生の締めくくり方を母は会得していた。早くから用意されていた遺言には、延命治療はいっさい不要、といったことを含めて、家、貯金、家財道具などの分配や処分方法、葬式のやり方など、私たち家族にとって必要な情報が漏れなく記されていた。

亡くなる一ヶ月ほど前に容態が悪化し、二週間ばかり入院していたが、再び持ち直したあとは、本人の希望により自宅にもどってきた。週に三日、病院から派遣された看護師がやってきて、母の面倒を見た。母の退院を機に、私はそれまで隣町に借りていたアパートメントを引き払って実家にもどり、可能な限り、母に付き添った。そうして欲しいと、母から頼まれたわけではなかったのだけれど。

クリスとの恋愛は、まだ始まっていなかった。もしも始まっていれば、そしてそのことを知らせたら、生前の母は喜んだだろうか。ロビンやチカやフィービーのように、私もアメリカ生まれのアメリカ人と結婚し、母の理想の普通のアメリカ人の家庭を、たとえ短いあいだではあったにしても、築くのだと知ったら。

母には、日本で何があったのか、私が日本でどんな経験をしてきたのか、まったく何も話していなかったし、話すつもりもなかった。大学卒業後「日本へ行きます」と私が伝えたとき、母は「もう二度と、帰ってこなくていい」とまで言った。あのとき、親子の縁は切れたものと思っていた。勘当された、というよりもむしろ、あのときには「これでやっと、母親の呪縛から逃れられた」と思い、清々していた。

あれは、母が永遠の眠りにつく三日ほど前のことだったか。

「ジュン、あなたは何をそんなに熱心に読んでいるの？　それは誰の書いた本？」

突然の母の問いかけに驚いて顔を上げると、看護師に打ってもらった鎮痛剤の注射のせいでとろとろ眠っていたはずの母が、目をぱっちり見開いて、私の顔を見つめていた。その頃の母はほぼ終日、眠っているだけのような状態だったので、ほかにすることがなくなれば、私は母のそばで本を読んでいることが多かった。

「ああ、これ。これはね、芝木《しばき》好子《よしこ》という作家の小説よ。この人の書く日本語の文章が、私は好きなの」

芝木好子は、大正時代に浅草で生まれた作家である。日本の伝統芸術や工芸を題材にした、数多くの傑作を著している。私はその大半を読破していた。

「どんなことが書いてあるの？」

私は母に、小説のあらすじを説明した。『光琳《こうりん》の櫛《くし》』というタイトルの作品だった。息せき切って、話した。ときどき舌がもつれそうになった。私の読んでいる本、あるいは、日本語で書かれた小説に、母が興味を抱いているということが、うれしくもあり、悲しくもあった。こんなにも長いあいだ、自分の両親の生まれた国や母国語を遠ざけつづけてきた人が今ごろになって、と思うと、とてもせつなかった。

「あのね、櫛を集めている女の人の物語なの。お母さん、櫛って、わかるでしょ？　日本髪を結った女の人が髪に挿《さ》すの。かんざしって、わかる？　主人公は、江戸時代の女性たちの挿していたきれいな櫛に魅せられて、夢中になって集めているの。それぞれの櫛に秘められた女の物語に、主人公は魅了されているの」

一生懸命、語って聞かせた。日本語の読み書きもろくにできず、日本の伝統芸術のことなど何も知らないし、知ろうともしなかった母に、どこまで理解できていただろう。

「美しい日本語で書かれているの。ううん、そうじゃなくて、日本語という言語それ自体がとても美しいの。美しいからこそ、壊れやすくて、醜くなりやすい、とも言えるのかもしれないけれど。英語を石やブロックで築き上げたお城だとすれば、日本語は川なの。水の流れなの。つかみどころがなくて、とらえどころがなくて、でも、文章には美しい流れがあるの。組み立てた流れじゃなくて、情に流されてゆくような流れなの」

こんなことを言ったって、母にはわかりっこないだろうな、と思いながらも私は真摯に言葉を重ねた。まさか、母と、日本語について会話のできる日が来ようとは、露ほども思っていなかった。

「不思議なのはね、主語がなくても文が書けるところ。英語みたいにね、『私は思う』『私は感じる』って、いちいち自己主張しなくても、思っていることが自然に相手に伝わるの。理屈じゃないのよ。気持ちが言葉の底を流れているの。山奥で人知れず湧き出す源流みたいに。美しい日本語を読んでいると、その流れが見えてくるようなの」

「……そうなの、そんなに美しいの……知らなかった。日本語は、川……」

会話はそこで途切れた。

見ると、母はまぶたをきつく閉じて、眠りの世界に入っていた。

それが、私が母と交わした日本に関する唯一の会話であり、最後の会話となった。

母の葬儀は遺言に書かれていた通り、昼間に自宅に親族が集まり、ごく少数の人たちだけを招いておこなった。あらかじめ母の選んでいた遺影を、リビングルームの暖炉の上に飾った。年老いた犬を両腕でひしと抱きしめて、微笑んでいる写真だった。父は母と離婚して数年後から、マンハッタンでいっしょに暮らしている人を伴って姿を現していた。特別なことは何もせず、ただみんなで食事をし、お酒を飲んだ。泣いたりする人は、いなかった。みんなそれぞれに生前の母を訪ねてきて、それぞれのお別れを済ませていたから。

遺灰はその日の午後、母の好きだった「詩人の散歩道《ポウエッツ・ウォーク》」という名の公園にある川辺の散歩道から、ハドソン川に流した。

これは母の遺言には書かれていなかったことだったが、父はしばらくしてから、母の名を刻んだベンチをその公園に寄付した。ベンチは今も、川を見下ろすことのできる小高い丘の中腹に据えられている。ときどきそのベンチで、若いカップルがいちゃついている。

弔辞は家族を代表して——母の指示に従って——チカが読んだ。教師をしているだけあって、チカの澄んだ声はよく通り、頭上の青空まで届くかのように響いた。チカの朗読した弔辞は、私が書いた。母の指示に従わず、ロビンに頼まれて、代筆を引き受けた。弔辞の最後に、母に捧げる短い詩を添えた。

ひとりで空を見たことはなかった
ひとりで町を歩いたことはなかった
ひとりで風に吹かれたことも
ひとりで雨に濡れたことも
子ども時代、あなたはいつも私たちのそばにいた
さり気なく、何気なく、いつも見守ってくれていた

これからは、私たちがあなたを守る
あなたが新しい世界で平和に暮らせますように
四羽の小鳥より、母へ

六月の終わりだった。

町の周辺にも、森にも林にも、公園に向かう道すがらにも丘にも、野生のマウンテンローレルが咲き乱れていた。別名をカルミア、またはアメリカシャクナゲともいう。白い花を咲かせる木と、うすいピンクの花を咲かせる木がある。金平糖のような小さな可愛らしい花が集まって、まんまるい手毬のような形をつくる。艶のある固い緑の葉がまったく見えなくなるほど、枝々は白い手毬で埋め尽くされていた。

小鳥たちは巣づくり、産卵、抱卵、子育てに忙しく、そこらじゅうで、小鳥の歌が聞こえた。ソングポストと呼ばれる高い木のてっぺんで、誇らしげに鳴くアメリカン・ロビンの姿も見えた。空は青く、川は空の色を映し取り、初夏の風は川面に優しげなさざ波を立てていた。

一年中でもっとも美しい季節に、母は死の床についた。

人は、生まれた日よりもむしろ、葬られた日にこそ、多くの人たちに想われ、慕われ、記憶される。家族全員の手で、遺灰が少しずつ川に流されているとき、そんなことを思った。葬られた日に人は、愛した人々の心のなかに生まれ直すのかもしれない、と。

母をあの世に送り出したあと、ロビン、チカ、フィービーたちと、形見分けをした。

遺品も抜かりなく整理され、段ボール箱や衣装ケースなどにきちんと詰められていた。車でやってきたチカとフィービーのためには車で持ち帰れるように梱包され、飛行機でやってきたロビンのためには発送できるようにしてあった。あらかじめ、三人が「欲しい」とリクエストしていたもの以外に、ロビンの奥さんとフィービーには宝石類を、チカにはアンティークの銀器を、義理の息子や孫たちにもなんらかの贈り物が用意されていた。

私へは、宛名の書かれていない段ボール箱が五つほど。

どれも蓋があいたままになっていた。中身はほとんど本だった。捨てる本と残すべき本を仕分けて、残した本のすべてを、母は私への形見の品とした。シェークスピア全集とか、ジョイス名作選とか、アメリカ文学大全とか、そういった類いの本。無理して読まなくても、リビングルームの飾り棚に収めておけば、いいインテリアになる、といったような。本と本のすきまに、母の愛用していた万年筆やブックカバーやブックエンドなどが挟まっていた。生きているときには発せられることのなかった言葉——「あなたは作家になりたいんでしょ。だったらがんばってなりなさい」——を聞かされたような気がした。

それらの箱のうちひとつの一番上に、一冊のノートブックが載っているのを発見し、表紙をあけて中扉を目にした私は、すぐ近くにいたフィービーに声をかけた。

「ねえ、フィービー。これって、あなたのためのものよ。マムは間違えて、私の箱に入れたみたいだけど、これは私のものじゃない。あなたが持って帰るといいわ」

ノートブックの中扉には手書きで「To my dearest little daughter」と記されていた。母にとっての「小さな愛しい女の子」と言えば、それはフィービーをおいて、ほかにはいない。

フィービーは差し出されたノートブックを受け取り、私から促されて中扉に目をやった。

「あ、ほんとだ！　じゃあ、あたしがもらっとくね」

厚さは一インチほど。判型は大ぶり。表紙の色はラベンダーの紫。ふかふかした手触りの表紙にはイラストが型押しされていて、絵柄は、薔薇を思わせるような植物の枝の上に小鳥が二羽、背表紙にも一羽、裏表紙にも一羽。ノートを開いたまま伏せると、一枚の絵になるように描かれている。ずいぶん凝ったつくりのノートブックだ。デザインも美しい。花布《はなぎれ》と栞ひももついている。

ノートをぱらぱらっとめくって、フィービーはつぶやいた。

「わあ、なんだろう、これ。マムの日記？　自伝？　日記にしてはちょっと文章が固いような気がするけど」

いつのまにか、そばに来ていたチカがフィービーに言った。

「それはきっと、マムの作品よ。あなた、知らなかったの？　若かりし頃の彼女はね、作家になりたかったんだから」

遠い昔に、同じようなことを、チカは私に言っていた。

フィービーは驚きの声を上げた。

「えー、ほんと？　嘘でしょ、知らなかった、そんなこと、ちっとも」

「心して読んであげなさいよ。彼女の遺作なんだから」

「そんなこと言われると、プレッシャーを感じちゃうなぁ」

軽い会話だった。そのとき、チカとフィービーは笑い合っていた。彼女たちにとっては、母のかつての夢など、小さな笑いの種に過ぎないのだろう。私は、笑えなかった。三人姉妹のうち、嫌われ者だった私だけが、母の夢を理解していたのかもしれない。あるいは、夢を実現できないまま死ぬことの無念さを？

いや、それは違う。母は「口惜しさ」という意味での無念さは、感じていなかったのではないかと、私は推察する。感じていたとすれば、それは「無我の境地に入って、何事も思いわずらわない」という、仏教用語としての無念さであったはずだ。

母は強い人だった。何が母を強い人間にしたのか。持って生まれた強さだったのか。それとも外からやってきた何かが、母をあのように強く、潔くしたのか。

母が泣いている姿を、私は一度も見たことがなかった。

少なくとも、彼女は私の前では一滴も涙を流さなかった。夢は実現できなかったのかもしれないが、彼女は病には打ち勝った。死を恐れず、運命に絶望せず、己の人生に満足して死んだ。少なくとも私の目には、そう映っていた。

——二〇一七年四月　ニューメキシコ州

カレンダーが三月から四月に替わった。

あしたの朝いちばんの飛行機で、私はニューヨークシティにもどる。

きのうの夕方、それぞれの取材先からサンタフェにもどってきた取材チームのメンバー全員がホテルに集合し、取材報告を兼ねた食事会を開いた。そのミーティングのなかで、最後の取材日に押さえておくべき施設と場所のリストを作成し、各スタッフに割り当てた。マギーは、ホワイトサンズ・ナショナル・モニュメントで白い砂漠を撮影したあと、心境に変化があったのか、みずから申し出て、ホワイトサンズ・ミサイル実験場とロスアラモス国立研究所への電話取材を引き受けた。私が受け持ったのは、中央広場「サンタフェ・プラザ」の周りに点在する、いくつかの博物館と教会である。

午前九時、開館の一時間前に、私はひとりでニューメキシコ歴史博物館を訪ねた。スタッフとのアポイントメントは取ってあった。

「……ニューメキシコ州の歴史の流れを三つの大河になぞらえますと、一本は最古のネイティブアメリカン、次の一本がヒスパニック、三本目がアングロアメリカンということになります。この三本の川がひとつに融合して、『魅惑の土地』と呼ばれるニューメキシコ州の文化を形成しています……」

高校生にもどったような気分で、黄色に近い金髪をした若い女性スタッフの説明を聞きながら、うす暗い館内の展示物を見て回っているうちに、とうとう堪えきれなくなって、私はメモ用紙とペンをバッグに仕舞い、代わりにスマートフォンを取り出して、言った。

「ごめんなさい。あなたのお話、録音させていただいていいかしら？」

「どうぞ。まったく問題ありません」

私は通常、取材内容は録音しないという方針を貫いている。なぜなら、あとで録音されたものを聞き直せると思うと、油断が生まれて、取材中、いちばん肝心なことを聞き逃してしまう恐れがあるから。取材もまた一期一会。そのとき、その場で、私の耳が聞き、心で感じ取ったことが何よりも重要なのだと思っている。けれども、きょうばかりは手も足も出ない。睡眠不足のために頭がぼーっとしてしまって、何を見ても聞いても、脳の半分が眠ってしまっている。

原因は、ゆうべ遅く、真夜中の零時近くになってかかってきた不良娘からの電話。サンタフェとニューヨークの時差は二時間。ニューヨークの方が早い。ということは、アイリスは午前二時に電話をかけてきたことになる。彼女にとっては午前二時など、宵の口だったのかもしれない。私にとっては、せっかくの眠りを途中で遮られた上、とんでもない話を聞かされ、そのまま朝まで眠れなくなってしまったのだった。

スペイン人によるアメリカ大陸の植民地化が始まり、サンタフェに街が築かれ、プエブロと呼ばれるネイティブアメリカンの起こした叛乱をスペイン軍が鎮圧。その後、サンタフェと、現在のミズーリ州オールド・フランクリンを結ぶ、サンタフェ街道の建設。その街道を通って、アングロサクソン系の白人がどんどん流れ込んでくるようになる。そうこうしているうちに、アメリカとメキシコが戦争を起こす。タオス・プエブロの叛乱。ニューメキシコ州の誕生。白人とネイティブアメリカンの激しい敵対……

歴史は私の脳を素通りして、右の耳から左の耳へ流れていく。

さっきから、私の脳内では、アイリスの言葉がぐるぐるぐるぐる、洗濯機のなかで回る汚れた水のように渦を巻いている。

「ママ、どうしよう。どうしたらいい？　あたしもう、デッドエンドだよ。もうおしまいだよ。

何もかもおしまい」

「泣かないで、泣いてばかりいたら、ちゃんとした会話ができないでしょう？」

「だって、だって、あたし、どうしたらいいの？」

「アイリス、いいからよく聞いて。生理が遅れているからといって、妊娠しているとは限らないの。妊娠していなくても、生理が遅れることはあるのよ」

「早く帰ってきてー、マムお願い、早く帰ってきてー」

「うんうん、あさってには帰るから。帰ってから、いっしょにちゃんと調べてみようね」

「調べて、ほんとにほんとの『妊娠』だったら、どうしたらいいの？」

「それは、そのあとに考えよう。仮定だけで、ものを言ってはだめ」

「やだー、マムは人のことだと思って、だからそんな、冷たいことが言えるんだ」

「人って、あなた、私の子どもでしょ。何をおかしなことを言ってるの。それにあなたは自分がちゃんとした『人』だって思ってるわけ？」

冷静に、母親らしく話そうと思っているのに、つい頭に血がのぼって、私も子どもみたいなことを言ってしまう。子が子なら、母も母だ。

「ところで、このあいだ送った小切手はどうしたの？　妊娠したのは、お友だちじゃなかったの？」

答えは返ってこない。かわりに、ひくっひくっとしゃくり上げている声がしている。

妊娠した友人にカンパするための現金を送ってくれと、メールで依頼されたのは十日ほど前、サンタフェに到着した日の翌日だった。現金を送るわけにはいかないので、とりあえず小切手を送っておいた。百ドル。少ないのか、多いのか、わからないような金額だ。

その夜、クリスに電話をして「しっかり様子を見ておいて。場合によっては、ナンシーから事情を訊いてもらって」と、頼んでおいた。妊娠したのは友人ではなくて本人ではないかという、悪い予感が胸をよぎったからだ。まったく、予感というものは、当たらなくていいときに限って当たってしまう。

「やだー、どうしよう、やだー、もう死んでしまいたい」

「やっぱり、そうだったのね。妊娠するかもしれないようなことを、したのはいつ？　相手は同級生なの？」

しゃくり上げる声が「うわぁん」という泣き声に変わる。

彼女は十六歳になったばかりだ。皮はまだ青いのに、中身だけは熟している果物。そういう年齢だ。十六歳で妊娠する、ということの意味と現実を、私はどうとらえたらいいのか、わからない。混乱している。

「そんな大声で泣いたら、みんなが起きちゃうでしょ。ナンシーには話したの？」

ナンシーは、アイリスの継母、ステップマザーである。アイリスはみずから望んで、クリスとナンシーの娘になりたいと言い、私を捨てて去っていった。

「言えないよ、ナンシーには絶対に言えない。こんなこと、マムにしか言えない。だから電話してるんじゃない！　どうして、そんなことがわからないの。マムはあたしのマムでしょ、しっかりしてよ！」

今度は反対に、怒鳴られてしまった。情けない。

泣いたりわめいたり怒ったり、かと思うと急に「頼れるのはマムだけ。マム愛してる」とすり寄ってくる。二時間くらい、そんな電話につきあわされた。とりあえず、私がニューヨークにもどったら、薬局で妊娠検査薬を買って、いっしょに調べてみようねと言い聞かせて電話を終えた。

「ジューン、あの、お話の途中ですが、すみません」

女性スタッフの声が、ここにはなかった私の心をここに、歴史博物館に連れもどしてくれた。

「今ちょっと、オフィスに私宛の急用の電話がかかってきたようです」

彼女は館内連絡用のポケットベルのようなものを取り出してそう言い、少しこの場を離れてもいいかとたずねた。

「もちろん大丈夫です。私はひとりでつづきを見てますので。どうかお気づかいなく」

スタッフは足早に去っていき、人気《ひとけ》のない博物館の通路に残されて、私はなんとはなしにほっとした。これで思う存分、アイリスのことを考えられる。

妊娠していたら、どうすればいいのか。どうすればいいのかは決まっているのだけれど、そのことを、どのように運んでいけばいいのか。いや、しかし、今現在、妊娠の週数はいったいどれくらいに達しているのか。中絶が不可能な状態だったら、どうすればいい？

思わず、頭を掻きむしりそうになる。

漫然と展示物を眺めながら、というよりも、眺めているふりをしながら、ふらふらと歩みを運んでいき、気がついたら、出口に近い部屋に入っていた。時代は二十世紀の半ばにさしかかっている。人類は相も変わらず戦争ばかりしている。その根っこに巣くっているのは人種差別であり、白人至上主義であるように、私には思えてならない。

小部屋に入って何歩か歩いたところで、ふっと、目の前にあるパネルに吸い寄せられた。

「第二次世界大戦とニューメキシコ州──バターン死の行進」

そんなタイトルが目に飛び込んできた。

「死の行進」については、高校生のとき、歴史の授業で習って知っていた。

第二次世界大戦中、フィリピンに駐在していたアメリカ軍の第200沿岸砲兵隊をはじめとする部隊の兵士たちは、上陸してきた日本軍との死闘をくり広げたのち、一九四二年四月九日に降伏し、日本軍の捕虜となった。多くの兵士は七日間にわたって、炎天のもと、食料も水も与えられることなく、日本軍の設置した捕虜収容所までの長い道を歩かされた。怪我をしていた兵士や体力を失った兵士はばたばたと死んでいき、彼らの死体は路上に放置されたままになった。これがフィリピンのバターン半島における「デスマーチ」である。

目を覆いたくなるような凄惨な写真の下には、こんな説明書きが添えられていた。

〈この行進の落伍兵に対してなされた、日本軍の兵士による虐待は凄まじかった。ある兵士の証言によれば、日本兵は弱ったアメリカ兵を取り囲むと、銃剣で睾丸とペニス、腕の上部の筋肉、両足のふくらはぎを切り落として、逃走できない状態にしておいてから、口内に銃弾を撃ち込んで殺し、口のなかにペニスをくわえさせた死体を捨てていったという。このような死の行進を生き抜いた兵士たちには、さらなる苦難が待ちかまえていた。その後、三年間に及ぶ収容所生活のなかで、彼らは日本軍の兵士らによる拷問や虐待、飢餓や病気などによって命を落とした。日本軍によるこのような非人道的な行為によって、アメリカ国内における反日感情はますます増大し

ていった〉

私の目は、そのあとにつづく二つの文に釘づけになった。

〈死の行進の犠牲となった兵士の大半は、ニューメキシコ州出身のヒスパニックアメリカンであった。日米開戦初期に多くのニューメキシコ兵が捕虜になり、次々に虐殺されたことが、ニューメキシコ州内における原爆開発を促進し、世界初の原爆実験を可能にした一因であるとされている〉

知らなかった。ニューメキシコ州と日本が、バターン死の行進と原爆が、このような形でつながっていたなんて。

もちろんこれは、あくまでもアメリカ側に立った記述であると、重々わかっている。これは、ニューメキシコ州の歴史を語ろうとしている、この博物館の示した一見解だと考えるべきだろう。戦争中には、日本軍のみならず、アメリカ軍も、至る所で常軌を逸した行為に及んでいた。捕虜の虐待は人道上、また国際法上、許されないことではあるけれど、戦争とは畢竟《ひっきょう》、許されない行為の集合体だとも言えるのではないか。死の行進をさせられた兵士も、どこかで人を殺していたはずだ。戦争においては、被害者と加害者の区別はない。殺した方も殺された方も、被害者であり、加害者なのだ。戦場で武器を手にして戦っている兵士も、戦地に立っていない国民も、戦争を肯定している限り、このからくりから逃れられない。

そんなことを思いながら、その場に立ち尽くしている私の背中に、場違いなほど明るい声が降りかかった。

「お待たせしてしまって、ごめんなさい。もうそろそろ開館時刻となりますが、その前に、館長がご挨拶をと申しております。よろしいでしょうか？」

ふり返って、私は答えた。

「はい、もちろんです。ありがとうございます。お暇《いとま》する前に、ぜひご挨拶させていただきたいと思います」

スタッフは、私がすでにすべての展示物を見終えたと思っているようだった。実のところ、今いるこの小部屋の展示物を見てしまえばそれで終わりだったが、まだ見ていない壁が一面だけ、残されていた。

「あと数分だけ待って下さいますか？」

そう言って、私はふたたび展示物の方を向いた。

バターン死の行進の展示物の右隣の壁に、一枚の集合写真が飾られていた。

一見、なんの変哲もない集合写真のように見える。たとえば同じ組織に属している人たちの、なんらかの記念写真のように。写っているのは全員、アジア人男性である。横一列に十人前後の男性が並んでいて、その列が前、まんなか、うしろと三つに連なっている。年齢は五十代から七十代くらいか。ほとんどの男性がワイシャツにネクタイ姿で、前列の男たちの足もとや膝の上には、パナマ帽や麦わら帽子が置かれている。

アジア人男性というのは日本人であると、すぐに認識できた。写真の上に掲げられている大きな見出しが視界に入ってきたからだ。

JAPANESE INTERNMENT CAMPS

アメリカ国内に、日本人強制収容所があったということ？

ジャパニーズアメリカンではなくて、ジャパニーズなの？

知らなかった、そんなこと。学校でも習わなかった。誰も教えてくれなかった。

なぜか、その、日本人男性たちの集合写真から目が離せなくなった。有体に言えば、心を持っていかれたということになる。あるいは、心臓をつかまれた。理由はわからない。左隣のバターン死の行進の写真に焼きつけられている、がりがりに痩せて、棒切れのように見える兵士や、路肩に打ち捨てられた枯れ枝のような兵士の姿とは対照的な、どこか安穏とした雰囲気を漂わせた人々の写真だったからだろうか。

これはいったいどういう写真なんだろう。この日本人男性たちは、ニューメキシコ州の歴史と、どう関係しているのか。

なぜ、強制収容所に？

私は、写真のすぐ上に書かれている説明文を読み始めた。

〈真珠湾攻撃から二ヶ月後、アメリカ政府は、西海岸一帯に暮らす日系人たちを駆り集め、収容所に監禁した。およそ十二万人の人々――男、女、子どもたち――のほとんどは、アメリカ市民であった。ニューメキシコ州には三つの収容所があった。ローズバーグ、フォート・スタントン、サンタフェである〉

――一九四二年四月　オクラホマ州

愛してやまない私の妻、佳乃へ

私は今、オクラホマ州、フォート・シルでこの手紙を書いています。住み慣れた町と家から引きちぎられるようにして隔離され、自分がなぜ、中南部のオクラホマ州くんだりまで移送されたのか、理由は定かではありません。あなたと若い頃に暮らしていたコロラド州よりもさらに遠く、南東へ何百マイルも離れたところです。

私を含めて約四百名の日系人たちが、ここでテント生活を強いられています。所有物は、軍から支給された、薄汚れたグリーンの毛布だけ。その毛布には抑留者ナンバーなるものが刷り込まれています。いったい私は、どんな罪を犯したというのでしょうか。

時間を有効に使わなければならないと、気持ちは焦ってばかりです。ここでは、食べること、寝ること、祈ること以外に、できることはありません。ただ一日一日を、苦悩を喉に詰まらせながら、なんとか生き延びています。しかし、ご心配には及びません。私は元気です。

家族はみんな元気でしょうか。メグは無事、あなたのもとへもどっていますか。ジョーとケンがついているから、心配することはあるまいと思うのですが、朝起きてから、夜眠るまで、そして真夜中に目を覚ましては、あなたたちのことを考えてばかりいます。子どもたちと力を合わせて、どうかこの苦境を乗り越えて下さい。店のこと、家のこと、子どもたちのこと、どうかよろしくお願いします。

この手紙をどう終わらせるか、下書きのつづきを書きあぐねて、大原幹三郎はペンをきつく握りしめたまま、まぶたを閉じた。

最後の数行は、すでに頭のなかに浮かんでいる。けれども、それをそのまま書いてしまっていいものかどうか、心はまるで壊れた振り子のように、前後左右に揺れている。

「あなたからの手紙は、まだ一通も受け取っておりません。念のためにお知らせしておきます。私からは確か二十通ばかり、お送りしているはずです」

こんなことを書いたら、佳乃に余計な心配をかけるだけではないか。そもそも、俺の出した手紙は彼女のもとに届いているのか。それとも、彼女の出した手紙が俺には届かない、ということなのか。それ以前に、佳乃の側には何か、手紙を書けないような事情が発生しているのか。果たして、家族は無事なのだろうか。しっかり者のジョーからの連絡が一度もないのは、なぜなのか。彼もどこかに連れていかれたのか。

考えても考えても、歓迎できない答えしか浮かんでこない。胸が苦しい。どんなに深く息を吸い込んでも、肺の奥まで空気が行き届かず、喉の奥で固まってしまっているような錯覚に陥る。まさに今、書いた通りの状態だ。

まぶたをあけて、幹三郎は読み返した。

「……ただ一日一日を、苦悩を喉に詰まらせながら、なんとか生き延びています」――

この一文は、削除した方がいいだろうか。思う端から「苦悩」という言葉を黒く塗りつぶした。が、代わりにどんな言葉を持ってくればいいのか、思いつくことができない。

自宅に踏み込んできたＦＢＩの捜査官によって、幹三郎が身柄を拘束されたのは、今から四ヶ月ほど前、日本軍による真珠湾攻撃から十日後の十二月十七日のことだった。

最初に連れていかれたのは、自宅から車でわずか十数分のところにあった郡刑務所《カウンティジェイル》だった。容疑は、日本軍への情報提供および協力行為。保釈はいっさい認められず、逮捕から十五日間、外部との接触も禁じられていた。

拘束から二日後、刑務所を訪ねてきた移民帰化局の査察官による尋問を受けた。

「最近、日本へはいつ、もどりましたか？」

「日本にいる親、親戚、兄弟姉妹などの年齢、職業は？」

「日本にいる親、親戚、兄弟姉妹に書いた手紙の内容を教えて下さい」

「日本の兄に最後に手紙を書いたのは、いつですか？　その内容は？」

「あなたは京都に住んでいる親戚に頻繁に送金していますが、その目的は？」

「あなたの長男は昨年十一月、日本にもどっているが、その目的は？」

連日連夜、似たような質疑応答がくり返された。

「日本にいる親、親戚、兄弟姉妹に、アメリカの軍事状況について、知らせたことはありませんか？」

取り調べを受けているうちに、幹三郎は気づいた。これは取り調べではない。これは、自分をスパイに仕立て上げるための確認作業のようなものなのだと。

新旧さまざまな記憶をたぐり寄せながら幹三郎の返した回答の内容は、ＦＢＩによって、ことごとく調べ上げられていた。その調べは、あっと驚かされるほど緻密だった。京都在住の末の妹、花恵に、毎月のように送金をしていることは、佳乃にもジョーにも話していないことだった。花恵の娘は幹三郎と佳乃の実子で、赤ん坊のとき養女に出した子だった。花恵が離婚する前から始めた送金を、幹三郎は彼女が再婚したあともつづけていた。

あっと驚かされたことは、ほかにもあった。

「あなたはベン・マキモトの強力なビジネスパートナーであるわけだが、彼はスパイ行為で逮捕されており、すでにその罪は確定しています。つまり彼は、我が国アメリカの土地を日本人に売ったり、不動産を斡旋したりする業務を通して、アメリカにおける日本軍の軍事行動を支援しようとしていた。このことについて、あなたはどう考えていますか？」

ベンがスパイ？　日本軍の軍事行動を支援？　あきれて、ものも言えない。

ベンは根っからの親米派だ。真珠湾攻撃を受けたとき、ベンは幹三郎よりもアメリカ寄りの発言をしていたくらいだ。

「彼と私の会社が、勤勉な日系アメリカ人に土地や家を斡旋していたのは事実ですが、そのこと と、日本軍への協力はまったく無関係です。私たちの不動産売買事業が日本の軍事行動と結びついているなんて、ありえない。馬鹿げている。何を根拠におっしゃっているのか、何か証拠でもあるのですか？　私の有罪を、あなた方は証明することができますか？」

懸命に食い下がってはみたものの、心のなかではとうに観念していた。何を言っても無駄だとわかっていた。手も足も出ない。俺は網にかかった魚だ。アメリカという、恐ろしく強靱な白い網に引っかかってしまった、哀れな黄色いアジア人だ。

「マイク、あなたは英語が非常に流暢だ。おまけに日本語も流暢だ。その語学力をもってすれば、我が国の機密情報を日本に流すことも容易にできると我々は推察します」

青い目をした査察官の前で、両手で顔を覆ったまま、幹三郎は打ちひしがれていた。喉に釣り針を食い込ませたまま、もがく力を失い、窒息死寸前になっている魚のように。

逮捕から二週間あまりが過ぎた年明け早々、幹三郎は、他の容疑者たちといっしょに駅まで連れていかれ、列車に乗せられた。目的も行き先も教えてもらえなかった。

列車は、北へ向かってひた走った。

コロンビア川を渡り、ワシントン州東部の荒涼とした土地を夜通し走りつづけて到着したのは、モンタナ州ミズーラにあるフォート・ミズーラという駐屯地だった。吹く風は肌を突き刺す針金。空気は透明で巨大な氷の塊。地面に降り積もった雪はコンクリートのように凍結していた。じっとしているだけで歯がガチガチ鳴ってしまうほどの酷寒。誰の目にもそこは絶望の地と映った。

敷地内には、兵舎を収容所に造り替えたと思しき木造の建物が何棟か建っていた。これ以上、寒々とした光景を、いまだかつて目にしたことがなかった。何よりも幹三郎の背筋を凍らせたのは、粗末な建物のぐるりを取り囲んでいる通電性の鉄柵と、建物を見下ろしている見張り櫓《やぐら》と、そこに立っている武装した歩哨《ほしょう》の姿だった。

幹三郎たちはこの収容所で、司法省による審問を受ける予定になっていた。けれども、冬のあいだじゅう、日系移民に対する審問が実施されることはなかった。

来る日も来る日も、嘆願書を書いた。身の潔白を訴え、正当な審理がおこなわれるよう、思いつく限りの機関や支援団体に手紙を送った。

なんの進展も見られないまま、虚しく時だけが過ぎていくなか、二月と三月に一度ずつ、司法省の審問委員会から派遣された係員による非公式の審問を受けた。審問という名の茶番劇だった。その結果、幹三郎は「アメリカの平和と安全を乱す恐れのある、きわめて危険な人物」に分類され、司法長官の命令によって、抑留継続が決定した。そうして、それから一ヶ月後、なんの説明もなされないまま、予告もなく、モンタナ州からおよそ千五百マイル、約二千四百キロも離れた、アメリカ中南部のオクラホマ州にある、この収容所まで移送されたのである。

窓もない天井もないテントの蒸れた空気のなかで、胸を押さえて浅い息を吐き出しながら、幹三郎は思った。

これまでの経緯のみならず、現在の自分の置かれている本当の状況を家族が知ったら、どんなに不安に思うことだろう。これまでずっと、佳乃と家族に宛てた手紙には、取り調べのことや、強制移送と抑留生活の苦しさなどについては具体的には何も書かず、努めて明るい口調を保ってきた。

その方針は変えまい、いや、変えてはならない。

ふたたびペンを握りしめると、幹三郎は手紙の下書きの最後をこのように結んだ。

「追記　ジョー、ケン、メグ、ナオミ、アサ、リサ、可愛いハンナちゃんへ。みんなで力を合わせて、おかあさんを支えて下さい。おとうさんは元気です。戦争が終われば、じきに帰れると思います。希望を持って、きょうを生きていって下さい。きょうを生きれば、あしたも生きられます。あしたを生きればあさってでも。あなたたちの父より」

――一九四二年五月　オレゴン州

五月十三日、水曜日。

大原家の長女メグは、ユージーン市にあるオレゴン大学のキャンパスの北側に位置する土手の斜面に立って、延々とつづく二本の線路を見つめていた。

カリフォルニア州に向かう列車は、何時にこの地点を通過するのか、正確な時刻がわかっているわけではない。母とふたりの兄、ひとりの弟と三人の妹たちがその列車に乗っているかどうかも、わからない。それでも、午前中の最後の講義を抜け出してでも、ここへ来ないではいられなかった。きのうも来た。おとといも来た。あしたも来るだろう。あさっても。

二月十九日にルーズベルト大統領の署名した「行政命令９０６６号」――裁判や公聴会を実施することなく、特定地域から住民を排除する権限を陸軍に与える――により、今月の初めに、西海岸一帯に暮らす日系人、約十二万人を対象とする立ち退き命令が発せられた。近いうちに、ポートランドとその周辺に住む人々も列車に乗せられ、集合センターへ送り込まれるだろう。

そのことをメグに教えてくれたのは、知り合いに軍関係者がいるという大学の職員だった。彼の話によれば、人々が送り込まれる集合センターとは、アメリカ陸軍によって管理されている十六カ所の施設で、うち十四カ所はカリフォルニア州にあり、強制退去を命じられた人々が正式な施設、戦時転住所《ウオーリロケーションセンター》に入るまでのあいだの仮の住まいであるという。

もちろんメグには、集合センターや戦時転住所がどのような施設であるのか、くわしく知る術はない。しかしながら、大学関係者から入ってくる情報や、学生寮のなかで囁かれている噂のどれひとつをとっても、そこがまともな施設であるとは考えられない。集合センターの多くは、馬小屋や家畜の展示場や競馬場などを利用して造られたものだという。しかも、母たちは、家と財産を放棄させられ、ほとんど着の身着のままに近い状態で、そこへ向かわされている。集合センターとは、戦時転住所とは、すなわち強制収容所ではないのか。そんなところで、母たちを待っている生活は、いったいどのようなものなのか。想像するだけでも恐ろしい。いや、恐ろしくて、想像することさえできない。

メグは、母のことが心配でならなかった。メグにとって、父を折れない幹だとすれば、母はいとも簡単に折れてしまう小枝だった。彼女の体のなかには、ぽっかりと口をあけている穴のようなものがある。母の関心は常に子どもたちにあり、夫や家族にあるようで、その実、母はいつだって、ここにはないものを、ここにはいない人を見ているような虚ろな目をしていた。真夜中にふと目を覚ましたとき、バスルームのドアの向こうですすり泣いている母の声を耳にしたこともある。一度ならず、何度も。収容所なんかに入れられてしまったら、母は発作的に自死してしまうのではないか。

心配事はほかにもある。先月、ケンからかかってきた電話で聞かされた報告によれば、兄のジョーは去年の十二月に中華料理店で暴行を受けて頭部に大怪我をし、今もまだ具合が思わしくないらしい。ＦＢＩに連行された父ももどってこない。今、どこでどうしているのか、まったくわからないし、調べる手段もないという。

「いいか。おまえはこっちには帰ってくるな。大学内に残っている方が安全だ。みんなのことは俺が見ているから大丈夫だ。メグ、おまえは自分の身を自分でしっかり守れ。何かあったら学部長に相談すること。来ないとは思うけど、もしも大学まで捜査官がやってきたら、日本へは行ったこともないし、知っている日本人なんかひとりもいないし、日本語も読めないって言えよ。日本語の本を持っているなら、ただちに焼き捨てておけ。そういえばおまえ、神社のお守りとか、羽子板とか、そういうの持ってなかったか？」

「持ってるけど、焼かなきゃだめなの？」

「そりゃあ、そうさ。ごみ箱に入っていたら、なお怪しまれる」

父がＦＢＩに連行されてから数日後、家宅捜索がおこなわれたとき、家のなかにあった日本語の書籍、地図、写真集、辞書などは一冊残らず、証拠品として押収されてしまったという。

「ケン、あなたは大丈夫なの？　ＦＢＩに連れていかれたりしない？」

「僕らはアメリカ市民なんだし、本来、何も心配することはないはずなんだ。日本がアメリカを攻撃したからといって、どうして、僕らが調べられたり、疑われたりするのか、まったくもって腑に落ちないよ」

「ジョーが殴られたのは、日本へ行ったことがあったからなの？　殴ったのは誰？　具合が良くないって、どんな感じなの？　まだ電話にも出られないほど、ひどいの？」

その問いに対して、ケンから返ってきた答えは、深いため息だけだった。

結局、きょうも列車を見ることはできなかった。

カリフォルニア州に向かう列車を見たからといって、何がどうなるというわけでもない。列車の窓から顔をのぞかせて、ちぎれんばかりに手をふっている家族の姿が見えるとでも思っているのか。もうやめよう、こんな空しいことは。

メグは線路を背にして、土手を駆け上がった。背中を耳にして。もしも列車の近づいてくる音が聞こえたら、私は即座に引き返すだろうと思いながら。

「メグ、あなたを探していました」

午後の受講を終えて学生寮にもどってきたメグを、表玄関で待ちかまえていた人がいた。日ごろから、メグのことを気にかけてくれている親切な教員だった。彼女はメグに一枚の切符を手渡すと、切羽詰まった口調で言った。

「いいですか、メグ。あなたは今夜の長距離バスに乗って、デンバーへ行きなさい。バスターミナルまでは私が送り届けます。デンバーには私の友人夫妻が住んでいる。彼らは駅まであなたを迎えに来て、あなたを一時的に預かってくれる。その段取りはすでにつけてあるの」

口を挟もうとするメグを制するようにして、彼女はつづけた。声のトーンはさっきより落ち着いていたが、目は据わったままだった。

「あのね、大学の内外で、いくつかの不穏な動きがあるのよ。これ以上、私たちの手であなたを守ることができるかどうか、自信が持てない。近いうちに、日系人学生に対する、なんらかの抗議行動が起こる可能性がある。戦局がますます悪化しているからね、みんな、苛立っているのよ。それに、ユージーンの日系人が強制立ち退きをさせられるのも、時間の問題よ。だから一刻も早く、あなたは安全な土地に避難しなさい」

確かに戦局は悪化していた。

一月には日本軍によるマニラ占領、二月にはシンガポールのイギリス軍が日本軍に降伏、三月にはジャワのオランダ・インド軍が降伏、今月になってからは、日本軍によるビルマ北部の占領、フィリピンのコレヒドール島要塞のアメリカ軍が降伏、と、日本軍の南方における勝利の勢いは、とどまるところを知らなかった。

そのようなニュースが報道されるたびに、メグは身も縮むような思いをさせられてきた。

親しくつきあっていた友人のうち何人かはメグと口を利かなくなったし、キャンパス内を歩いていると、何人もの学生たちに睨みつけられた。すれ違いざまに「ずる賢いジャップ」「残酷な日本人」と罵られることもあった。学生寮の談話室に足を踏み入れると、学生たちの会話がぴたりと止んでしまうこともしばしばだった。ハワイの真珠湾を奇襲攻撃したようにして、日本軍はアメリカ本土を襲ってくるに違いないと思っているのは、学生たちだけではなかった。教室では、授業もそっちのけで、南京での大虐殺をはじめとする日本軍の残虐な行為を、唾を飛ばして糾弾する教師もいた。

自分の居場所がだんだん狭くなっていく。日本軍と私に、いったいどういう関係があるというのか。私が日本軍の手先だとでも言いたいのか。そういえば一週間ほど前だったか、授業からもどってくると、留守中に誰かが部屋を捜索したような痕跡が残されていた。

「じゃあ、いいわね。七時半ちょうどになったら、駐車場に来るのよ。荷物はあまり多くない方がいいわ。あとのことは私に任せておきなさい。情勢が変わったら、またもどってくればいい。

それまでは休学扱いにしておくから」

七時半、と彼女が指定したのは、日米開戦後、日系人は午後八時以降の外出が禁じられているからだ。夜の長距離バスに乗り込むということは、それだけでりっぱな違法行為である。夜間の外出禁止に加えて、自宅から八キロ以上、離れてはいけないという命令も下されていた。それでも、ここに残っているよりはましだろうと、メグは考えた。

西海岸から遠く離れているコロラド州は、軍事指定地区には入っていない。コロラド州のラルフ・ローレンス・カー知事は、立ち退きを命じられた西海岸の日系人たちに対する受け入れと支援を表明しているという。幸いなことに、子ども時代を過ごしたコロラド州には両親の知り合いも住んでいる。その伝手を頼って、なんとか住む場所と仕事を見つけよう。

メグは決意した。デンバーへ行こう。逃げるのではない、行くのだ。「自分の身は自分で守れ」という兄の言葉をお守りにして。

——一九四二年七月　カリフォルニア州

七月二十四日、金曜日。

大原佳乃と六人の子どもたち——ジョー、ケン、ナオミ、リサ、アサ、ハンナ——は大勢の日系人たちと共に、窓に覆いの下ろされた蒸し風呂のような列車に詰め込まれて家畜さながらの移送に耐えたあと、今度はぎゅうぎゅう詰めのバスに押し込まれて、カリフォルニア州とオレゴン州の州境にある小さな町、ニューウェルのはずれに建設されたばかりの戦時転住所、トゥーリレイク強制収容所に到着した。身も心もよれよれの鶏になったような気分で、バスから地面に降り立った人々は、異口同音に嘆きの言葉をつぶやいた。

「オー・ノー」「オーマイガーッド」「信じられない」「信じたくない」「なんてことだ」「ひど過ぎる」「これは悪夢だ」「ゴッド・フォーセイクン」——

男も女も老いも若きも目をこすった。

乾き切った不毛の土地から舞い上がる、埃のせいではなかった。

東にはアバロニマウンテンという名の台形の禿山が、西にはキャッスルロックと呼ばれている岩山がそびえ、あたりには、黒々とした溶岩の大地が広がっている。木は一本も生えていない。今までに誰も住んだことがなく、これから先も誰も住むことはないだろうと思える「神も見捨てたまう土地《ゴッド・フォーセイクン》」に建っていたのは、あまりにも巨大な絶望だった。

向かい合わせに建てられている、長屋風のバラック。屋根には、タールで塗り固められた黒い紙が貼られている。壁も黒い。灰色の大地に吹き出た、黒い吹き出物。まさに監獄としか思えない貧相なバラックの群れは、地平線の彼方まで、延々とつづいているように見える。非人間的な均一性。まるで人の心を破壊するために、人を人でなくするために造られた、巨大な舞台装置のようではないか。七千四百エーカーもある敷地を取り囲んでいるのは、高さ三メートルにも及ぶ鉄条網。そこには電流が流されている。武装し、自動小銃を手にした陸軍兵士による二十四時間態勢の見張り。

何もかも、ここに来る前に収容されていた集合センターと同じだった。何も変わらない。何ひとつ、状況は好転していない。ただ、絶望の規模が大きくなっただけに過ぎない。

佳乃は、頬を伝う涙を拭おうともせず、両腕でアサとリサを抱き寄せた。しっかりしなくては、がんばらなくては、私がしっかりしなくては、子どもたちを守らなくては。必死でそう思おうとするのだけれど、こんなところで何をどうがんばればいいのか、皆目わからない。佳乃のそばで、ナオミはハンナの手を握りしめて泣いている。ケンも男泣きに泣いている。泣くことしかできなかった。家族のまわりにも、涙を流している人たちが大勢いた。誰の涙も、無念の涙であり、怒りの涙だった。

涙を流していないのは、ハンナとジョーだけだった。ジョーは頬に意味不明な笑みを浮かべて、心ここにあらずといった表情をしている。何を感じているのか、何も感じていないのか、いったい誰がジョーをこんなふうにしてしまったのか。佳乃にはそのこともつらいのだった。

強制立ち退き命令によって、自宅を追われた七人は、五月の中旬以降きょうまでの二ヶ月あまりを、カリフォルニア州中部のパインデールにあった集合センターで過ごしてきた。もとは製材所の材木置き場として使われていたという土地を政府が借り上げ、突貫工事で造ったと思しき施設には、配管が完備しておらず、下水の整備もなされていなかった。ここは、本格的な施設が完成するまでの「仮の住まいである」という説明を受けた。まわりを三メートルの高さの金網のフェンスで取り囲まれ、最上部には電流を通した有刺鉄線が三重に張り巡らされているその施設を、たとえ仮でも住まいだと思う人は、ひとりもいなかった。

収容されていた日系人の数は、およそ四千八百人。

パインデールに到着すると、人々は気の遠くなるような長い行列に並ばされ、ブロックごとに分かれた部屋番号を指定された。ここでは誰も名前で呼ばれることはなく、人は数字と化した。ひとつのブロックに、バラックは二十六棟。一棟のバラックは五つから七つの部屋に仕切られており、一家族に部屋はひとつと決められていた。

七人が身を寄せ合って暮らした部屋には、人数分の鉄の寝台が置かれていた。天井からは裸電球がぶら下がっているだけ。床はむき出しのコンクリート。部屋と部屋を区切る薄い仕切り板は天井まで届いていなくて、話し声も泣き声も筒抜けだった。マットレスの代わりに麻袋が支給され、積み上げられていた藁《わら》の山から「各自、藁を袋に詰めよ」と指示された。

食べ物も支給制だった。一枚のブリキの皿に、熱いものも冷たいものも、何もかもがごちゃ混ぜにされていた。缶詰のコンビーフや鯖、マスタードのべったり塗られたパン、茹でてつぶしただけの蕪。さながら囚人食のようだった。毎週のように、食中毒が発生した。一週間も経たないうちに、多くの人々が慢性的な便秘と下痢に苦しみ始めた。

食べ物の支給を受けるためにも、冷たいシャワーを浴びるためにも、人々は毎日、一時間近く、長い列に並ばなくてはならなかった。日中の気温は摂氏四十三度まで上がることもあり、煮え立った鍋のなかに放り込まれたかのような暑さに耐えられず、並んでいるあいだに倒れてしまう人たちがあとを絶たなかった。

囲いのないシャワー室から流れ出した汚水は、周辺に溜まって泥の池をつくり、異臭を放っていた。ずらりと便器が並んでいるトイレには仕切りもなく、佳乃もナオミもリサもハンナも限界を超えるまで我慢し、真夜中になってからトイレに駆け込んだ。

トイレの壁には、イラスト入りの注意書きが貼られていた。

〈サソリのおす＝刺さない。サソリのめす＝非常に危険〉

夜になっても気温は下がらず、酷暑のせいで睡眠もままならない。屋根から溶け出したタールが、顔の上にポタポタ落ちてくることもあった。仮にそこが涼しい場所であったとしても、やはり人々は熟睡することなどできなかっただろう。午後九時の消灯から翌朝まで、警備用のサーチライトの光の帯がひと晩中、長屋の屋根を舐めるようにして這い回っていたから。

西海岸に暮らしていた日系人がこのような施設に閉じ込められ、不自由で不衛生な生活を強いられているあいだに、軍部と戦時転住局──日系人の強制収容を管理するために設置された機関──は二億五千万ドルという費用をつぎ込んで、カリフォルニア州、アリゾナ州、アイダホ州、ユタ州、ワイオミング州、コロラド州、アーカンソー州に、合計十カ所の「長期抑留用転住センター」を建設しつづけた。荒れ果てた砂漠、不毛の土地、使い物にならない湿地帯などを選んで。

実は、この年の六月四日から始まったミッドウェイ海戦において、アメリカ海軍が日本海軍の主力航空母艦四隻を撃沈し、艦載機全機を喪失させたことにより、日米の海空軍における戦力比は逆転し、事実上、日本軍のアメリカ本土上陸はありえなくなっていた。従って、日系人を隔離する軍事上の理由は消滅していた。にもかかわらず、強制収容所の建設は休むこともなく進められていった。

軍事上の必要性がなくなっても、軍部が収容所の建設と強制収容を推し進めていった背景には、日系人に対する根強い人種差別が潜んでいた。世論もそれをあと押しした。悲しいかな、太平洋上におけるアメリカ海軍の勝利によっても、日系人の強制収容によっても、アメリカ中に広がっていたヒステリックな反日感情は、いっこうに収まる気配を見せなかったのである。

「おねえちゃん、湖、ないね」

バスを降り、あたりをきょろきょろ見回しながら、ハンナがナオミの顔を見上げて言った。それから佳乃の方を向いて問いかけた。

「マミー、湖はどこにあるの？」

佳乃は答えを返さなかった。湖などどこにもない。だから答えを返せなかったのではない。返さなかったのだ。無邪気な問いかけが疎ましくて。

「トゥーリレイク」という地名から察するに、そこには、青々とした水をたたえた、美しい湖があるに違いない。湖のある涼しい町に築かれた新しい施設は、清潔で住みやすいに違いない。やっと、このひどい場所から、焼けつくような陽射しから逃れられる。佳乃やケンや姉たちが期待をこめて語り合っていたことを、ハンナは忘れていなかった。大人たちが目の前の光景に絶望している理由が、幼いハンナにはまだ理解できていない。

「へっ、あるわけないだろ、そんなもの。うるさいんだよ」

悪態を吐きながら、ナオミはハンナの頬をつねった。ハンナはちょっと顔をしかめただけで、声を上げさえしない。

「ジャップに与えられるのは、豚小屋だけさ。あんたもきょうから豚小屋行きだよ」

「違うよ。ここはレイクだもん」

兄のアサがハンナに声をかけた。

「どうやらトゥーリレイクは干上がったみたいだね。影も形もないね」

「おにいちゃん、湖がなかったら、ピクニックもスイミングも、できないね。あたし、スイミング、得意なのになぁ」

ハンナはまだ、人々の口から出る「キャンプ」という言葉を、夏休みの楽しい「サマーキャンプ」だと勘違いしたままである。

「馬鹿か、お前は」

ナオミは憎々しげにそう言って、ハンナの頭を小突こうとした。「やめなさい」と、佳乃が言うよりも先に「やめろよ」と、ケンがナオミの手を払いのけた。

「気分が悪いからといって、妹に当たるなんて最低だぞ」

ナオミにいじめられても、ハンナはリサのように泣いたりわめいたりはしない。ハンナは強くて優しい女の子だ。佳乃にはそのことが痛いほどわかっている。パインデールでの過酷な暮らしのなかでも、ハンナは泣き言ひとつ言わず、率先して、体の弱いアサの面倒を見ていた。親切な食堂の係員からりんごやオレンジを分けてもらったときには、食欲をまったく失くしているアサに譲った。姉たちは我先にとかぶりついているのに。

ナオミの手を離して、半ば戯れにジョーの太ももにしがみついているハンナの姿を横目で見ながら、佳乃は「この子がいちばん、あの人に似ている」と思っている。最愛の父とも、最愛の犬とも引き離され、小学校に上がることもできず、遊びたい盛りにこんなところに閉じ込められて、生まれ育った国からこんなにもひどい仕打ちを受けている。かわいそうな子だ。不憫《ふびん》だ。不憫でたまらない。なのに私はこの子を可愛がれない。あの人に最も愛されている子を、私はどうしてもうまく愛せない。自分の産んだ子なのに。私は母親失格だ。愛憎相半ばするというのは、こういう感情なのだろうか。

「マミー、なぜ泣いているの？　何がそんなに悲しいの？　だいじょうぶだよ、あたしがついてるから」

冷たくされてもなお、母を慕っている純真な瞳に見つめられ、佳乃の胸はきりきり痛んだ。連行されて以来、行方のわからない夫。ハンナのつぶらな瞳に、佳乃は幹三郎の瞳を重ね合わせる。

この子の目は、あの人の目だ。

あの人は、私たちが家を取り上げられ、町を追い出された挙句、劣悪な収容所に送り込まれていることを知ったら、どう思うだろう。

あの人の今いる場所が、ここよりも少しでも、ましなところでありますように。

あの人が元気でいますように。くじけないで、持ちこたえてくれますように。

生きて、私たちのもとへ、もどってきてくれますように。

あの人がもう一度、この子を両腕に抱きしめることができますように。

長きにわたって失われていた夫への愛情が滾々《こんこん》とよみがえって、佳乃の心の空洞に静かに流れ込んできた。遠い昔に干上がってしまった絶望の湖に降り注ぐ、それは柔らかい幻影の雨のようだった。

――一九四三年二月　カリフォルニア州

吐く息が白い。

ここ何週間にもわたって降りつづいた雪が地面を覆い尽くしている。連日、零下二十度近くまで下がる気温によって、凍結したまま解けることのない雪の色は、白くはない。容赦なくすきま風の吹き抜ける、粗末なバラック長屋で生活している一万数千人もの日系人たちに与えられた唯一の暖房器具、だるまストーブから吐き出される石炭の煤に汚され、雪は雪とは思えないほど黒ずんでいる。

大原家の次男ケンは、ずず黒い雪を踏みしめながら、母と四人のきょうだいの暮らしている五十七ブロックを目指して歩いていった。ここに送り込まれた時点で、家族はふたつに分けられ、兄のジョーとケンは敷地の最北にあるブロック、通称「アラスカ」に部屋をあてがわれている。

戦時転住所《ウォーリロケーションセンター》。

今ではもう誰も、この呼び名を口にしなくなった。まわりを有刺鉄線の柵で囲まれ、監視塔からは、戦闘装備に身を固め、自動小銃を手にした兵士が二十四時間、人々に銃口を向けている。どこからどう見ても、ここは明らかに強制収容所であり、無実の日系人を犯罪者に仕立て上げ、社会から隔離している「監獄」――ケンはそう名づけている――に違いない。仲間たちのなかには「日系人専用の刑務所」と呼んでいる人もいるし、「人種差別刑務所」と呼んでいる人もいる。

去年の七月、バスから降りて、初めてこの地を踏んだときの絶望感を、ケンは思い出す。「湖、ないね」と言った、末っ子のハンナの不思議そうな表情が浮かんでくる。

トゥーリレイク。その名の通り、この土地にはもともと巨大な湖があった。水辺には、ネイティブアメリカンが生活用具に加工して使っていた「トゥーリ」という名の葦が生い茂り、あたりには、さまざまな水鳥の棲息する沼地や、野生動物の暮らす豊かな森が広がっていたという。かれこれ二十年ほど前に、政府はこの湖を買い上げて、水を抜いてしまった。ニューディール事業の一環として、ここに三千五百エーカーの農地を開発しようとしたらしい。しかし、なんらかの事情が発生し、放置された。水を抜かれ、荒れ果てたまま捨て置かれた土地に築かれたのが、トゥーリレイク収容所だった。

隣の部屋で暮らしている男からそのような話を聞かされたとき、あまりの皮肉に、ケンは顔を歪めて笑い出してしまった。

「国から放棄された土地に、国から見捨てられた日系人を集めたってことか。僕らの家や財産を抜き取って」

冬の厳しさは想像を絶するものだが、夏の猛暑もまた、我慢の限界を超えていた。

猛暑を和らげるはずの風でさえも、牙を剝いて襲いかかってきた。あたりの砂塵を巻き上げながら、バラックとバラックのあいだを吹き抜けていく強風は、さながら砂嵐のようだった。薄い壁の節や割れ目を通して、砂塵は容赦なく部屋のなかまで吹き込んでくる。何度シャワーを浴びても、体じゅうがざらざらする。細かい砂の粒子が目に入ってくるため、眼球は充血して真っ赤になった。突風が吹いているとき外に出ると、無数の砂粒が皮膚に当たって、針で刺されているように痛かった。

そんな「監獄」で生活するようになってから、半年あまりが過ぎた。

ナオミは自暴自棄になって妹たちをいじめ、リサは泣いてばかりいるし、体の弱いアサは栄養失調でほとんど寝たきりになっている。兄は相変わらず、貝のように口を閉ざしたままだ。母の笑顔を目にしなくなって久しい。絶望の土地での、閉塞的な暮らしに、老いも若きも心底うんざりしている。ここには、清潔もプライバシーも安眠できる夜もなく、正義もなく、憲法で保障されている、自由と幸福を追求する権利もない。ここにあるのは、軍の用語で食堂を意味する「メスホール」と、そこで出される家畜の餌並みの「まぜ飯」――芋も米も煮過ぎたレバーも缶詰の豚肉も、何もかもがブリキの器にごちゃ混ぜにされている――と、餌をもらうために並ばなくてはならない行列と、仕切りのないトイレと、不安と不信と困惑だけだ。

出ていってやる、こんな腐った場所。こっちから進んで。

拳を握りしめて、ケンは「イエス、イエス」とつぶやいてみる。足を前へ踏み出すたびに「イエス、イエス」と、つぶやきながら自分に問いかけてみる。

これでよかったのか。この決断は、正しかったのか。イエス、イエス。

いや、正しいか、正しくないか、そんなことは問題じゃない。これが自分に残されている唯一の生き残りの方法なのだし、ほかには選択肢がなかったのだ。イエス、イエス。

これから家族に伝えなくてはならないことを頭のなかで整理し、みんなの反応を想像してみる。母に対する思いが、ケンの胸のなかを去来する。

息子の決断を知ったら、彼女はおそらく悲しむだろう。それとも激しく怒って、止めにかかるのだろうか。いずれにしても、涙を見ることになるだろう。母が泣けば、ナオミとリサは泣くだろう。まるで一連の儀式のような涙の数珠が待っている。ああ、煩わしい。家族の愛情はありがたいけれど、家族の感情は厄介だ。もつれて解《ほど》けなくなった縄の瘤《こぶ》に似ている。引っ張っても、かえって、結束が強くなるだけなのだ。イエス、イエス。

待てよ、母に関しては、ノー、ノーかもしれない。

もしかしたら母は、晴れやかな顔をして、僕の選択を祝福してくれるのかもしれない。心からの祝福ではないにしても、少なくとも彼女は、僕の決めたことを受け入れてくれるのではないか。イエス、イエス？

ケンにとって、母の生き方とは、彼女を支えている信条とは、すべてを受け入れることであるように思えてならない。理解できなくても、許しがたくても、そういう部分を含めてすべてを受け入れる。父の連行、兄の被った暴行、強制収容、そのようなものを、彼女は静かに受け入れてきた。そもそも、祖国や生まれ育った土地を離れて、父のもとに嫁いできたことからして、彼女の受け入れではなかったのか。だとすれば、僕のこの決断を、彼女はやはり黙って受け入れてくれるのかもしれない。天から自分に与えられた、運命の一ピースとして「イエス、イエス」と。

今年の一月から二月にかけて、戦時転住局およびアメリカ陸軍から、トゥーリレイクをはじめとする十カ所の収容所に、合計二十八の項目からなる質問書が届いた。

ケンのような十七歳以上の日系二世男子に対しては、志願兵を募るための審査という役割を担って、二世女子と一世に対しては、出所後の再定住を進めるための準備調査をおこなうという名目で発行された質問書。その実態は、アメリカへの「忠誠か、不忠誠か」を問うあぶり出し作業、いわば踏み絵のようなものだった。踏み絵に付けられたタイトルは「日系人アメリカ市民の声明書」。上部のスタンプには「選抜徴兵制度」という言葉が添えられていた。アメリカ合衆国への忠誠を誓うか、誓わないかを問われ、忠誠心の有無を登録させられる、という意味合いをこめて、人々はこの質問書への回答を「忠誠登録」あるいは「忠誠の誓い」と呼び習わすようになった。

登録作業は、二月十日の朝から、ブロックごとに開始された。トゥーリレイク収容所には八十あまりのブロックがあり、ひとつのブロックには、約二百五十人から三百人の人々が十四のバラック長屋に分かれて住んでいる。全員が登録を終了するまでには、一ヶ月以上がかかりそうだった。一世のなかには英語のできない人もいたので、二世や白人教師が立ち会うことになった。十七歳以上の二世男子のためには、特別な登録所が設置された。そこには、陸軍から派遣された下級将校と思しき徴兵面接官が詰めていた。

この特別な登録所で、ケンはきょうの午後、登録を済ませた。

登録のために用意されていた質問は二十八個。収容所内で物議を醸していたのは、最後のふたつ、第二十七番と第二十八番である。

「あなたは、アメリカ合衆国軍隊に入隊し、命令に従ってどこへでも行く意志がありますか?」

ケンは、面接官の目をまっすぐに見つめて「イエス」と答えた。

「けっこうだ」

「あなたは、アメリカ合衆国に忠誠を近い、日本の天皇、他の外国の政府や勢力や組織のための、いかなる形の忠誠も服従も拒否し、合衆国のために、内外の敵からの攻撃に対して、勇敢に戦う意志がありますか？」

視線を逸らさずケンは「イエス」と答えた。

「非常にけっこうだ」

ふたつの質問に「イエス、イエス」と答えた二世男子には、収容所を出て、しかるべき場所でしかるべき訓練を受けたあと、日系人だけで構成されている陸軍戦闘団に入り、戦場へと向かう道が用意されていた。

アメリカ合衆国への忠誠の道。

それは、死と隣り合わせになった道でもある。「おまえらは敵性外国人だ」と一方的に決めつけ、収容所へ放り込んでおいて、今度は「アメリカのために戦え」か。多くの二世男子と同様、憤懣《ふんまん》やるかたない気持ちを抱きながらも、ケンはこの道を選んだ。「日系アメリカ人は、日本との戦いには参加しない。敵味方の区別がつかなくなるから。きみたちに赴《おもむ》いてもらいたいのは、ヨーロッパ戦線だ。きみたちの倒すべき敵はナチスドイツだ」という陸軍側の説明を信じて。

「ノー、ノー」と答えた者はどうなるのか。のちに「ノーノーボーイ」と呼ばれることになる二世たちは、当然のことながら、収容所からは出られない。つまり、十七歳以上の日系二世男子たちは、命を賭して戦場へ向かうか、収容所に閉じ込められたままになるか、苦渋の二者択一を迫られていたのだった。

佳乃たちの暮らしているブロックの片方の端まで来たとき、ケンの足は急に動かなくなった。もう少しだけ、時間が欲しい。「戦争へ行く」と家族に告げる前に、もう少しだけ。決心は、揺らいではいない。けれども、愛する家族に「人を殺して、自分も死ぬかもしれない」と、告げなくてはならない状況を前にして、気持ちが乱れていた。

ケンは回れ右をして、来た道を引き返した。時間稼ぎをするためにもうひとまわりだけ歩いて、ブロックの反対側から訪ねていこうと思った。

「ケンくん、私は『ノー、ノー』と答えます」

「つまり忠誠は誓わない？」

だるまストーブを囲んで、数日前に交わした会話が思い出された。きょうから始まる登録を前にして、家族みんなで集まって話し合った夜だった。

「だってそう答えるしか、方法がないでしょう」

佳乃の口調には、特別な感情はこもっていなかった。ケンの耳にはそう聞こえた。

「そりゃあそうだ。だってさ、マムが戦争に行けるわけがないもの」

ナオミがそう言うと、

「それもあるけれど、私はあなたたちと違って、アメリカ国籍を与えられていないわけだから、もしも二十八番に『イエス』と答えれば、日本国籍もなくしてしまうことになるでしょう」

と、佳乃は返した。

「確かに。無国籍っていうことになったら、困るよね」

ケンはそう言ったあと、二十歳になったばかりの妹に問いかけた。

「ナオミ、おまえはどうする？」

ナオミの代わりに佳乃が、物静かな口調にかすかな威厳をこめて言った。

「ナオミ、あなたもノーノーと言いなさい。イエスイエスと答えると、別の収容所に行かされる可能性もあるそうです」

収容所内では、そういう噂が囁かれていた。忠誠を誓う者と誓わない者に分けてしまえば、管理もしやすくなるだろうと考えているのではないかと。

「えっ、そんなのやだ。あたしだけ、よそへやられるなんてやだよー」

ケンはきょうだいたちに話して聞かせた。いるのかいないのか、わからないような存在になってしまっているジョーに成り代わって、今は自分が家族をまとめていかなくてはならないと思っていた。

「いいか、忘れちゃだめだよ。お兄ちゃんたち、ナオミ、アサ、リサ、ハンナはね、れっきとしたアメリカ市民なんだってことを。アメリカで生まれ育ったアメリカ人を、こんなところに閉じ込めるのも間違っているし、忠誠を誓うか、誓わないかを問われること自体、非常に不条理なことなんだ。憲法にも違反している。日本はダッドとマムの国だ。だけど、ふたりは若い頃からずっとアメリカで暮らしてきたし、一生懸命働いてこの国に貢献してきた。悪いことは何もしていない。だから、アメリカから不当な扱いを受けるのは、本当におかしい。おかしいけれど、今はアメリカと日本は戦争をしている。戦争になると、国は理性を失う。だから、こういうことが起こっている。大切なことは、こういうときこそ家族がしっかりとひとつにまとまって、みんなで乗り越えていかなくちゃならないってことだ」――

そんなことを言った僕が、いの一番に、家族から離れていこうとしている。

佳乃たちの暮らすバラックが見えてきた。

ケンは立ち止まって、空を見上げた。

星もなければ、月もない。見るべきものは何もない。ただ、殺気立った、淀んだ闇の手に覆われた、不穏な空がある。これから先、いいことは何も起こらない、そんな気がしてならない。空っぽの空《くう》と呼びたくなるような夜空を見つめながら、ケンは、これから自分が家族に伝えようとしていることの重さと、「イエス、イエス」という二語の軽さを持て余していた。それはそのまま、自身の命の重さと儚さのようだった。

ふと、父のことを思った。父は今ごろ、どこで、どうしているだろう。息子の忠誠と志願を知ったら、父はどう思うだろうか。「行ってこい」「国のために戦ってこい」と、父は言うのだろうか。父を逮捕した「わが国」のために。

――一九四三年五月　ニューメキシコ州

大原幹三郎は去年の春、それまで抑留されていたオクラホマ州フォート・シルから、ルイジアナ州にあるフォート・リビングストン収容所に移送されたあと、ふたたび何の予告も説明もなされないまま、五月の終わりに、ニューメキシコ州サンタフェにある収容所に移された。二年前の一九四一年十二月に、スパイ容疑で連行されて以来、四度目の移送である。

リビングストンにいたときに発表された「抑留を不当なものだと考える者に対する再審を認め

る」というアメリカ政府の見解を受けて、幹三郎は、何度も再審願を提出した。司法省に対しては「家族と合流させて欲しい」という嘆願書も出した。

再審の手続きは、いっこうに進まなかった。

再審請求のための申請書が手もとに届いたのは、去年の十二月。すぐに必要事項を記入して返送した。三ヶ月も待たされた挙句、届いた返事は「再審手続きは一時停止された」との知らせだった。それでもあきらめずに再提出した請求に対して、二ヶ月後に届いた返事は「再審請求は正式に却下された」。サンタフェに移送されたのは、それから一週間後のことだった。

サンタフェの収容所は、佳乃たちの収容されている戦時転住所とは性格を異にしており、戦時転住局によって危険人物と見なされた日系人のうち、アメリカ市民ではない人たちを収容の対象としていた。

サンタフェの町を見下ろす八十エーカーほどの丘陵に建設されたこの施設に、幹三郎は、リビングストンにいた五百人の危険人物のひとりとして送り込まれた。その時点ですでに、千五百人の日系人が収監されていた。会社経営者、農場主をはじめとする経済的な成功者、ビジネスマン、作家、編集者、芸術家、教師、牧師といったインテリ層、日系コミュニティの指導者など、いわゆるエリート移民たちが多く含まれていた。

幹三郎たちに与えられたのは、第一次世界大戦時にアメリカ軍の兵士たちが身に着けていた衣服と、軍隊用の細長い寝台と、各自に割り当てられた木製の棚だけ。高さ四メートルの有刺鉄線の柵に囲まれ、二十四時間、見張りの兵士が巡回している、刑務所さながらのこの施設で、幹三郎は、何よりもうれしいもの、喉から手が出るほど待ち焦がれていたものを受け取った。

愛するお父様へ

お元気でお暮らしでしょうか。お体の具合はいかがでしょうか。きっと不自由な暮らしを余儀なくされていることとお察しします。お手紙を書くのがこんなにも遅くなったことを、どうかお許し下さい。

驚かれるかもしれませんが、私は今、子どもの頃に暮らしていた、とてもなつかしいコロラド州の山あいの村からほど近い街で暮らしています。ここに来る前には、デンバーにいました。オレゴン大学でお世話になっていた親切な先生が、西海岸一帯からの転住を強要された日系人の受け入れに積極的な、デンバー在住の知人を紹介してくれたのです。この人――スーザンさんといいます。ご主人のリチャードさんは、人権問題に強い弁護士です――が四方八方に手を尽くして調べて下さったおかげで、やっと、お父さんの今いらっしゃる場所がわかりました。

ご存じかどうかわかりませんが、お母さんと妹たちと弟は、カリフォルニア州とオレゴン州の州境近くに政府が用意した、トゥーリレイクの仮の住まいで生活しています。戦時中のことゆえの措置のようです。お母さんからは、ときどきたよりが届きます。みんな元気で暮らしているので、安心して欲しいとのことです。ただ、毎日がめまぐるしく過ぎてゆき、お父さんにお手紙を書く時間がないので、私から「みんな元気です」と伝えて下さい、とのことです。今後は私がお手紙を通して、家族のようすを伝えます。

トゥーリレイクの仮住まいの空には、カナダグースが群れをなして渡っているさまが見られて風流ですと、最近、お母さんから届いた手紙には書かれていました。今は干上がっているので、レイクを見ることはできませんが、地面を掘り返すと、貝殻が出てくることがよくあり、お母さんはその貝殻を磨いて、アクセサリーや飾り物を作ったりしているそうです。また、ご近所の人たちと、茶道の会や華道の会、短歌の会なども開いて、友好の時間を楽しんでいるそうです。

ナオミはきょうだいの面倒をよく見ており、アサちゃんとリサちゃんは、施設内にある学校で熱心に勉強をしているようです。ハンナちゃんも同年代のお友だちと仲良しになり、みんなで楽しく遊んだり、勉強したりしているそうです。

お父さんの近況をぜひお知らせ下さい。私からトゥーリレイクの家族に逐一、お知らせします。日本との戦争が終わったら、私はただちにここを出て、トゥーリレイクに家族を迎えに行くつもりです。お父さんとも、じきに再会できるでしょう。そうなることを日々、イエスキリストにお祈りしています。トゥーリレイクから見える山にも十字架が立っていて、お母さんも毎日、その十字架を見るたびに、お父さんのご無事と健康を祈っているそうです。

どうかお元気で、お体にお気をつけて、くれぐれもお元気でお過ごし下さい。

この手紙が届きましたら、すぐにお返事を書いて左記までお送り下さい。返信用の封筒も同封しておきます。

心をこめて　メグ

便箋の上に、熱い涙がぽたぽた落ちた。青インクで書かれた「Meg」のMとgが滲んだ。あわてて親指で押さえた。押さえながら、幹三郎は嗚咽した。喜びと安堵に、哀切と感傷の入り混じった男泣きである。

なれるものならカナダグースになって、今すぐ家族のもとへ、飛んでいきたいと思った。

佳乃の見上げている山に立っているという十字架に、新婚時代にふたりで足繁く通っていた教会のそれを重ね合わせた。教会から家にもどる道すがら、何を祈ったのかと尋ねると、まだ十代だった妻は「赤ん坊を授けて下さいとお願いしました」と言い、頬を染めていた。二十七年前の一場面が二週間前の出来事であるかのようによみがえってきて、五十六歳の男の胸を焦がす。

子どもたちも元気でよかった。そうか、トゥーリレイクという仮の住まいには、学校もあるのか。ナオミもバッドガールを返上して、いいお姉ちゃんになっているようだ。ハンナちゃんにも仲良しの友だちができて、よかった。みんな元気で本当によかった。

そこまで思ったとき、引き潮のように嗚咽が遠のいた。

遠のいたあと、一瞬、空洞になったかのような胸に、幹三郎は手紙を持ったまま右手を当てた。ちょうど心臓の真上に、脱いだ帽子を当てて星条旗に忠誠の意を示す行為さながらに。それから首《こうべ》を垂れ、左手を胸の前で右手と交差させ、指が食い込むほど力を入れて、右腕の上部をつかんだ。胸から逃げていこうとする安心をとどめておきたかった。たった今、胸をよぎった閃光のような不安の残像をかき消したかった。

この手紙には、書かれていないことがある。

すっぽりと抜け落ちていることが。

幹三郎の胸板に鋭い爪が食い込んで、斜めにゆっくりと移動していく。引っ掻かれた傷あとから、血液が滲み出ている。そのような錯覚と痛みを感じる。

メグは何かとても重要なことを、それだけを、書いていない。それが一番、書かれなくてはならないことに違いない。そうしてそれは、佳乃が俺に手紙を書けない理由の、最たるものなのではないか。幹三郎には「それ」がなんなのかがわかる。父親の直感だ。夫の第六感だ。そんなものは信じたくないし、わかりたくもない。だが、わかってしまう。

トゥーリレイクという仮の住まいで、家族は本当に、みんな元気で暮らしているのか？

息子たちは、ジョーとケンは、どこで、どうしている？

——一九四三年十一月　カリフォルニア州

ユタ州、アリゾナ州、コロラド州、ワイオミング州、アーカンソー州、カリフォルニア州、アイダホ州に築かれた、合計十カ所の収容所でおこなわれた「忠誠登録」の結果をふまえて、トゥーリレイク収容所は名目上、七月三十一日をもって閉鎖され、それ以降は、非忠誠者を対象とした「隔離収容所」と名前を変え、直接、陸軍の支配下に置かれることになった。

夏から秋にかけて、アメリカへの忠誠を示さなかった日系人たちが続々と、トゥーリレイク隔離収容所へ送り込まれてきた。入れ替わりに、忠誠を示した者たちは出所して入隊したり、別の収容所へ送られたりして、激しい人の出入りがくり返された。忠誠を示した者が全員、移動させられたわけではなく、そのまま留め置かれた者や自分の意志で残った者も六千人ほどいた。

最終的には、一万五千人ほどの収容能力しかない施設に、一万八千人もの日系人が押し込まれてしまい、家族と離れ離れになった人たちが無断で収容所を移動したりする事態も発生した。このような混乱を収拾することができないまま、住居管理担当の責任者が職を投げ出して去り、後継者が着任するまでは、収容所内はほとんど無法に近い状態に陥った。

忠誠と不忠誠の人々が混在していたこと、出身地域や経済力などの格差が目立つようになったことから、日系人同士のあいだでは、対立、いがみ合い、トラブルが絶えなくなった。不忠誠を表明した者は、忠誠を示した者を白人の「イヌ」と揶揄し、ことあるごとに非難した。都会からやってきた人々は「リーバイス」と、農村からやってきた人々は「コーデュロイ」と呼ばれ、両者は互いを敵対視するようになった。よく日に焼けたカリフォルニア州出身の人々は粗暴で粗野だと嘲笑され「カリニガー」――カリフォルニア州の黒人――という蔑称で呼ばれた。また、ワシントン州やオレゴン州北西部からやってきた人たちは肌の色が白いことから、白人社会に迎合してきたと見なされ「リリー」――肺病やみの百合――と侮蔑された。

その一方で、ばらばらになってしまった日系人たちをひとつにまとめようとする動きも出てきた。非忠誠を示してトゥーリレイクに送り込まれてきた人々が中心になって「今こそ我々日系人は心をひとつにし、理不尽なアメリカ政府に立ち向かおうではないか」と呼びかけ、抵抗運動を起こそうとしたのである。リーダー格となったのは、アメリカで生まれ、幼少時に日本に帰国し、日本で教育を受けたのち、ふたたびアメリカにもどってきた、「帰米二世」と呼ばれる人たちだった。彼らは日本で、天皇崇拝と軍国主義思想を叩き込まれていたため、二十八番目の質問「日本の天皇への忠誠を放棄するか」に、どうしてもイエスと答えられなかったのだった。

過密状態になったまま、いっこうに改善されない収容所生活に対する不満、同胞同士の憎み合いや差別意識、日本や天皇に対する考え方の違い、さまざまな思惑が渦巻くなか、収容所内に立ち込めている空気は、いつ爆発してもおかしくない、壊れた時限爆弾のような様相を呈していた。

のちに「ジャップの暴動」として報道されることになる一連の事件は、十一月一日から四日にかけて起こった。三日は明治天皇の誕生日を祝う、日本の祝日だった。

戦時転住局長の訪問が予定されていた十一月一日、帰米二世に率いられた約五千人の日系人たちが管理事務所の前に集結し、食事や住環境の改善を要求するデモをくり広げた。デモの参加者たちは傍観者に対して「日本人として、恥ずかしくない行動を取れ」とアジ演説をぶった。このデモを受けて、二日には、管理当局とのあいだで交渉の場が持たれたものの、芳しい成果は得られないまま決裂。翌三日の朝、抵抗運動に同調する人々がつぎつぎに中央広場に集まってきた。会場の正面中央には、異様なまでに赤い日の丸の旗が掲げられていた。連帯意識、あるいは群集心理も手伝ってか、人々の数は一万人にまで膨れ上がった。

午前十時、明治天皇の生誕を記念する明治節の祝賀セレモニーが始まると、人々の興奮と高揚は最高潮に達した。式典は君が代の斉唱に始まって、教育勅語の奉読、直立不動のまま東を向いての宮城遥拝、皇軍将士への黙禱とつづき、最後は「大日本帝国万歳三唱」の大絶叫で締めくくられた。アメリカで生まれ育った二世たち、および、白人職員たちにとっては、おぞましい全体主義のマスゲームとしか映らなかった。

十一月四日の夕刻、帰米二世と職員とのあいだで小さな乱闘が起こったのを機に、陸軍は暴動を鎮圧するという目的で、軍隊に発動命令を下した。

そのとき、佳乃とナオミとリサとハンナは、メスホールと呼ばれている食堂でジョーと合流して粗末な夕食をとったあと、アサのために持ち帰りの食物を調達し、ジョーと別れて自分たちの部屋へもどろうとしていた。

突然、四人の背後で、入り口のゲートが「ガターン」と、鼓膜をつんざくような音をさせて開いた。立ち止まってふり返った四人の目に映ったのは、武装した兵士たちが秩序正しく進入してくる姿だった。

「お母さん、あれ、見て！」

ナオミが叫んだ。ほぼ同時に、地面から突き上げてくるような地響きがした。ナオミの指さす方を佳乃は見た。腰を抜かしそうになった。鉄条網の外側にぬうっと姿を現していたのは、一台の戦車だった。銃口はもちろん、収容所の敷地の方を向いている。

リサとハンナは佳乃の両脇に立っていた。リサは母の二の腕をつかんでいた。

「うわぁ、すごい。タンクが来た。モンスターが来た」

七歳のハンナにとっては、恐怖よりも驚きと物珍しさの方が勝《まさ》っているのか、おもしろいものを目にして、興奮しているような表情になっている。

「何かまた、事故が起こったのかなぁ」

リサがつぶやいた。十月にも、大規模なデモがあったばかりだ。収容所の外にある農場労働に参加しようとしていた人たちを乗せたトラックが事故を起こしてしまい、日系人がひとり亡くなったことに抗議するストライキとデモだった。

ザクザクザクと、兵士たちは不気味なまでに規則的な足音を響かせながら、広場の方へと向かっていく。確かに広場の方で、ふたたび何かが起こっているような気配がある。佳乃たちは参加しなかったけれど、きょうもきのうもおといも、広場では大勢の人々が集まって盛んに気勢を上げていた。

「ねえ、あたし、ちょっと見に行ってくる」

ナオミが言った。ナオミはむずむずしている。好奇心を抑え切れない。

「だめです。危ないから、広場へ行ってはいけません」

「ジョーも広場に行ってるかもしれないよ」

「行きません。ジョーはそんなところには行きません」

佳乃の言葉を無視して、ナオミはリサの手を取った。

「リサ、いっしょに行こう。あんたも見てみたいだろ。さ、行こうよ」

ナオミにそう言われると、リサは操り人形のように従ってしまう。歯向かって、姉にいじめられるのが、リサにとっては何よりも怖いのだ。

「だめです！　いけません！　ふたりとも行ってはだめです」

佳乃は珍しく声を荒らげた。それがかえってナオミの心に火を点けた。

「あたしたち、大人なんだから、何をしようと自由だろ？　うるさいんだよ」

この四日間、夜間の外出を母から禁止され、たまりにたまっていたナオミの鬱憤が破裂した。

手に手を取り合って、ふたりは広場へ向かって走っていった。足の悪い母が走って追いかけてこられないことを娘たちは見越していた。

ハンナは目を丸くして、ふたりの姉を見送っていた。本当はハンナも走っていきたいと思っているのだろう。姉たちといっしょに。佳乃にはそのことがわかっていた。でもこの子は、今、自分が姉たちのあとを追っていったら、どんなに母を悲しませ、困らせることになるだろうと思い、踏みとどまったのだ。

「ハンナちゃん、あなたはいい子ね」

我知らず、そんなひとりごとが口から漏れた。

しかし、ナオミは二十歳、リサは十六歳。もう小さな子どもではない。自分の手には負えない領域が彼女たちにはある。

あきらめて、佳乃はハンナを連れてバラックにもどった。


アサに食事をさせてやり体を拭いてやり、ハンナには「本を読んでいなさい」と言い聞かせて、部屋の掃除を始めて小一時間後、薄いバラックの壁越しに乱れた足音が聞こえてきた。

娘たちがもどってきたのだと思って、ドアをあけると、部屋に飛び込んできたのは、ナオミだけだった。見ると、スカートには泥がついており、膝がすりむけて、血が滲んでいる。

「まあ、どうしたの！　何があったんですか？」

佳乃の問いに、ナオミは答えを返してこない。

「どうしたの？　転んだの？」

肩で息をしながら、ナオミは言った。

「お母さん、リサが……」

自分の髪の毛が一瞬、逆立ったかのような錯覚に、佳乃は陥った。

「リサちゃんがどうしたの？　リサちゃんに何かあったの？」

ナオミは答えない。今にも泣き出しそうな顔になっている。

「どうしたの、どうしたの、どうしたっていうのですか」

叫ぶように言いながら、佳乃は外に出た。助けに行かなくてはならないと思っている。リサがひどい目に遭っている？　かつてのジョーのように？

「行っちゃだめ、殺されちゃうよ、すごい人だから」

ナオミがうしろから、佳乃の肩をつかんだ。

「リサは大怪我をして、どこかに運ばれた。踏みつぶされてしまったんだ。軍の人たちが助けようとしたけど、できなかった。ジャップが多すぎた。眼鏡も割れちゃって、リサは何も見えなくなっていた。だから、あたしたち、はぐれてしまったの。どうしよう。彼女、レイプされちゃったかも？」

佳乃はふり返って、我にもなく、平手でナオミの頬を打った。わが子に手をあげたのは、これが初めてのことだった。

「嘘つきのあなたを許しません。嘘を言ってはだめです」

ナオミには虚言癖がある。そのことは承知している。思春期を迎えた頃から、特に性に関して、あることないこと平気で口にするようになった。リサが日系人にレイプされるなど、ありえない。おそらく、押し倒されたところを目にしただけなのだろう。それをこの子は「レイプ」と言っている。わかっていながらも佳乃は、娘に対する怒りを抑えることができなかった。

――一九四四年七月　イタリア

七月五日。アメリカの独立記念日の翌日の夜だった。

アメリカ陸軍第442連隊戦闘団の第2歩兵大隊は、イタリアの北西部に位置するトスカーナ州の港町、リヴォルノからほど近い地点まで前進し、攻略開始の指示が出るまでの、つかのまの静寂に身を浸していた。

この静けさは一瞬のものであり、それは破られるためにある、ということを、誰もが理解している。静寂とはまさに、自分たちの生を意味しているのだと。今は生きている。だが一秒後に、自分の命がどうなっているのかは神のみぞ知る。あたりには、死という現実を目の前にした若い男たちの吐く息と吸う息が交錯している。

大原家の次男ケンも、息を潜めて、生と死の谷間に這いつくばっていた。

攻撃の目標地点は、眼前にそそり立っている140高地である。小高い山の上に強固に築かれたドイツ軍の要塞が、周囲の農村とアメリカ軍を上から睨みつけている。

これまでにも何度か、側面からの前進を試みたものの、いずれもドイツ軍の八十八ミリ高射砲によって、あえなく阻まれてしまった。このとき被った砲撃によって、中隊長と小隊長が戦死。指揮官を失った戦闘部隊は、巣をつつかれた蜂のような混乱状態を経て、代わりに立った指揮官の命令により、再度ひとつにまとまった。が、その指揮官もほどなく砲弾に倒れた。

倒れては起き上がる。起き上がっては倒れる。

このような死闘が、ほぼ二十四時間にわたってつづいた。

ケンはこの戦闘のさなかに、必要に迫られて副分隊長から昇格し、小隊の嚮導《きょうどう》――隊列の最前列の右か左に立って、整列や前進の基本形を指示する隊員――の代理を務めることになったのだった。

身を低くして、ケンは攻略目標地点をうかがった。

チェチーナ川の対岸に進もうとしているアメリカ軍の進路を遮るようにして、不気味にうずくまっている敵の陣地。偵察兵の得た情報によって、背後の山には塹壕がいくつも掘られていることが判明している。つまり敵は攻撃のみならず、防御にも非常に有利な安全地帯にいると言える。それに対して我が軍は「側面攻撃が駄目なら、正面突破あるのみ」という最後の手段に訴えるしかない。

捨て鉢になってはいけない。自分に言い聞かせる。たとえ捨て身の攻撃であっても、冷静に、沈着に、深海魚のように、忍者のように、遂行するのだ。

忍者か。

無精髭の生えたケンの頬に、ほろ苦い笑みが浮かんだ。

年端もゆかぬ少年だった頃、日本の祖父母から送られてきた絵本。そのなかで目にした忍者の姿に魅了され、あこがれていたことを思い出していた。大きくなったら、忍者かサムライになりたいと思っていた。ちゃんばらごっこが大好きだった。兄は乱暴な遊びが好きではなかったため、普段はもっぱら妹たちを相手にしてでたらめに小枝を振りまわしていた。一度だけ、父と兄と弟の四人で訪ねた日本で、父方の親戚の子どもたちと、ちゃんばらをしたことがあった。日本男児のあまりの強さに、たじたじとなった。

ふと、ケンは思った。あのときいっしょに遊んだ同年代の少年たちは今、どこで、どうしているのだろう。どこで戦っているのだろう、どこで、どのような敵と。

太平洋の島々における戦局の主導権はすでに、アメリカの手中にあった。日本軍は昨年の二月にガダルカナル島から撤退、四月には、頼みの綱であった連合艦隊司令長官山本五十六をアメリカ軍機の撃墜によって失い、五月にはアッツ島で玉砕、七月にはキスカ島からの撤退、今年になってからも、インドのインパールで苦戦、トラック島でも海軍が苦戦、と、崖っぷちに追い詰められている。資源の乏しい日本の土壇場は近い。

「ケンくん、あなたが軍に入るということは、おとうさんとおかあさんの生まれ育った国の人たちを相手に戦争をするということなのよ。それでも行くの？　覚悟はできているのね」

母の言葉を思い出すと、胸が疼く。

それでも行く。真正面から突っ込んでやる。郷愁も感傷も胸の痛みも、今まで生きてきた時間もこれから生きるかもしれない時間も、何もかもを武器にして。

張りついていた地面から身を起こすと、体の一部のようになっているブローニング自動小銃をひしと握りしめ、ケンは隊員たちに声をかけた。

「行くぞ。いいか、当たって砕けろだ。俺たちに退却はない」

男たちの鬨《とき》の声が上がった。

「ゴー・フォア・ブローク！《Go for broke!》」

日本軍の劣勢とは対照的に、アメリカ軍は太平洋のみならず、ヨーロッパにおいても快進撃をつづけていた。

連合国軍がシシリー島に上陸したのは、今からちょうど一年前の七月十日。その後、九月のイタリアの無条件降伏、十一月のカイロ宣言——チャーチル、ルーズベルト、蔣介石による会談——を経て、今年の一月には、ソ連軍がレニングラード戦線でドイツ軍に大攻勢をかけ、六月にはアメリカ・イギリス軍がローマ入城を果たし、二日後にはノルマンディー上陸作戦を成功させた。それから九日後に、アメリカ軍はマリアナ諸島のサイパン島への上陸を開始している。

このような戦況のなかで、日系二世アメリカ人兵士だけで編制されている、アメリカ陸軍第442連隊戦闘団を乗せた軍用船は、五月一日に北米大陸を出港した。大西洋を渡って、シシリー島に停泊したのち、六月二日にナポリに到着、そこで、先発部隊であった第100歩兵大隊と合流することになっていた。

第100歩兵大隊の前身は、二年前の六月に編制された、在ハワイ州の日系二世陸軍将兵、約千四百名からなる「ハワイ緊急大隊」で、日本軍によるアメリカ本土への攻撃に備えて、急きょ編制された大隊だった。大隊長以下三名の幹部を除いて、残りは全員、日系人。ウィスコンシン州のキャンプ・マッコイでの訓練を経て、部隊は再編され、第100歩兵大隊となった。そして昨年の一月から二月にかけて、アメリカ陸軍は、日系人による連隊規模の部隊を編制するために、本土十カ所に設けられていた日系人強制収容所で「忠誠登録」と称される聞き取り調査を実施し、日系人志願兵を募った。

このとき集まった志願兵の数は約千人。

このなかに、ケンも含まれていた。収容所を出たケンは、ミシシッピー州のキャンプ・シェルビーで約十ヶ月にわたる戦闘訓練を受け、同年十一月の終わりにアメリカ合衆国陸軍兵士としての正式な資格を得たのである。

第100歩兵大隊、それ以前からアメリカ軍で働いていた約三千五百人の日系人、ハワイの「大学勝利奉仕団」のメンバー約二千六百人、これに、収容所出身の日系人兵士を合わせたのが、アメリカの戦争史上もっとも勇敢で、もっとも多くの勲章を授与されたとして名を馳せることになる「日系人部隊第442連隊」――第442連隊戦闘団――である。歩兵連隊である第442連隊を主軸として、砲兵大隊、工兵中隊をも擁する戦闘団であった。彼らは今年の三月、第二次世界大戦のまっただなかにあるヨーロッパ戦線へ向かうべく、出動準備に入った。日系人部隊を太平洋戦線に送り込まなかったのは「ジャップ同士で戦わせたら、どっちが敵か味方か、区別がつかなくなる」という理由からだった。

六月七日、先発部隊第100歩兵大隊と合流した第442連隊戦闘団を乗せた船は、ナポリを出港し、ローマへと向かった。途中、ドイツ空軍による攻撃を受けながらも持ちこたえ、六月十日、船は無事ローマに到着した。到着後、第442連隊に正式に編入された第100歩兵大隊とともに、日系二世アメリカ人兵士たちはイタリア本土を北進していった。

ドイツ軍の陣地が随所に築かれていたイタリア北部での戦闘は、激戦に次ぐ激戦となった。二十六日にはスヴェレトの町の近くで果敢に交戦し、アルノ川へと兵を進めた。その後も、ドイツ軍陣営に致命的な攻撃を加えながら、数の上では劣勢であったにもかかわらず、じりじりと前進をつづけていったのだった。

「ゴー・フォア・ブローク！」

いつの頃からか、第442連隊戦闘団の合言葉と化していたこの掛け声は、もともと「有り金のすべてをつぎ込め」というハワイ英語のギャンブル用語だった。おそらく、ハワイからやってきた日系人部隊が戦場で使い始めて、それが定着したものと思われる。

今のケンにとって、ケンの嚮導する第2歩兵大隊にとって、この言葉の意味はすなわち「死に行け！」「砕け散れ！」でしかない。

最初の前進目標地点までは三千ヤード、約三千メートル足らず。

その半分にも満たないところまで進んだとき、ドイツ軍陣営の前方監視官の指令が下った。

バリバリバリバリバリバリ……

地面を空気を空を、まさに天と地を引き裂くかのような、口径八十八ミリの高射砲の轟音。それらに交じって、パチパチパチパチと、不気味なまでに軽快に弾けながら響きわたる、ライフル銃の射撃音。雨あられのように頭上から降ってくる砲弾と弾丸。砲火の洪水だ。

砲弾の落下地点から噴き上がる土煙。その煙のなかに、もんどりうって倒れる兵士たちの姿が浮かんでは消える。幻ではない。これは現実だ。戦場に姿を現した死神の姿を、ケンの目はとらえた。死神が戦友たちを、日系二世兵士たちを連れ去っていく。土煙が消えたあとには、仲間たちの死体の山が残されているに違いない。

「塹壕《ざんごう》を掘れ。身を隠せ」

指揮官の命令が出た。遅い。死者にとっては、遅すぎた。生者であるケンは地面に浅い穴を掘って、軟体動物のようにへばりつく。大地は生温かかった。顔を埋めて、土の匂いを嗅いだ瞬間、生き返った心地がした。間一髪で間に合った。まだ、生きている。

ヒュルルルー……

何度、聞かされても慣れることのできない音が近づいてきて、生き返った心地など、たちまちのうちに消し飛んでしまう。

頭上すれすれを砲弾の影が横切っていき、ケンのすぐうしろで炸裂した。あと十数インチ、塹壕が浅かったら、自分の頭部は吹っ飛ばされていたはずだ。

ふり返ると、砲弾の落下地点から、まるで小さな火山の噴火のように、岩のかけらの交じった土煙が上がっている。すぐうしろには確か、マックスがいたはずだ。ケンと同じトゥーリレイク収容所からの志願兵で、彼は兄の友人でもある。真珠湾攻撃から十日後に「日系人が謂れなき迫害の犠牲とならぬよう、力を貸してくれ」と訴えた散らしを、いっしょに配ったこともあった。

次の砲弾が飛んでくるまでの刹那、ケンは駆け出した。助けなくてはならない。救わなくてはならない。

「マックス、大丈夫か？　返事をしてくれ。マックス、アーユーオーライ？　マーックス！」

返事はどこからももどってこなかった。

巻き上がった土煙が半ば消えかけたとき、ケンは銃を地面に押しつけて、くずおれそうになっている自身の体を支えた。そうしなければ、立っていられない。眼前には、両腕と片足が胴体から離れ、脳味噌がむき出しになっている戦友の姿があった。マックスではなかった。誰かの息子であり、誰かの兄であり、誰かの弟であり、誰かの恋人であるかもしれない、ひとりの男である。

「馬鹿野郎！　大馬鹿野郎！　冗談じゃないぜ！　馬鹿野郎、クソ野郎、死ねドイツ野郎《ゴッダムクラウツ》」

思いつく限りの罵倒語を吐き出しながら、ついさっきまではひとつにつながっていたはずの友の体を拾い集めた。主を亡くした軍服の胸のあたりがぶすぶすと燻っている。

砲弾によってできた大きな穴のなかに、まだ魂の宿っている肉の塊を抱きかかえるようにして引きずり入れると、自らも穴のなかに潜り込んで、さらなる死神の到来にケンは身構えた。

来るなら来い。僕は逃げない。後退しない。尻尾は巻かない。

――一九四四年十一月　ニューメキシコ州

愛する私の娘、メグへ
ふたたびの引っ越しも無事終わって、デンバーでの生活もすっかり落ち着いていることでしょう。
しばらくのあいだ返信が滞っておりましたが、私は変わりなく、いたって元気で過ごしております。毎週のように届くあなたからの手紙がどれほど私を元気づけ、勇気づけてくれていることでしょう。言葉では言い尽くせないほど、感謝しております。あなたの集めてくれた膨大な数の署名は、すべて、八月末におこなわれた再審請求手続き時に当局に提出いたしました。支援者のみなさまに感謝を捧げます。

今は祈るような気持ちで、その結果を待っているところです。

何よりも、家族みんなが不自由な暮らしを強いられながらも力を合わせて、この苦境を今や乗り越えつつあることを、何よりの朗報と受け止めています。

それにしても、リサの眼の手術がみごとに成功し、術後の経過もすこぶる良好というニュースには、快哉を叫ぶばかりです。アメリカにおける医学の技術の進歩に感心させられるとともに、アメリカの良心というべきものも、あるところにはあるのだな、と感じ入っております。まさに禍を転じて福と為す、とはこのことでしょうか。大怪我をして病院へ運ばれたことで、怪我だけではなく、眼まで治してもらえるとは！　佳乃もきっと、私以上に喜んでいることでしょう。

ところで、彼女の風邪はその後、いかがでしょうか？

そういえば、私もつい最近、風邪をこじらせて肺炎にかかり、短期間ではありますが、サンタフェ近郊の医療施設で治療を受けておりました。返信の遅れました、これが主な理由です。おかげさまで、肺炎が治っただけではなく、喉の腫れも慢性的な痛みもすっかり引き、体重も少しばかり増えました。アメリカの医学と良心には、厚く感謝せねばなりませんね。

気がかりと言えば、それはただひとつ。

その後、ケンからそちらにたよりは届いていますか？

こちらでも、めぼしい新聞や雑誌の一部は読むことができますので、ヨーロッパ戦線でナチスドイツ軍と交戦し、戦果を挙げ、大躍進をつづけている日系人精鋭部隊のニュースは逐一、把握しておるつもりです。が、収容所内にいる私の知り得ないことも、もしかしたら、あるのかもしれないと推察します。よろしければ、あなたの知り得たことを、どんなことでもお知らせ下さい。病弱なアサはともかくとして、愛国心の強いジョーが最後まで志願をしなかったことは、非常に意外ではありましたが、ある意味では私にとって、有り難いことでもあったと感謝しています。つまり、彼がそちらの収容所内で私の代理として、家族を守ってくれていることで、私も安心していられるわけです。また、彼が長らく心を閉ざしている理由については、彼はケンと違って非常に繊細な心の持ち主ですから、今、置かれている自分の状況を依然として、受け入れることができずにいるのではないでしょうか。

ご存じのとおり、佳乃には相変わらず愛の手紙をしたためていますが、返事は来たらず。しかしあなたからのお手紙で、彼女からの愛はじゅうぶんに届いておりますので、どうかその旨、よろしくお伝え下さい。たよりのないのは良いたより《ノーニューズ・イズ・グッドニューズ》ですね。ケンもきっとそうなのでしょう。彼の無事を信じたいと思っています。

あなたもくれぐれもお体に気をつけて。

学業にも、ますます精進されますように。

再審請求の結果が出ましたら、ただちにお知らせします。私の釈放運動に力を貸して下さっているすべての方々に、私からの感謝の念をお伝え下さい。

家族の再会は、そう遠くないと予感しています。

私はいつも家族全員を心より愛しています。

父より

書き終えて二度、読み返した手紙の末尾に「Dad」という一語を書き記したあと、大原幹三郎は便箋を折りたたんで封筒に入れた。

表書きはすでに書かれている。切手も貼られている。いつだったか、手紙を出す人の数に切手が追いつかなくて、売り切れていることが多いと伝えた手紙に対して、メグは、あらかじめ切手を貼りつけた返信用の封筒をまとめて二十通、送ってきてくれたのだった。

そのまま封をしようと思っていた手をつと止め、幹三郎は寝台の横の壁にピンで留めてある一枚の写真に目をやった。

一ヶ月ほど前、どこかの新聞社だったか、雑誌社だったか、名前は覚えていないが、複数の記者とカメラマンがここ、サンタフェ強制収容所を取材するために訪れたとき、最後に「記念撮影を」と言って、ブロックごとに男たちを集めて撮った集合写真である。結局、なんらかの理由があって、収容所のことは記事にはならなかった。その詫びのつもりなのか、あるいは、お礼のつもりなのか、後日、収容されている者全員に写真が配られた。

およそ十人ずつ、三列に並んでいる日系移民一世の男たちのなかで、幹三郎はほぼ中央に写っている。雑誌に載るかもしれないということで、わざわざネクタイを締めて集まった人たちが多かった。幹三郎はネクタイは締めなかった。身に着けているシャツは、メグから差し入れられたばかりの真新しい一枚だ。

ピンをはずして写真を手に取り、幹三郎はつかのま、思案した。

この写真をこの封筒に入れて、メグに送ろうか。

送れば、写真は必ず、佳乃や子どもたちの目に触れるだろう。以前に比べれば少しだけ痩せてはいるものの、決してやつれてはいない。自分だけではなくて、まわりを取り囲んでいる仲間たちの表情もいたって穏やかで、一見しただけだと、何か楽しい会合に参加したあとの記念写真のようにも見える。二、三人は、笑顔で写っている。

幹三郎は写真を手にしたまま、ふたたび壁に視線を向けた。

そこにはもう一枚、メグから送られてきた絵が飾られている。なんの変哲もない画用紙に、クレヨンで描かれた家族の絵。描いたのは、末っ子のハンナだ。

大木のように大きく描かれた幹三郎を中心にして、両脇に佳乃とメグ、それぞれの隣にナオミとリサ、彼女たちの背後にジョーとケンとアサが並び、ハンナ本人は、前の方に小さく可愛らしく描かれている。ハンナの隣には、秋田犬のスー。まさに「家族の木」と名づけたくなるような、目にするたびに目頭の熱くなる、今の幹三郎にとっては聖書以上に心の支えとなっている存在である。クレヨンを握りしめ、一心にこの絵を描いている幼いハンナの姿に、二年と十一ヶ月前の十二月十七日、当局に連行されていく車の後部座席からうしろをふり返って見つめつづけた、聖画のような家族の肖像が重なる。

ハンナちゃん、元気でいるか？

ジョー、ケン、メグ、ナオミ、アサ、リサ、佳乃。

ひとりひとりの顔を思い描きながら、愛する家族に自分の元気な姿を見せたいと、幹三郎は願った。

未来のことは、何もわからない。保釈に向けての再審がうまく行くという保証もない。サンタフェの収容所の職員の作成してくれた報告書によれば、幹三郎は「人格、生活態度、ともに非の打ち所がない。礼儀正しく、節度があり、明るく、協調性に富んだ人物で、アメリカに対する忠誠心も人一倍深く、彼が軍事的に日本に協力しているとは到底考えられないし、そうした兆候など、みじんもない。釈放すべきである」と評定された。

その一方で、ある職員の話によれば「オレゴン州の審問委員会は、地元の退役軍人協会から脅されているようなんだよ。そこからジャップをひとりも外に出すなってね。まったくどこからどこまで疑心暗鬼なんだろう。信じがたいことなんだが、あなたの地元のポートランドの委員たちが一番、あなたの釈放に懐疑的なようだ」という。

置かれている状況はどうあれ、また仮に将来、自分に何か不測の事態が起こったとしても、少なくとも今は、こうして元気で生き長らえていて、愛する家族のことを思っている。

俺はここで生きている。

そのことを伝える使者として、この写真を送ろう。

決心して、幹三郎は集合写真を封筒に入れた。

――一九四四年十二月　カリフォルニア州

十二月十七日、奇しくも、ちょうど三年前、幹三郎がＦＢＩ捜査官によって拘束され、連行された日。アメリカ陸軍省は「西海岸一帯の日系人に対する強制立ち退き命令を取り消す」と発表、これを受けて翌十八日、戦時転住局は「すべての収容所を一九四五年の内に閉鎖する」と公表した。た。背景にあったのは、勝利に対する確信と自信だった。六月のサイパン島上陸作戦、マリアナ沖海戦、十月の台湾沖航空戦、レイテ沖海戦、いずれの戦いにおいても連合国軍が勝利し、ニューギニアの占領やグアムの奪還なども果たしており、もはや日系アメリカ人がアメリカの安全保障の脅威になるとは考えられない、従って、日系人の強制収容には必然性も妥当性もない、そう判断したのである。

さらにもう一集団、日系人の解放を大きく推し進めた原動力の担い手がいた。日系二世アメリカ人だけで編制された戦闘集団、第442連隊である。

六月のイタリア上陸以来、ベルベデーレ、ルチアーノ、リヴォルノなどにおける戦闘で、ドイツ軍を相手に快進撃をつづけていた第442連隊に新たな命令が下ったのは、十月の初めのことだった。命令の骨子は、ヴォージュ山に築かれたドイツ軍の強固な要塞を攻めあぐんでいた第一大隊第36師団を支援する、というもの。この戦闘集団は、ほとんどの兵士がテキサス州出身の男子であったため「テキサス師団」と呼ばれていた。

テキサス師団の第141大隊は、最前線でドイツ軍と激しい死闘を展開していたが、敵の猛反撃を食らって、後方に位置している友軍との連係を遮断され、十月二十四日、完全に孤立した状態に陥ってしまった。三日後の未明、この「迷子の大隊」を救出するために「ゴー・フォア・ブローク！」の掛け声とともに敵前に突っ込んでいったのが、第442連隊だった。

彼らは、途切れることのない大砲や臼砲の一斉射撃、豪雨のように降ってくるライフル銃や機関銃の砲火を浴びながらも、怯むことなく前進をつづけ、手榴弾と銃剣を手にした突撃、ヘルメットを台座にしたライフル銃の乱射などをくりかえしながら、三日三晩にわたって、ドイツ軍との接近戦を戦い抜いた。そして十月三十日、ついにドイツの封鎖線を突破し、迷子の大隊を救出することに成功したのだった。

テキサス大隊の大柄な兵士たちはつぎつぎに塹壕から飛び出してきて、小柄な日系人兵士たちに駆け寄り、彼らを抱きしめ、互いに肩を叩き合い、背中を叩き合い、手を握り合った。連日の死闘の果てに骨と皮ばかりになっている日系人兵士たちの姿を見て、号泣するテキサス人兵士もいた。

「ジャップが我々を救ってくれた。ジャップは俺たちの救世主だ。俺たちはこの恩を一生、忘れない。ジャップに神のご加護を！」

第442連隊の死傷率はその時点で、五十パーセントに達していた。

孤立していたテキサス大隊、二百十一名を救うために、日系人二百十六人が戦死し、六百人以上の兵士たちが手足を失うなどの重傷を負った。

この救済劇の一部始終は、新聞や雑誌やラジオを通して、アメリカ国民に伝えられた。誰もがこのニュースに感動し、勇敢な日系人兵士たちへの賛辞を惜しまなかった。軍部も連邦議会もルーズベルト大統領も、例外ではなかった。日系人に対する強制立ち退き命令撤回の背後には、日系二世兵士たちの亡骸が、ちぎれて血まみれになった肉片が、忠誠による死が累々と、積み重なっていたのである。

十二月十七日の早朝、佳乃は、何者かが部屋を訪ねてきた気配で目を覚ました。

隣で、同じように目を覚ましたリサが素早く寝台から抜け出して、ドアの前に立った。

「どなたですか？」

「ヘンリー・マグワイヤです」

佳乃も立ち上がって髪を直しながら、ドアの方へ歩いていった。

おかしいな、と思っていた。ヘンリーをはじめとする事務局の職員が直接、こうして部屋を訪ねてきたことは、今までに一度もなかった。何か個別に用事があれば、届いた郵便物を受け取りに事務所に顔を出したときや、食堂で会ったときなどに、声をかけてくれる。なかには意地悪な職員もいるが、ヘンリーは親切で、面倒見のいい好人物として知られている。昨年、リサが暴動に巻き込まれて大怪我をしたときにも、ヘンリーの尽力によって、病院への搬送、入院手続きなど、すべてがスムーズに進んだ。おまけに退院後、伝手を通してアルバカーキにある大学病院内の眼科の専門医を紹介してくれ、リサはそこで、視力を回復するための手術を受けさせてもらえた。手術は成功し、リサの視力は弱視から近視のレベルにまで上がった。依然としてぶ厚い眼鏡が必要ではあるものの、リサの言葉を借りれば「世界が明るくなった」という。

佳乃は笑顔をつくってドアをあけ、「ヘンリーさん、おはようございます」と、挨拶の言葉を口にした。

「おはようございます。カノ、あなたのご機嫌はいかがですか？」

赤ら顔にえくぼを浮かべて、巻き毛の金髪をかきあげながら、長身のヘンリーは佳乃を見下ろすようにして、柔らかく挨拶を返してきた。

佳乃も丁寧に言葉を返した。

「ありがとうございます。おかげさまでたいへん元気です。ヘンリー、あなたは?」

当然のことながら「はい、私も元気です《イエス、アイム・ファイン、トゥー》」が返ってくるものと思っている。

「いえ、残念ながら、当方はまったく元気ではありません。この場に倒れてしまいそうなほど、僕は意気消沈しています。なぜなら僕はあなたに、とても悲しいお知らせをせねばならないからです。悲しいけれども、しかしそれは、非常に誉れある知らせでもあります。今朝方、管理事務局に電報が入りました。追って、しかるべき人物、おそらく陸軍将校か誰かがこちらを訪問し、正式な通知、および勲章授与などをおこなうことになりますが、その前に、電報の内容をあなたに伝えておくように、との通達です」

　ヘンリーは背筋を伸ばした。

「あなたの息子さん、ケン・オハラは、イタリアにおいて勇敢に戦った末、戦死を遂げられ、戦死と同時に、少尉に昇格されました。非常な名誉だと思います。あなたの息子さんの名誉ある死に、僕も心より敬意を表します」

　佳乃のうしろに立っていたナオミとリサが抱き合って、泣き始める声が聞こえた。ハンナは寝台の上で上半身だけを起こして、ぽかんとした表情をしている。話の内容がすべて彼女に理解できていたかどうかは、わからない。アサもまだ寝所《ねどこ》のなかにいる。彼は頭から毛布をかぶって、むせび泣いている。

　傷ついた鶴のように首《こうべ》を垂れて、佳乃は持ちこたえようとした。全身を有刺鉄線でぐるぐる巻きにされているかのように、体中の神経がちりちりしている。奇妙なことに、軽い痺れがあり普段はなんの感覚もないはずの左足の一部までがしくしく痛む。

痛みに顔を歪めながら、佳乃はヘンリーに向かって、お礼の言葉を述べた。

「わざわざ来ていただいて、ありがとうございます。あの、長男のジョーには？」

「彼には知らせておりません。これから僕が参りましょうか？」

「いえ、その必要はありません。私から伝えますので」

「わかりました。では失礼いたします。追って所内でも、あなたの息子さんに最もふさわしい式典をご用意させていただきますので」

背中を見せて立ち去ろうとしているヘンリーに、佳乃は声をかけた。もうひとつ、訊いておきたいことがある。

「あの、ヘンリーさん。デンバーにおります長女と、サンタフェにおります夫はこのことを？」

ヘンリーはふり返って、きっぱりと答えた。

「ふたりとも、ご存じではありません」

それでいいと思った。まだ、知らなくていい。

ヘンリーが去っていくのと同時に、ナオミとリサが、少し遅れてアサとハンナが、佳乃に抱きついてきた。四人を抱きしめて、ジョーとメグと幹三郎に、佳乃は心の声をかけた。

ケンくんが死んでしまいました。殺されてしまいました。でも、あなたたちはまだ、知らなくていい。あなたたちが知らない限り、ケンくんは死なない。ケンくんは生きている。あなたたちの心のなかではまだ。

子どもたちがすすり泣いている。私は泣くまい。佳乃はそう心に決めた。私は泣かない。私の涙を、今ここで使いたくない。あの子がここに、私の両腕のなかにもどってきたとき、私は思うさま、あの子を抱きしめて泣くのだ。

――一九四五年八月　ニューメキシコ州

太平洋戦争におけるアメリカの大勝利はもはや、揺るぎないものとなっていた。

昨年の六月、アメリカ軍はサイパン島への上陸を成功させ、日本軍守備隊三万人、住民一万人以上を戦死させ、マリアナ沖での海戦でも日本軍を打ち破った。十月にはレイテ沖海戦で勝利し、日本軍の連合艦隊を事実上、壊滅状態に追い込み、十一月二十四日、マリアナ基地から飛ばしたB29大型爆撃機による東京への初空襲を決行した。

明けて二月、機動部隊による硫黄島《いおうとう》上陸作戦を開始するかたわら、三月九日には、三百三十四機のB29大型爆撃機による東京への大空襲を決行し、十万人以上を死に至らしめ、十七日には硫黄島を占領、日本軍守備隊約二万人を玉砕させた。この占領によって、東京をはじめとする日本本土各地への空爆は、さらに容易になったのである。

赤紙一枚で、南方の戦場や太平洋に浮かぶ島々に送り込まれた日本軍兵士たちは、食料や武器の補給もなされないまま、ある者は弾丸を受けて死に、ある者は味方の弾丸を受けて死に、ある者は戦地にたどり着く前に船もろとも海に沈んで死に、ある者は餓死し、ある者は病死し、ある者は野戦病院に放置されて死んだ。ある者は「天皇陛下万歳」と叫びながら自決し、ある者は手榴弾の不発により死に切れず、銃剣で喉を突き、家族の名前を呼びながら、もがき苦しんだ末に死んだ。遺骨になって祖国にもどることすら叶わなかった死者たちのなかには、大原幹三郎と佳乃の甥《おい》たちも含まれていた。

アメリカ国民全員が勝利を確信するなか、アメリカ政府と軍部は、この戦争をどう終わらせるかについて、具体策の検討に入った。

戦局と世界情勢が大きく動いたのは、四月だった。

四月一日、アメリカ軍が沖縄本島への上陸作戦を開始すると、五日にはソ連が、日本とのあいだに結んでいた中立条約の不延長を通告した。十二日にルーズベルト大統領が死去し、トルーマン副大統領が大統領に就任した。三十日にはヒトラーが自殺した。

トルーマン新大統領は、就任から三日後の十六日、アメリカ合衆国議会における演説で、戦争を終結するために、日本に対して要求する条件は「無条件降伏である」と言い切った。「われわれは、平和の破壊者とはいっさいの取引をしない」。また、五月八日に発表した声明のなかで大統領は「無条件降伏とは、日本国民を皆殺しにしたり、日本国家をアメリカに隷属させたりすることを意味していない」と述べた。

しかし、日本政府と軍の指導部の無条件降伏に対する解釈は、アメリカの意図していたものとは大きく異なっていた。彼らは「無条件降伏を受け入れれば、天皇は処刑され、国家は解体し、国民はアメリカの奴隷となる」と考えた。日本側にとって何よりも重要なことは国体維持、すなわち天皇の地位の保障だった。

六月八日、天皇の出席のもとにおこなわれた御前会議を経て、鈴木貫太郎《かんたろう》内閣は、国民がひとり残らず死ぬまで戦うという「本土決戦方針」を採択した。二十三日には沖縄本島で日本軍が全滅、軍人と軍属の死者は十二万人、沖縄県民の死者は十七万人にも及んだ。にもかかわらず、同日、日本政府は「義勇兵役法」を公布し、本土決戦に備えて、十五歳から六十歳までの男、十七歳から四十歳までの女を「国民義勇戦闘隊」に編成した。

このような捨て身の徹底抗戦の構えを受けて、アメリカ国民の日本に対する憎悪、恐怖はいやが上にも高まった。六月におこなわれた世論調査によると、国民の九割が「日本を完膚なきまでに叩き潰せ」と考えていることが判明した。アメリカ国民は大統領に対して、完全な勝利を求めたのである。

こうして迎えたポツダム会談――戦後の処理をめぐって、ベルリン郊外のポツダムでおこなわれた、アメリカ、イギリス、ソ連、三国の首脳による国際会議――に参加したトルーマン大統領は、会談初日の七月十七日、ソ連のスターリン書記長から、八月十五日にソ連は対日戦争に踏み切る決意を固めている、と明かされた。大統領はその日の日記に「ジャップはもう終わりだ」と書き、妻への手紙には「スターリンは八月十五日にいかなる条件も示さないまま、日本に戦争をしかける。この戦争は明らかに一年以内に終わるだろう。これ以上、アメリカ兵が死ななくてすむ。これが何よりも重要なことだ」と書いた。

翌十八日、トルーマン大統領のもとに、本国から、ある情報が届いた。情報を受け取った大統領は、ソ連の参戦を待たずとも、速やかに戦争を終わらせる方法を思いつく。ある情報とは、ニューメキシコ州内で実施された、原子爆弾の威力を試す「トリニティ実験」の結果報告である。それによると、原爆の爆発時の光は、四百キロメートル離れた場所でも肉眼で観察でき、爆音は、六十キロメートル先にまで届いたという。大統領はこの日、すさまじい破壊力を持った新兵器の開発の成功に気を良くし、戦争終結およびアメリカの完全な勝利のために、この兵器を使用するべきではないかと考え始めた。日本での本土決戦によって死亡するかもしれない、アメリカ兵の命を守るためという名目で。

原爆は落とされた。日本は世界で初めての被爆国となった。

八月六日に広島に原爆が投下されると、八日には早々とソ連が日本に宣戦を布告し、満州——日本が中国から奪い取り、満州国を建国し、関東軍を配備していた中国東北部——への進撃を開始した。九日には長崎にも原爆が投下され、両原爆による死者は推定二十一万人から二十三万人にも及んだ。広島に落とされた原爆はウランを使用したもので、長崎へのそれはプルトニウムを使用したものだった。

八月十四日、日本政府はついにポツダム宣言の受諾を決意し、十五日の正午に、あらかじめ天皇の読み上げた「戦争終結の詔書」の録音放送をラジオから流すことによって、日本国民に敗戦を伝えることにした。

大原幹三郎は八月十四日の夜、サンタフェの強制収容所内で、戦争終結のニュースを知った。翌朝、記事の載った新聞を手にした幹三郎は、妙に冷たい、まるで対岸の火事を傍観しているかのような、醒めた思いに囚われていた。「終わった」という感動もなければ、「日本が負けた」という無念さも感じない。

朝食をとりに食堂へ行くと、すでにその話で持ちきりになっていた。コーヒーとパンを受け取るための行列に並んでいると、すぐうしろにいた男から声をかけられた。ここへ送り込まれてから知り合った、日本人学校のもと教師だった。

「大原さん、とうとう負けましたなぁ」

「負けました」

「いや、われわれの場合には『勝ちました』と言わねばならないのかもしれませんな」

「ところで、広島と長崎では大変なことがありましたが、あなたのご両親は広島にお住まいではなかったですか」

幹三郎はそうたずねてみた。虚しい問いかけであることは、百も承知している。この男は確か、広島の生まれだったはずだ。日系移民のなかには、広島出身者が多い。アメリカ上陸を果たさず自死した後藤将吾も広島県人だった。幹三郎の姉のひとりは、広島に嫁いでいる。嫁ぎ先は広島市内にある雑貨店だった。姉たちはもう生きてはいまいと、幹三郎は諦観している。戦争が始まる直前に日本へ帰国した将吾の兄、後藤将一はどこでどうしているだろう。

男は力なく答えた。

「わかりません。国のことは皆目わかりません。親きょうだい、親戚や友人知人の消息も不明です。ただ」

「ただ？」

「天皇陛下も殺生なことをされましたなぁ。どうせ受諾するなら、あと十日だけ早くお心を決めて下されば、広島も長崎もあんなことには……」

原爆投下のニュースは「わが国の挙げた輝かしい戦果」として、連日連夜、大々的に報道された。広島への原爆投下直後に出されたトルーマン大統領の声明は、新聞を通して国民に伝えられた。長崎への投下直後には、大統領はラジオを通して「われわれは、われわれの開発した爆弾を使用した。真珠湾で、われわれに通告することなく攻撃を始めた相手に対して、また、アメリカ人捕虜を飢餓で苦しめ、殴打し、処刑した相手に対して、また、戦時国際法を遵守するそぶりさえかなぐり捨てた相手に対して、原子爆弾を投下した。われわれは、戦争の苦しみを一刻も早く終わらせるために、数多くの命を、数多くのアメリカ人青年の命を救うために、原子爆弾を投下したのである」と語った。

広島生まれの男は、痩けた頬に笑みを浮かべた。

「何はともあれ、これでいよいよ、私たちも晴れて自由の身に」

幹三郎はうつむいて、自分のつま先を見つめた。

「自由の身になったところで、さて、どこへ帰ればいいのやら」

食堂のそこここで、似たような会話が交わされていた。まだインクの匂いのする新聞が回し読みされている。

「しかし天皇陛下のこの放送だけで、国民はすべてを納得したのでしょうか」

「わかりにくいですな、この放送の内容は。どこが結論なのか、理解に苦しみます」

「まだまだ戦争はつづくかもしれない、とは考えられませんか」

「確かに。関東軍がこの放送だけですんなり納得するとは思えませんね」

「沖縄であれだけ民間人が犠牲になっても、あきらめなかったわけですし」

「考えたくもないことですが、軍部は本当に本土決戦を撤回したのかどうか、怪しいものですな。

これまでの流れからすれば、あとひと波乱もふた波乱も……」

仲間たちの会話を聞くともなく聞きながら、幹三郎は「移民というのは悲しいものだな」と、わが身を哀れんでいた。勝ち戦で息子を失い、負け戦で日本の家族や縁者を失い、家も職も財産も取り上げられ丸裸にされた状態で、仮にここから出られたとしても、これからどうやって、生きていけばいいのか。

再審請求に対する返答が届いたのは、今年の二月だった。

文書には、政府は幹三郎の身柄を「現状のまま、サンタフェにて抑留すると決定した」と書かれていた。その文書を手にしたときにも、幹三郎の感情は、以前ほど動くことはなかった。失望も怒りもなりを潜めていた。長年にわたる不当な仕打ちによって、覇気や意志のみならず、肉体に宿る魂までが奪われてしまったかのようだった。

それでもこうして生きている。自国アメリカでも、祖国日本でも、大勢の人間がばさばさとなぎ倒されるように死に、愛する息子にまで死なれながら、自分はなお、死なずに生きている。そのことの虚しさを、いたたまれなさを、ぬるいコーヒーにちぎったパンを浸して食べながら、幹三郎はひしひしと感じていた。

生きているのか、死んでしまったのか、わからない日本の家族の顔を、ひとりずつ順番に、丁寧に思い浮かべてみた。兄と姉妹たち、それぞれの息子たち、娘たち、佳乃の家族、親戚たち。それぞれの顔を思い浮かべ、心のなかで名前を呼びながら「どうか元気でいて下さい。生きていて下さい」と、祈りを捧げた。

何度も何度もくり返し、思い浮かべては、祈った。

そのさいちゅうに、ぽっかりと浮かんできた、小さな玉のような存在があった。

赤ん坊のとき別れたあと、一度しか会ったことのない四番目の娘。アメリカから日本に連れていき、末の妹の養女にした娘の名前は「エミ」といった。漢字はどう書くのか、幹三郎は知らない。教えてもらったのかもしれないが、思い出せない。玉のように輝いていた赤ん坊は、今は十五歳になっているはずだ。赤ん坊を日本に置いたままアメリカにもどると告げたときの、ぞっとするほど冷たい佳乃のまなざしは、いまだにこの胸に突き刺さっている。

エミちゃん。あの子は、無事でいるだろうか。今、どこで、どうしているのだろう。どこで玉音放送を聞いたのか。

幹三郎は膝の上に置いた手を合わせると、十本の指をしっかりとからませて祈った。

どうか、生きていて下さい。どうかどうかご無事で。いつか会いたい。会いに行きたい。佳乃といっしょに。


――一九四五年八月　満州（現在の中国東北部）

朕《チン》深ク世界ノ大勢ト帝国ノ現状トニ鑑ミ
非常ノ措置ヲ以テ時局ヲ収拾セムト欲シ
茲《ココ》ニ忠良ナル爾《ナンジ》臣民ニ告ク

朕ハ帝国政府ヲシテ米英支蘇四国ニ対シ
其《ソ》ノ共同宣言ヲ受諾スル旨通告セシメタリ……

朕ハ帝国ト共ニ終始東亜ノ解放ニ協力セル諸盟邦ニ対シ
遺憾ノ意ヲ表セサルヲ得ス
帝国臣民ニシテ戦陣ニ死シ職域ニ殉シ
非命ニ斃《タオ》レタル者及其ノ遺族ニ想《オモイ》ヲ致セハ
五内《ゴダイ》為《タメ》ニ裂ク
且《カツ》戦傷ヲ負ヒ災禍ヲ蒙《コウム》リ家業ヲ失ヒタル者ノ
厚生ニ至リテハ朕ノ深ク軫念《シンネン》スル所ナリ……

八月十五日正午。日本国内では玉音放送が流れ始め、長く苦しかった戦争が終わろうとしていた。けれども、満州にいた平安郷開拓団の人々がこの放送を聞く術はなかった。「満州に新しい京都を築け」との掛け声のもと、京都から満州に渡ってきて、わずか三ヶ月後の敗戦だった。

ソ連が日ソ中立条約を破棄し、北から一気に満州に攻め込んできたのは六日前の八月九日、午前零時のことだった。ソ連軍の兵士はおよそ百五十万人。これを迎え撃つ関東軍はおよそ七十万人。かつては向かうところ敵なしと恐れられた関東軍だったが、長きにわたる中国との戦いにより疲弊し、加えて、南方に送り込まれた兵士たちは飢餓や病に倒れ戦わずして死に、戦闘機や戦車は言うまでもなく、小銃や弾薬さえ確保できておらず、今はもはや形骸化し、弱体化した軍の亡霊に過ぎなかった。

兵士の不足を補うために、関東軍は五月下旬ごろから、満州で開拓に従事していた十八歳から四十五歳までの男子を対象とした「根こそぎ動員」を開始した。そのため、ソ連軍が満州に攻め込んできたとき、開拓村には女、子ども、老人だけが残されていた。

八月十二日、ソ連軍の進撃がつづくなか、関東軍は、満州北部に広がる開拓地を見限り、二十七万人の住民をあとに残したまま敗走した。それを待っていたかのように、開拓村では抗日ゲリラが蜂起し、開拓民に対する襲撃を開始した。日本人に土地を奪われ、日本人による支配と抑圧に苦しめられていた現地の人たちの怒りが、一気に爆発したのである。あちこちで略奪や殺人が起こり、開拓村は恐怖のどん底に突き落とされた。

「満州鉄道の香蘭《こうらん》駅から列車に乗り、ハルビンへ避難せよ」

開拓団本部から住民に最初の避難命令が届いた。開拓村から香蘭駅までの距離は二十キロ以上。大人の足で歩いても、半日以上はかかる。男手がなく、幼い子どもを複数抱えた女性と高齢者にとっては到底、無理な避難経路である。事情を察知した開拓団本部はただちに、船による避難命令に切り替えた。

「十三日の午後、松花江《しょうかこう》沿いにある舒楽鎮《じょらくちん》埠頭に寄港する船に乗り、依蘭《いらん》経由で松花江を南下し、ハルビンに向かえ」

ハルビン（現在の中華人民共和国黒竜江《こくりゅうこう》省内にある副省級市）は「東洋のパリ」と謳われるほど美しい町で、三ヶ月あまり前の五月、平安郷開拓団の人々は下関から船に乗り、朝鮮半島を汽車で縦断し、松花江沿いにあるこの町を経由したのち、開拓地である舒楽鎮に到着した。希望と大志を胸に抱いてたどった経路を、今度は絶望に打ちひしがれて、逆もどりせざるを得なくなったのだった。

松花江——中国語読みは「ソンホァジャン」——は、数百メートルから一キロの川幅を持つ大河である。依蘭から避難地であるハルビンまでは、およそ二百六十キロ。川の流れに逆行して進んでいくため、汽船の時速は五キロ程度しか出せない。ハルビンまでの避難には、数日かかると予想された。しかもこの船は、避難船の最終便だった。

午後三時、開拓本部前に集合した避難民の大半は、女性と子どもだった。女たちは背中に荷物や赤ん坊を背負い、両手で幼い子どもたちの手を引き、子どもたちも全員、持てる限りの荷物を背負ったり、手にしたりしている。赤痢や発疹チフスで体の衰弱していた子どもや赤ん坊や老人は、村に置き去りにされた。平安郷開拓団の人々のうち、昭和郷と楠郷の開拓民を乗せた最終の避難船は午後三時過ぎ、ハルビンを目指して出航した。鶏小屋さながらの船にぎゅうぎゅう詰めにされた人々は、用足しをすることさえできなかった。

避難命令を受け取るのが遅れた高千穂郷の人たちはこの最終船に乗り遅れ、舒楽鎮の港に取り残されてしまった。

十八世帯、約八十人。

このなかに、大原幹三郎の末の妹、中西花恵とその娘の栄美《えみ》、そして、花恵の再婚した夫、中西繁雄《しげお》の娘三人と、幼い息子がひとり、根こそぎ動員された繁雄を除く合計六人の家族が含まれていた。

「止まってーお願いですー止まってー」

次第に日が暮れていく。頭上には、ひっきりなしにソ連軍機が飛来してくる。いつ銃撃を受けてもおかしくない。目の前を、関東軍の兵士たちを乗せた軍用船が何隻も南下していく。

「乗せて下さい、お願いしますー」

「助けて、この子たちだけでも」

軍用船が港を通り過ぎるたびに、女たちの悲鳴にも似た叫び声が響いた。だが、埠頭に停泊しようとする船は一隻もなかった。

日没後、開拓団本部の建物にもどり、そこで一夜を明かした人々は、日本人船長との交渉の末に、やっとのことで軍用貨物船に乗せてもらえることになった。

ハルビン行きの船の乗り換え港である依蘭に到着したのは、十五日の午後。日本では正午に玉音放送が流れ、事実上、戦争は終わっていたが、避難民たちの戦いは始まったばかりだった。

ソ連軍の攻撃、日本人を狙う強盗の襲撃に怯えながら、さらなる不安な一夜を過ごしたあと、運良く見つけたハルビン行きの汽船に乗船できることになったのは、十六日の午後。白系ロシア人——ロシア革命後のソ連を嫌って、国外に亡命したロシア人。共産主義の「赤」に対して「白」と呼ばれた——の所有する大型汽船の大きさは、全長三十メートル、幅八メートル。第一陣の避難民の乗った船よりもかなり大きく、設備も整っていた。中央には煙突が突き出していて、そこに機関室があった。中国人強盗団の襲撃に備えて、甲板には三八式銃が立てかけられており、夏の強い陽射しを避けるため、後部には幌《ほろ》がかぶせられていた。

八月十六日、午後五時を少しだけ回っていた。

避難民を乗せた汽船が港を出て、二時間ほどが過ぎていた。

「おかあちゃん、ぼくおなか空いた」

五歳の弟――母の再婚した人の連れ子のひとり――の玄《げん》の声を耳にした栄美は、妹の友子《ともこ》の背負っているリュックサックのなかから粗末な紙包みを取り出して、小さな手に握らせてやった。中身は「麻花《マーホア》」と呼ばれている、中国製のかりんとうである。開拓村の近くにある中国人の店で売られていたものだ。

避難命令が出たあと、母と栄美と玄と三人の妹たちは、それぞれの鞄とリュックサックに、身のまわりのものや衣服、そして台所にあった食べ物を詰め込めるだけ詰め込んできた。それらもそろそろ底を突いてきている。

「おねえちゃん、あけて」

玄はそう言って、もらったばかりの包みを栄美に差し出した。

「あけたげる。玄ちゃん、ええもんもらえてよかったなぁ。ほな、みんなでなかよう分けおうて、いっしょに食べような」

栄美は幼い弟に優しく声をかけながら紙包みをあけると、弟と三人の妹たちにかりんとうを一本ずつ配った。

「ゆっくり食べなあかんよ、ゆっくりと、よう嚙んでな」

少ない食料をできるだけ長く保《も》たせるための、それは苦肉の策である。あたりには、おなかを空かせた子どもたちが大勢いる。お乳を求めて泣いている赤ん坊もいる。人いきれで噎せ返るような甲板で、きょうだいたちはひしと寄り添い、人目を忍ぶようにして、かりんとうを囓った。

案の定、最年長の妹の友子が、近くにいたよその子から「あたしにもちょうだい」とせがまれている。それを見て、ひとつ下の妹、光子《みつこ》が問いかけてくる。

「ねえちゃん、あの子にあげてもかまへんか？」

栄美は黙って、首を横に振った。ひとりに与えたら、われもわれもと、子どもたちが群がってくるのは必至だ。かりんとうは、あと五本しか残っていない。かわいそうだけれど、今はみんな、自分と家族が生きていくことを考えるだけで精一杯なのだ。他人のことなど、考えられない。ゆうべから熱を出してぐったりしている母のことが、栄美には心配でならない。

「ぼく、もう一本ほしい。おねえちゃん、あのな、ぼくな」

幼い弟の言葉は、そこで途切れた。

頭上から突然、爆音が襲いかかってきた。

飛行機の急降下するエンジン音だ。空がひび割れている。飛行機は、流れる白い炎のようだ。

「ソ連軍や」「攻撃や」「助けて」「おかあちゃーん」「伏せろ」「逃げろ」「かがめ」「頭をかかえてかがみこめー」――

悲鳴と悲鳴の合間に、そんな叫び声が行き交っている。

栄美は弟を胸に抱え込んだまま、その場にうつ伏せた。うつ伏せたまま目だけを上げ、妹たちの姿を探した。友ちゃん、みっちゃん、民ちゃん。三人の女の子たちを両腕で抱き寄せ、覆いかぶさるようにしてうずくまっている母の姿が見えた。ほどなく、パラパラパラと、小豆みたいなものが船上目がけて落ちてきた。見た目は豆粒なのに、それらが着地した途端、バリバリバリと轟音を響かせながら、あっというまにあたりの風景を壊していく。何もかもが壊されていく。ガラスが飛び散り、木片が砕け散り、白煙と炎が上がる。たちまちのうちに、甲板が赤く、血の色に染まっていく。

ソ連軍による無差別の機銃掃射だった。

鉛の豆粒を降らせた三機編隊の戦闘機が去ったあと、船は穴だらけになっていた。

甲板にも船内にも、鮮血と肉片が飛び散っている。死んでいる人もいれば、生きて蠢《うごめ》いている人もいる。破れた服からはみ出している内臓を手で押さえながら、呻いている人もいる。そのそばで、無傷の人が目を見開いて、呆然としている。

「栄美ちゃん、大丈夫やったか、怪我はないか」

「うん、おかあちゃんは?」

「うちは大丈夫や。玄ちゃんは?」

「玄ちゃんも大丈夫や。どこにも怪我してへん」

「よかった。友ちゃん、みっちゃん、民ちゃんも助かったわ。命拾いしたな」

ほっとしたのもつかのま、ふたたび爆撃機が近づいてくる音がした。

悲鳴と怒声がぶつかり合うなか、三機のうち一機から、爆弾が落とされた。爆弾は、船のまんなかあたりにあった煙突に命中した。煙突の下には機関室がある。真っ黒な煙の渦と真っ赤な炎の柱が噴き上がる。たちまち船の前方が傾いて、そこから水が流れ込んでくる。

甲板は、あっというまに水浸しになった。

「うしろへ集まれ。みんな、うしろの方へ避難しろー」

誰もが叫び声を上げながら、口々に、家族の名前を連呼している。

栄美たちも手に手を取り合い、寄り添ってひとかたまりになったまま、じりじりと船の後方へ進んだ。大怪我をして瀕死の状態になっている人たちをかき分けながら、破壊され瓦礫《がれき》となった物体につまずきながら。

「沈没だー」「沈むぞー」「助けてー」――

水はひたひたと、あちこちから浸入してくる。栄美たちを含めて、人々は全員、膝まで水に浸かっている。そこここで、子どもたちの泣き叫ぶ声がする。

「もうあかん。覚悟せなあかんよ。みんなでいっしょにここで死ぬんや」

誰かがそんなことを言っている。

「南無阿弥陀仏、南無阿弥陀仏……」

「自決しましょう。助かっても、なぶりものにされて、殺されるだけやわ」

血だらけになっている子どもを抱きしめて、家族にそう言い聞かせている母親もいる。

「おまえらは飛び込んで、あの板に乗れ！　じいちゃんは船といっしょに残る」

川面に浮かんだ板切れを指さして、娘と孫に指図している老人もいる。

「おかあちゃん、冷たいよう」

「おねえちゃん、ぼく怖いよう」

弟と妹たちは泣きながら、栄美と花恵の太ももにしがみついている。

「おかあちゃーん」

「おねえちゃーん」

「いやや―いやや―」

冷たい川の水は濁流となって船内に流れ込み、まるで船全体を食いつぶすかのような勢いで暴れまわっている。水はすでに人々の腰の高さ以上に達している。

「栄美ちゃん、あんたは玄ちゃんと逃げなさい。うちらもあとからすぐ行くから」

母に背を押されて、栄美は弟を胸に抱きかかえたまま、川へ飛び込んだ。「こわい」と感じる心の余裕はなかった。最初に手に当たった板切れを必死で引き寄せ、弟の体を板の上にのせると、板の端をつかんで水中に立って、立ち泳ぎを始めた。船はほとんど沈みかかっている。あたりには、油の臭い、物の焼け焦げる臭いが立ち込めている。母と三人の妹もつぎつぎに飛び込んで、流木や板切れを探している。母の見つけた板切れがあとから来た人に奪われ、そこにつかまっていた一番上の妹が水中に放り出されるのが見えた。

「おかあちゃーん、おかあちゃーん、たすけてー」

「友ちゃん、友ちゃん、友ちゃーん。助けてーだれかー」

叫んでも、助けてくれる人など誰もいない。誰にも、母にも、どうすることもできない。妹の姿は水中に消えた。ほどなく顔だけがのぞいて、くいっと沈んだ。次の瞬間、ふたたび頭の先だけが浮かび上がったかと思うと、今度はすーっと一直線に、川底から引っ張られるようにして沈んだ。そしてそのままもう二度と、浮かび上がってくることはなかった。

そんなふうにして、栄美のまわりで、幾人もの人々が消えていった。

友子のあとには光子が、光子のあとには母が、ひとり残され板につかまって懸命に水を搔いていた末の妹の民枝も力尽きて、水中に吸い込まれていった。最後の最後まで、破れた幌にしがみついていた人たちも、幌とともに沈んでいく。

その一部始終を、栄美は見つめていた。

もうじき、自分も死ぬだろうと覚悟を決めていた。板の上では、弟が泣きじゃくっている。栄美の体は氷のように冷たくなっている。大量の水を飲んでしまったせいか、おなかが重い。手足の指先の感覚がなくなりかけている。上流から、さまざまな物が流れてくる。物ではなくなったものも。荷物や瓦礫や壊れた器具などに交じって、子どもの死体や馬の死体が流れてくる。爆撃でばらばらにされた手足や胴体も。赤いものも、油にまみれて黒光りしているものも。

ここは地獄だ、と、栄美は思った。

もうこれ以上、こんな地獄を見ていたくない。生きていたくない。栄美はまぶたを閉じた。片方の手が板切れから離れた。もう片方の手を離せば、楽になれる。おかあちゃんや妹たちといっしょに天国へ行ける。せやけど、玄ちゃんはどうなる？　玄ちゃんをひとり残して、死んでしまってもええのか？　あかん。

「あかん」と思ったとき、視界のはしっこを、細いロープの先端が横切った。

ふり返ると、一隻の漁船の甲板から川面に向かって、救助のロープを投げている中国人たちの姿が見えた。ロープを我先につかもうとして、群がっている大人と子どもが五、六人。人々の握りしめたロープを引っ張る中国人漁師。誰もが船に着くまでに力尽き、ロープを離してしまう。ロープを握っている人から突き飛ばされ、水中に消えていく子どももいる。

栄美は片手で水を掻きながら、弟をのせた板とともに、船に向かって進んでいった。中国人漁師が「こっちだ、こっちだ」と、手招きをしてくれている。

何度目かに投げられたロープをつかむと、栄美は渾身の力をこめて手繰り寄せ、弟の腰に巻きつけた。ぐるぐる巻きつけて、きつく縛ったあと、ロープの端のこぶを弟の手につかませた。

「離したらあかんよ。玄ちゃん、今、助けてもらえるからな。あともうちょっとの辛抱や。絶対に離すんやないで」

「おねえちゃんは？」

「あとから行く。おねえちゃんは、泳いでいくから」

弟に微笑みかけたあと、栄美は船上の中国人たちに手で合図をした。

引っ張って下さい。この子を助けて下さい。お願いします。お願い……

弟の体は、板から離れた。

小さな体が船に向かって、ぐんぐん進んでいく。もう大丈夫だ。あの子は生き残れる。

玄ちゃん、死んだらあかんよ。

船から身を乗り出した男たちの腕に、弟の体が抱きかかえられるのを見届けてから、栄美はゆっくりと死に身をゆだねた。

＊

小さな愛しいわたしの女の子へ

川の水は、どんなに冷たかったことでしょう。川はどんなに深く、水の流れはどんなに恐ろしかったことでしょう。大量の水を飲んで、水で息を詰まらせて死ぬことは、いかほどの苦痛を彼女にもたらしたことでしょう。自分のまわりで、親やきょうだいが死に、人々が死んでいく姿を目の当たりにするだけでも、十五歳の少女にとって、限界を超えた苦痛であったはずです。

耐えがたい苦痛に耐えることなど到底できず、わたしのすぐ上の姉、上から数えると四番目の姉は川に呑まれ、命を落としました。

一九四五年八月十六日、五山の送り火の夜に。敗戦の翌日に。

わたしたちがこのことを知ったのは、それから何十年も過ぎてからのことです。

生き残った中西玄さんが、シベリア抑留を生き抜いて復員した父の繁雄さんとともに、さまざまな伝手を通して、開拓団の生き残りの人たちを訪ね歩き、歴史から封印されていた事実を突き止め、その後、花恵さんの故郷、すなわち、父の生まれた家を探し当て、わざわざ訪ねてきて、昔語りをしてくれた。その話をわたしたちはアメリカで、老いた母から、彼女の亡くなる少し前に聞かされたのです。

母はその話を、笑顔で語ってくれました。穏やかな秋の昼下がりでした。窓の外の樹木は黄金色の光に染まり、木の葉は秋風にいざなわれ、ときおりはらはら舞い落ちていました。母の入院していた病室には、わたしと夫のほかには、ジョーとメグとリサ、彼女たちの娘や息子たちもいました。

「私は涙を流すことはなかった」と、母は言いました。

日本への一時帰国時に、父の親戚のひとりから、満州で起こったできごとについて聞かされたとき、母は泣かなかったそうです。「やっと、エミちゃんに会えました」と微笑みながら言って、教えてくれた人の手を握りしめ、感謝の言葉を述べたそうです。

赤ん坊のときに別れたわが子が成長し、戦渦に巻き込まれながらも懸命に生きようとし、彼女の強靱な意志によって、生かされた命があったということ。それだけでもう、じゅうぶん報われたと、母は思ったのではないでしょうか。

その頃、母にとって死とは、生よりも親しい存在であったように思います。

母の口癖は「人はみな、生きて死ぬ」でした。

そうなのです。人はみな、生きて死ぬのです。たったひとりの例外もなく、人はみな、生きて死ぬ。戦争中の日本人のように国家に死を強要されていても、戦争中のわたしたちのように強制収容所に入れられていても、どのような激烈な戦い、逃れられない悲劇のなかにあっても、それでも人は生きて、生きて、生きて、生きて、最後は力尽きて、死ぬ。

生きることは、死ぬこと。死ぬことは、生きること。ひとたびそのように思ってしまえば、人はどんな不幸もどんな幸福も、平等に受け止めて、生きていけるのかもしれません。人は右手に死を、左手に生を、握りしめて生きる。エミという名の姉が左手で板につかまり、右手で水を搔いたように。兄のケンが右手で銃を持ち、左手で瀕死の戦友を抱きかかえたように。人は常に生と死の境界線で、幸福と不幸の谷間で、運命の風に弄ばれながら健気に生きて、死ぬのです。

小さな愛しいわたしの女の子よ。

人は生きて死ぬ。この世の真理は、これひとつきりです。人は生きて死ぬ。生を生き、死を生きる。死を死に、生を死ぬ。わたしもあなたも、わたしの愛する者も愛した者も、あなたの愛する者も愛した者も。

第6章　何者でもない者として

父方の親戚の大半は東海岸一帯で暮らしていたので、感謝祭やクリスマス、誰かの結婚式やお葬式があったときなどには顔を合わせて、互いの近況を報告し合っていた。浅いつきあいではあったけれど、通り一遍の交流はあった。

父の父、すなわち私の父方の祖父は熊本県で生まれ、十六歳のとき、名だたる宗教家であり、教育家であり、同志社大学の創設者としても知られている日本人、新島襄の思想に共鳴し、渡米を決意、一八〇〇年代の終わりごろ、下働きの「ボーイ」としてイギリス船に乗り込み、長い航海の末にニューヨークに上陸した。その後、苦労に苦労を重ねながら、アイビーリーグの一校、コーネル大学で医学を修め、数年間の研修を経て、ブルックリンで開業医となった。医師として活躍するとともに、東部の在米日本人社会の発展のためにさまざまな形で尽力し、日米両国の人々から慕われ、太平洋戦争が終結する直前に亡くなったという。

この祖父には、祖母とのあいだに生まれた四男四女がいた。医師、弁護士、牧師、教師、ソーシャルワーカーなどになり、みなそれぞれに祖父の遺志を引き継いで、日系人社会のみならず、地域全体の福祉に貢献した。祖父母一族は、アメリカに渡った日本人移民として、完璧なまでの優等生だったということになる。

私たちきょうだいは、子ども時代に母からよく、この祖父の話を聞かされた。

「右も左もわからないアメリカで、英語もおぼつかないような日本人の男の子が粉骨砕身、一心不乱に努力して、りっぱなお医者さんになったんです。貧しい人たちからは、診察代をいっさい受け取らなかった。だからアメリカ人からも尊敬されていたのです。あなたたちもおじいちゃんを見習って、しっかりと勉強しなくては。遊んでばかりいると、偉大なおじいちゃんに笑われますよ」

ロビンが医師になり、チカが教師になり、フィービーが弁護士になったとき、母は「亡くなったおじいちゃんが天国で祝福して下さっている」などと言って喜んでいた。

一方、私たちが母方の親戚に会うことは、滅多になかった。

ロビンの結婚式とチカの結婚式には、コロラド州に住んでいる、母の姉がふたり――ひとりはメグ、もうひとりはリサ――それぞれ家族といっしょに出席していたものの、挨拶以上の会話を交わすチャンスは私には訪れなかった。

父の話によれば、七人きょうだいの末っ子だった母には兄が三人、姉が三人いて、兄ふたりは戦死と病死、まんなかの姉は半ば家出をするような格好で家族から離れていき、今はカナダで暮らしているらしいが音信は不通。メグはコロラド州立大学で事務職に就いており、リサもまた、コロラド州の別の町で、障害者教育に携わっているということだった。ふたりの伯母たちはどちらも幸せな結婚をし、子宝にも恵まれている。すべては問わず語りに、父から聞かされた話である。

母はなぜか、自分のきょうだいについて、語りたがらなかった。きょうだいだけではない。私たちにはもうひと組の祖父母がいるはずだったが、母は自分の両親についても固く口を閉ざしたまま、何も語ろうとはしなかった。

その理由は、まだ幼かった私たちには想像もつかなかったし、想像しようともしなかった。ただ、私の記憶の湖の底には、あるとき父の漏らしたこんなつぶやきが沈んでいる。

「ハンナはね、子どもの頃、それはもう大変な苦労をしたんだよ。今のおまえたちには想像もできないような辛酸を舐めさせられた。だから、昔の話はしたくないんだと思うよ。何もかもきれいさっぱり忘れ去りたいんだろう。限界を超えるような苦難を体験した人が、みずから進んで心理的な記憶喪失に陥ることがあるらしいけど、それと同じかもしれないな」

いつの頃からか、私たちにとって「おじいちゃん、おばあちゃん」といえば、それは父方の祖父母でしかなくなっていた。

成長したあとも、母方の祖父母がどんな人だったのか、また、母が幼い頃どんな苦労をしたのかについても、私たちが興味を抱くことはなかった。

ひとりだけ、母の一番上の兄、ジョーおじさんと私のあいだには、淡い交流のようなものがあった。

これも父から聞いた話だったが、ジョーは「若い頃、何者かによって加えられた暴行により、脳に損傷を負い、性格が変わってしまった」という。主な症状としては「他人と、話し言葉によるコミュニケーションができない。しかし言語能力を失っているわけじゃない。発声も発語もできる。要は、言葉を通して人と関係を持つことを、拒否しているってことなのかな。言語によって成り立っている世界に対して、心を閉じた、ってことなのかもしれない」——

父の話は右の耳から左の耳へと素通りしていき、いったい誰が、いつ、なぜ、ジョーにどのような暴行を加えたのか、私たちが関心を抱くことはなく、私たちにとって彼は「いつもにこにこ笑っている、優しいジョーおじちゃん」だった。

クリスマスや四人の誕生日には毎年忘れず、プレゼントを送ってくれた。ジョーは若い頃から、七十五歳で亡くなるまで、ニュージャージー州の片田舎にある、野菜と果物の農園で働いていた。

農園から私たちの家まで、車を二時間ほど走らせて、ジョーはときどきふらっと姿を現した。ピックアップトラックの荷台に、土のついた野菜や、とうもろこしや、オレンジ色のかぼちゃや、メロンやすいかやりんごを山盛りにして。

　ロビンとチカとフィービーは、決してジョーを嫌っていたわけではなかったものの、まったく口を利かないジョーが苦手なようだった。

　私はこの伯父が大好きだった。本の好きな私に、ある年のクリスマスプレゼントとして、彼は『白鯨』をプレゼントしてくれた。それ以降、私はジョーのことを「モビィ・ディック」と呼ぶようになった。

　あれは、ロビン、チカ、フィービーが独立して家を出ていき、私だけが残って、母とふたりで暮らしていた頃――私は大学生で、ジョーはすでに七十代――のことだった。

　ジョーはある日、初めてガールフレンド《恋人》を伴って、私と母の暮らす家を訪ねてきた。

　彼女はジョーよりも二十歳ほど年下の女性で、若い頃に離婚し、シングルマザーとして育てていた子どもたちも全員、世の中に送り出し、親から受け継いだ財産を投資で増やしながら、悠々自適なひとり暮らしを満喫していた人だった。

　カウボーイハットにカウボーイブーツ。タータンチェック柄のシャツにジーンズ。首にはバンダナをスカーフ代わりに巻いて、驚いたことにふたりはペアルックで現れた。

「ジョーは私のバンド仲間なの。彼はマンドリン。私はギターとヴォーカル。あとふたり、ベースとバンジョーがいて、四人でカントリーのバンドを組んでいるの。田舎の大道芸人ね。お祭りなんかがあると、必ず呼ばれるのよ。毎週日曜日にはファーマーズ・マーケットで演奏してるの。

ブルーグラスって知ってるでしょ？　こう見えてもね、村ではけっこう人気があるのよ。お客の半分は牛や馬や山羊だけど、あはははは」

キャサリンは大きな口をあけて、ハロウィンのかぼちゃみたいに笑った。顔にはそばかすがいっぱい。チャーミングな田舎のおばちゃんという感じの人。彼女に寄り添って、ジョーも満面に笑みをたたえてうなずいていた。こんなにも幸せそうなモビィ・ディックの顔、今までに見たことがない、と思いながら、私は目を丸くしていた。

母もうれしそうだった。母はいつも、ジョーの前に出ると、いつもはあまり見せない、初々しい少女のような表情になる。

「まあ、バンドですか。今度ぜひ、聴きに行きたいわ」

「ぜひぜひ、いらして下さいな。特等席にご案内しますから」

「ところで、ブルーグラスというのは……ジャズのことですか？」

クラシック一辺倒だった母はそんな質問をして、キャサリンの失笑を買った。ジョーはキャサリンの肩を抱き寄せて、自分も肩を揺らせながら笑った。ふたりとも大柄なので、ふたりが笑うとソファーまで揺れた。

ジョーは言葉のかわりに、音楽によって、世界につながる扉を開放し、そこから外に出ていって、そうして、キャサリンという伴侶に巡り合ったのだと思った。再婚する気はさらさらないけれど――「結婚は一生に一度でいいわね。もうこりごりよ」――どちらかが死ぬまでいっしょに暮らしていくつもりだと、キャサリンは言った。

その夜、ふたりはうちに泊まっていくことになっていて、母とキャサリンは夜遅くまで、リビングルームのソファーでお酒を飲みながら語り合っていた。

眠くなってきた私は、ジョーをゲストルームに案内した。

「ここがモビィ・ディックの客室よ。もともとは私の部屋だったの。今はご覧の通り、物置き兼ゲストルーム。バスルームはあの扉の奥で、こっちがクローゼット……」

ジョーに部屋の説明をしていたときだった。

壁に備えつけられている本棚の前に、ジョーがじっと立っていることに気づいた。見ると、書棚から一冊の本を抜き取って、ぱらぱらとめくっている。

「何？　何かおもしろそうな本でも、見つけた？」

問いかけると、ジョーはにっこり笑って、手にしていた本の表紙を私に見せた。

「えっ！」

驚いた。ジョーが私に見せた本は『カンジ・ディクショナリー』、英単語から漢字が引けるようになっている辞典だった。

「ジョーって、日本語が読めるの？　漢字がわかるの？」

ジョーから答えが返ってくることはないとわかっていても、問いかけずにはいられなかった。

「もしかしたら、日本語の本なんかも、読めたりするの？」

私は書棚から矢継ぎ早にに本を引っ張り出しては、ジョーに見せた。

夏目漱石、森鷗外、太宰治、川端康成、三島由紀夫――

それらは、州立大学で私の受講していた、日本語と日本文学のテキストだった。右のページには和文が、左のページには英文が記されている。まさか、という気持ちと、もしかしたら、という気持ちが、胸のなかでせめぎ合っていた。あり得ないことではない。ジョーは日系二世なのだから、一世、つまり生粋の日本人であった両親とは、日本語で会話していた可能性だってある。

ジョーは微笑みを絶やさず、けれども静かに首を横に振りながら、恥ずかしそうに目を伏せた。

「ごめんなさい。変なこと、訊いてしまって」

謝る必要はなかったのかもしれないけれど、私は思わず「ソーリー」という言葉を口にした。優しさが頬から染み出てくるような笑顔になって、ジョーは私の顔を見つめた。まるで「謝る必要なんかちっともないよ」と言っているかのようだった。

話の接ぎ穂を探し求めるようにして、私は言葉を重ねた。

「あのね、私、今ね、大学で日本語を勉強しているの、だから、日本語の本がこんなにいっぱいあるの。それとね、これはマムには絶対、内緒なんだけど、日本人の男の人とつきあっているの」

気がついたら、そんなことを、私はしゃべっていた。母には口が裂けても言えないことを、ジョーには言ってみたくなっていた。私の秘密がジョーから母に漏れることはないだろうから。

「今度、ジョーとキャサリンに彼のこと、紹介してもいい？　マムには内緒で会ってみてくれる？」

ジョーはなんとなく照れたような表情になって、右の手のひらを額に当てて何度かこすった。イエスなのか、ノーなのか、私にはわからなかった。気詰まりな沈黙があたりに立ち込めた。余計なことを言ってしまったかな、と、私は悔いていた。

「じゃあ、おやすみなさい。何か、足りないものとか、リクエストとかがあったら、私は廊下の反対側の奥の部屋にいるから、遠慮なくノックしてね」

そう言って去っていこうとしている私の肩に、ジョーの手が伸びてきて、ふんわりと軽い春のスカーフみたいに触れた。「ちょっと待って」と言いたげに。

「なぁに？」

ふり返ると、ジョーがふたたび『カンジ・ディクショナリー』を手にして立っていた。

私は黙って、ジョーの隣に立った。前ではなくて、隣がいいような気がした。

ジョーはあるページを開いて、そこに載っているひとつの漢字を指で示した。示しながら、小鳥のように首をかしげて、私の横顔に視線を当てた。

それがジョーの「足りないもの」であり、私への「リクエスト」だったのだろうか。それが、ジョーから私と私の彼に贈りたい言葉だったのだろうか。それが、ジョーの人生における最も大事なものだったのだろうか。

体つきとは似ても似つかない、ほっそりとした指のさしていた漢字は「愛」だった。

――二〇一七年九月　ワシントンDC

朝一番の列車に乗って、私はワシントンDCへ向かっている。

ワシントンDC在住の翻訳家と、新作に関する打ち合わせをするためだ。二年ほど前に日本で出版され、版を重ねて読み継がれている児童文学作品を、遅まきながら英訳し、新たな挿絵を付けた上で、私の働いている会社から出すことになった。この作品はもともと、私がブックフェアで見つけ出した一冊だったので、翻訳出版企画が通って、晴れて日本の版元との契約もととのい、私も翻訳家も張り切っている。

きょうは土曜日。窓の外の空はまだ、夏の顔をしている。

九月の三連休、レイバーデイ・ウィークエンドの初日。打ち合わせは午後一時から。

日帰りすることはじゅうぶん可能なのだが、せっかくの三連休なので、ワシントンDCで二泊することにした。

四月の初めにニューメキシコ州への取材旅行からもどってきて以来、『五十の星をめぐる写真絵本　ニューメキシコ州編』の編集作業をはじめ、担当している複数の書籍の打ち合わせ、同行取材、編集、入稿、校正作業、校了などが重なって、息をつく暇もなく仕事をしていた。またその間、娘のアイリスの妊娠騒動——結局、妊娠はしていなかった——に時間と気力を奪われたり、アイリスの継母であるナンシーが交通事故を起こして怪我をし入院したため、もと夫のクリスに頼まれて、一時期だけ、アイリスとステップシスターのジョイスを私のところで預かったり、と、公私ともに目まぐるしい日々を送っていた。

まったく、育ち盛りの娘たちときたら、感情のアップダウンが激しくて、まるで乱暴なめす猿を二匹、檻なしで飼っているようなものだ。キーキー、ギャーギャーとうるさいこと、この上ない。アイリスときたら、昼間は眠そうなとろーんとした目つきをしているのに、真夜中になると突然、吸血鬼みたいに瞳をぎらつかせて、ラップを聴きながら、スプリングが壊れてしまいそうなほど、ベッドの上で飛び跳ね始める。ジョイスがそれを真似て、うさぎみたいにぴょんぴょん跳ねる。

「あなたたち、いい加減にして！　もう寝なさい！」

「まじめな音楽鑑賞とダンスのお稽古をしてるだけよ。これって宿題なんだから、ねっ！　ジョイス！」

「そんな宿題、あるわけないでしょ！」

「アイリス、あなたのママもヒステリー？」

「お黙り《シャラップ》！」

　毎日がそんなふうだったから、このワシントンDCでの休暇で、少しばかり骨休めをしようと思っている。仕事からも娘からも雑事からも解放されて、ひとりの時間を満喫したい。ワシントンDC名物の巨大な美術館、巨大な博物館、アメリカの威信を世界に見せつけるために建てられたとしか思えない記念碑などを巡りながら、のんびりぶらぶらするつもりだ。動物園で、パンダを見るのもいいかもしれない。


　列車がペン・ステーションを出てほどなく、仕事の資料がぎっしり詰まった鞄のなかから、私はおもむろに一冊のノートブックを取り出した。

　列車のなかで読もうと思って、持ってきた。これは仕事の資料ではない。つい一週間ほど前に、今はボストンに住んでいるフィービーから私のもとへ、送られてきたものだ。

　ノートが届くのを見計らって、フィービーは私に電話をかけてきた。メールとテキスト派のロビンとチカとは違って、フィービーは電話派だ。

「そのノートはね、私じゃなくて本来、ジュン、あなたが読んで、所有するべきものだったの。マムもそのつもりで、あなたのために書いて残していたのに、なぜそれが私のところにあったのかしら。見当もつかないわ。マムが間違えたのかしら？」

そんなことを言われても、私もすぐには思い出せなかった。母が亡くなったのは十八年も前のことだった。ああでもない、こうでもないと言い合っているうちに、フィービーが唐突に思い出した。

「ねえ、ジュン。マムのお葬式が終わって、みんなで形見分けをした日、あなたがこれを『私に』って、渡してくれたんじゃなかったっけ？」

「そういえば……」

私も思い出した。母が私のために用意してあった段ボール箱の一番上に、美しいラベンダー色のノートブックが置かれていて、中扉には母の手書きで「小さな愛しいわたしの女の子へ」と記されていたから、てっきりフィービーのためのものだと思って、彼女に手渡したのだった。

小さな機械を耳に押しつけて、私はフィービーに問いかけた。

「でもそれが、私のためのものだって、どうしてあなたにわかったの？　しかも今ごろになって」

「わかったも何も、だって、うしろの方にジュンが出てくるんだもの、小さな愛しいわたしの女の子として」

「えっ、私が出てくるの。チカでもあなたでもなくてこの私が？」

母から嫌われていた私が？

「そうなのよ。ちゃんと出てくるの。マムはね、たぶんジュンがおなかのなかにいるときにこのノートを書き始めて、生まれたばかりの頃もずっと、あなたの寝顔を見ながら、ノートにせっせと自伝を綴っていたんじゃないかと思うの。おそらく、それから何年もかけて延々と」

「自伝……なの？」

「そうね、まあ正確に言うと、自伝というよりもマムの家族の話よ。家族のヒストリー。ハーストーリーかな？　自分の母親から聞いた話とか、きょうだいから聞いた話とか、体験談とか、いろいろよ。ごめんね、本当はもっと早く、あなたに返してあげなきゃいけなかったのに。実はね、全部読んだのは、ついこのあいだのことなのよ。途中は飛ばし読みしてしまったけれど。だって、読んでると、落ち込んで、暗い気持ちになるようなことばかりが出てくるんだもの」

フィービーの話によると、私からノートを受け取った当時は、最初の方だけを読んで、そのあとはうっちゃってしまっていたのだという。

「読むのがいやとか、面倒とか、そういうわけじゃなかったのよ。だけど、急いで読まなきゃいけないような内容でもないと思ったし、ほら、私はジュンと違って、読書家でもないし、暗くて高尚な文学とかも苦手だし、仕事柄、読まないといけない法律関係の書類に埋もれてるわけだし、あの頃はとにかく、仕事にも子どもたちのことにも忙しくしてて、てんてこ舞いだったでしょ。マムのだらだら、うだうだした自伝につきあっている暇なんて全然なくて。それで、仕舞い込んだまま忘却の彼方へってわけ」

「だらだらしてるの？　うだうだしてる？」

笑いをこらえて私がそう言うと、フィービーはくすりと笑った。

「まあ、読んでみなさいよ。読めばすべてがわかるから。ジュンなら案外、感動するんじゃないかと思うわ。私はごめんよ。恨みつらみ、呪詛みたいなものは苦手なの」

「呪詛なの？　それはちょっと言い過ぎなんじゃないの？」

「確かに言い過ぎね。今、マムのきぃーっと怒っている顔が見えたわ」

ふたたび姉妹の笑い声が重なった。

つい最近、家の増改築をすることになって、クローゼットの整理をしているうちに「ひょっこり出てきた」――と、フィービーは言った――ノートブックは今、実に十八年という時を経て、私の手のひらの上にのっている。

ほんの少し褪《あ》せたラベンダー色。裏表紙のすみっこに型で押された「メイド・イン・イタリー」という文字。薔薇のようにも、牡丹のようにも見える植物の、枝か茎の上に、小鳥が二羽、留まっている。背表紙にも一羽、裏表紙にも一羽。そのときはまだフィービーは生まれていなかったにしても、四羽の小鳥というのは、私たちきょうだいの象徴だ。母はこのノートを買い求めたとき、どんな未来を夢見ていたのだろう。私が彼女のおなかのなかにいたときといえば、母は三十三歳か三十四歳。

私はすでにその年齢を超えてしまっている。

若かりし頃の母は、私よりも十以上も若い母は、私といっしょに列車に乗って、ワシントンDCに向かっている。

深呼吸をひとつして、私はページを開いた。

気のせいかもしれないけれど、サンダルウッドにミントの混じったような匂いが立ちのぼってきた。母の好きだったパチューリの香りを思い出した。

小さな愛しいわたしの女の子へ
これからわたしがここに書こうとしているのは、ひとりの男と、その男の築いた家族についての物語です。ひとりの女と、その女の築いた家族についての物語です。何者でもない者として生まれた者が何者かになっていく、その時間と過程についての物語です。

人は、たったひとりの例外もなく「ノーボディ」として、生まれてきます。まわりの人々に祝福され、時には祝福されることもなく、何者でもない者として生まれた人は、まわりの人々から愛され、時には愛されることもなく、成長していきます。運がよければ、誰かに愛されながら、誰かを愛しながら、老いていきます。そして最後に人は死に、また何者でもない者に還る。落ち葉が土に還るように。

あなたが今、踏みしめている土のなかに、あなたが今、生きている時間のなかに、この男と女の築いた家族の物語は生きています。過去が現在につながっているように、現在が未来につながっていくように、この物語はあなたにつながっている。まるで途切れることのない川の流れのように。

これは、そのような物語です。
これは、名もない星たちの物語です。
名もない星たちではありますが、彼ら、彼女たちは確かに、この宇宙でいっときだけ輝きを放った、星くずたちです。

私の父、すなわち、あなたの祖父は、一八八七年にこの世に生を享けました。名前を大原幹三郎といいます。通称は「マイク・オハラ」でした。

このノートの裏表紙のポケットに、一枚の写真を入れておきます。そこに、あなたの祖父が写っています。一九四四年十月に、ニューメキシコ州サンタフェで撮影された写真です。どこにあなたの祖父が写っているか、あなたにはおそらく難なくわかることでしょう。


そこまで読み進めて、私はノートから顔を上げた。

サンタフェ？　ニューメキシコ州？

それらの地名に、胸を衝かれた。まさに不意打ちを食らったようだった。

あわてて裏表紙をあけ、その内側に貼りつけられている紙のポケットのなかから、一枚の紙片を取り出した。セピア色の写真。まるで一枚の枯れ葉のような。注意深く取り扱わないと、砕けてしまいそうだ。ノートを膝の上に置き、写真だけを両手で持って、見つめてみた。アジア人、あるいは日系人男性と思しき人々の集合写真だった。

記憶が頭上から、はらりと落ちてきた。風で押しピンがはずれて、壁から写真が剥がれ落ちてくるかのように。

間違いない。これは、ちょうど五ヶ月前にサンタフェのニューメキシコ歴史博物館で目にした写真の原版だ。これは、戦時中「日本人強制収容所」に収容されていた男たちの写真だ。

このなかに、祖父がいる？　私はあの日、サンタフェで、私の母方の祖父、大原幹三郎に会っていた？

写真の上で指が蝶々みたいに動いて、すぐに止まった。人さし指でそっと、触れるか触れないか程度にとどめて、私は押さえた。かすかに、でも確かに、母の面影の宿るその人の顔を。

——一九六〇年七月　コロラド州

静かな、とても静かな、美しい夏の昼下がりだ。

ほんの少しだけ冷気を帯びた、乾いた風がそよいでいる。そのせいか、家屋とビルに囲まれた街中《まちなか》にいながらも、広い野原の木陰に腰をおろして、草花や蝶々と戯れているような心地になっている。

どこからともなく、小鳥の声が聞こえてくる。

チチチチチ、チチチチチ……

まるで子守唄のようだわ、と佳乃は思う。雛鳥のためではなくて、私のための。

コロラド州デンバーの郊外にある高齢者向けのアパートメント——佳乃のようなひとり暮らしの老人や、老夫婦が何組か暮らしている——の一階の玄関から前庭に張り出しているポーチで、籐の椅子に身を沈めて、佳乃は好きな作家の本を読んでいる。

二年ほど前に出た、山本周五郎の『樅《もみ》ノ木は残った』。長女のメグといっしょにデンバーの日本人街まで出かけたとき、サクラ・ブックストアで買い求めた三冊のうちの一冊。ほかの二冊は、松本清張の『点と線』、石川達三の『人間の壁』。三冊を読み終えるまでには、少なくとも三ヶ月はかかるだろう。

六十の坂を越えた頃から、急に視力が落ちた。老眼鏡をかけて細かい活字を追っていると肩が凝り、たちまち眠気が差してくる。

チチチチチ、チチチチチ……

ページから顔を上げ、まぶたを閉じたまま、佳乃はそっと、小鳥の名前をつぶやいてみた。

あれは、ダーク・アイド・ジュンコ。

すずめよりもひと回りほど小さい。おすの体は黒っぽくて、めすは濃い灰色。地味な小鳥だけれど、ピンク色のくちばしが愛らしい。ぱっと飛び立ったとき、扇子のように広がる尾羽の、白と黒のコントラストが目にあざやかだ。ここ数年、春の終わりになると姿を現して、前庭に生け垣として植えられている犬柘植《いぬつげ》の枝に巣を掛け、卵を孵《かえ》し、懸命に餌やりをしている。それが本能なのか、雛鳥たちは、まだうまく飛べないうちに巣から出ていくので、巣立ちの直後は本当にはらはらさせられる。親鳥のうしろからよちよち歩いてついていく姿を見ていると、思わず「がんばれがんばれ」と声をかけてしまう。

ここにいるよ、ここにいる、ここにいるよ、ここにいる……

いつのまにか、佳乃の耳には、小鳥の歌がそんな呼びかけとなって聞こえ始めている。

ここにいるよ、ここにいる、わたし、ここにいるよ、ぼく、ここにいる……

佳乃の膝の上には、幼いリサが指をくわえて、ちょこんとのっかっている。佳乃の胸のなかには、赤ん坊のエミが乳臭い顔を埋めている。三人のかたわらには、リサの双子の兄のアサが立っている。アサは昼寝から起きてきたばかりなのか、まだ眠そうな両目をごしごしこすっている。

これは夢だ、私は夢を見ている。佳乃にはわかっている。わかっていながら、頭のすみっこで強く否定する。いいえ、これは夢なんかじゃない。これこそが現実なのよ。

夢と現《うつつ》の境目を漂いながら、佳乃はひたすら祈っている。

お願い、夢なら覚めないで。お願い、この夢のつづきを見させて。このままずっと、この夢のなかにいさせて。

佳乃は、かたわらに立っていたアサを抱き上げると、自分の両足を少しだけ開いて、膝の上のリサの隣に座らせた。双子のまんなかには、赤ん坊のエミがいる。三人の幼子を抱えたまま、サイドテーブルの上から、読みかけだった江戸川乱歩の本を取り上げて、活字の海に身を浸す。

静かな、豊かな、夏の昼下がりだ。

夢のなかで、佳乃は思っている。この静寂は、破られるためにこそ存在する、と。

「ただいまー」

「ただいまー」

「ただいまー」

「ただいまー」

男の子ふたりの声に、女の子ふたりの声が重なり合って、あたりの空気が揺れる。ふるふる揺れて、静寂を破る。静寂が破られて、さざ波が立つ。幸せの波がひたひたと押し寄せてくる。遠足からもどってきたジョーとケンとメグとナオミが、佳乃たちを取り囲んでいる。そこへ、夫の幹三郎がもどってくる。驚いたことに、幹三郎は幼いハンナの手を引いている。さらに驚いたことに、幹三郎はもう片方の腕でひしと、赤ん坊を抱きしめているではないか。

ああ、あれは、あの子は、レイモンド。忘れもしない、エミを日本に残してアメリカにもどってきたあとに授かった。この世に生まれ出て、何者にもなることができないまま、天に召されてしまった小さな命。小さな星くず……


「おかあさん、こんにちは！　調子はどう？　元気？」

ビオラの音色を思わせるような艶のあるメグの声と、膝の上からバサッと落ちた本の音によって、佳乃は夢から現実に引きもどされた。

「あっごめんなさい。せっかくの気持ちいいうたた寝から、起こしちゃったかな」

まだ、頭がぼーっとしている。

「ああ、驚いた。メグちゃん、来てくれたの？　今、着いたの？　駐車場、空《あ》いてた？」

矢継ぎ早に問いかけながら、落ちた本を拾う。夢のかけらが落ちていないか、すばやく確認しながら。何も落ちていない。

「うん。約束してたよね、きょう来るって。もしかして、忘れてた？」

そういえば、きょうの午後、メグがここを訪ねてくることになっていた。だからポーチで彼女を待ちながら、本を読み始めたのだった。読む前まではは っきり覚えていた。そのあとで、忘れてしまった。歳のせいか、そういう物忘れがこのごろではしょっちゅう起こる。

長女のメグは十年ほど前に結婚し、一男一女に恵まれ、仕事や家事や育児に忙殺されながらも幸せな家庭を営んでいる。デンバー市内で暮らしているので、ときどきこうして車を走らせて、佳乃のようすをうかがいに訪ねてきてくれる。

三女のリサももうじき、いっしょに住んでいる人と結婚するだろう。相手は目の見えない人で、ピアノの調律師として第一線で活躍している。ついこのあいだ、リサと恋人に連れられて、ジャズを聴きに行ってきたばかりだ。佳乃にとっては幾分、落ち着きのない音楽のように聞こえたけれど。

「あのね、すごく美味しいタルトを買ってきたの。おかあさんの好きなさくらんぼのタルトよ。紅茶を淹れて、食べようか。それともおかあさんは、日本の緑茶の方がいい？」

弾んだその声に、ついさっき、夢のなかで聞いた子どもたちの声と姿が重なる。

ポーチからリビングルームへ、踊るような足取りで入っていくメグのうしろ姿を見るともなく見ながら、「この子はいくつになったのだろう」と、佳乃は感慨にふける。

メグを産んだとき、私は二十四だった。ということは、この子は三十八。すると、次女のナオミは三十七で、リサは三十三で、ジョーは四十一。ハンナは二十四。みんなみんな、りっぱな大人になった。佳乃は神様に感謝する。

末っ子のハンナは、ニューヨーク州で暮らしている。日系アメリカ人と結婚し、男の子を産んだ。名前はロビン。去年の感謝祭の休日には、夫と息子と、隣の州に住んでいるジョーの四人で同じ飛行機に乗って、会いに来てくれた。ジョーはあいかわらず独り者で、黙ったままだったけれど、いたって健康で、職場の農園では、なくてはならない存在らしい。ハンナがそう言っていた。

毎朝、毎晩、神様に感謝したあと、今は亡き家族たちに、佳乃は声をかけている。「みんな、ここにいますよ。みんな元気でいますから、安心してね」と。

ケンはヨーロッパの戦場で、命を落とした。

生まれたときから病弱だったアサは、トゥーリレイク強制収容所を出て数年後、肺炎をこじらせて、儚い灯火が消え入るように亡くなってしまった。最後の言葉は「アイム・ソーリー・マム」だった。

不良娘だったナオミは、収容所を出た直後に家族から離れていった。収容所内で知り合った仲間たちといっしょに、今はカナダで暮らしているらしい。そこがいったいどういう施設なのか、佳乃には皆目、見当もつかない。「世界平和を願う人たちが集まって、自給自足で暮らしている共同コミュニティで、平和のために活動している。家族の幸せを願っている。私のことは心配するな。忘れて欲しい」と、ぶっきらぼうに書かれた絵葉書が、ある日突然、メグのもとに届いたという。メグはぷりぷり怒っていた。「あの子らしいわ」と、佳乃は納得した。ナオミには昔から、そういうところがあった。反骨精神と反抗心が人一倍、強かった。あの性格は、父親譲りに違いない。

佳乃、ジョー、ナオミ、アサとリサ、ハンナの六人がトゥーリレイク収容所をあとにしたのは、今から十五年あまり前、一九四五年の一月だった。

前年の十二月十七日に発令された、アメリカ陸軍西部防衛司令部による「西海岸在住の日系人に対する強制立ち退き命令の取り消し」を受けて、日系人たちは蜘蛛《くも》の子を散らすように収容所から出ていった。アメリカはすでに、太平洋戦争における勝利を確信していた。連合国軍はニューギニアの占領以来、マリアナ沖、レイテ沖でも日本軍を打ち破り、真珠湾攻撃後に日本軍に奪われていたグアム島の奪還も果たした。よって「日系人はもはや、アメリカの安全保障を脅かす存在ではない」と判断したのである。

このようなアメリカの政策と、世界情勢の変化があったにもかかわらず、また、多くの日系アメリカ人が強制収容所から出征し、ヨーロッパ戦線で命を賭して戦ったにもかかわらず、西海岸各州における反日感情および日系人差別は、その後も収まる気配を見せていなかった。日系人の農場や果樹園に対する発砲事件、日系人に対する暴力事件はあとを絶たなかったし、経済的な締めつけもあいかわらず激しかった。オレゴン州ポートランドでは、日系一世が商売をすることも農業をすることも禁止されていた。カリフォルニア州では、輸送業者の組合が、日系人の作った作物はいっさい運ばないと宣言していたし、オレゴン州とワシントン州では、卸売業者たちが日系人の作った野菜をボイコットしていた。

そんななかで、わずかながら、日系人を助けようとする動きもあった。

メグの暮らしていたコロラド州の知事は、開戦前後から一貫して、日系人に対する救済と擁護を表明していたし、収容所の閉鎖とほぼ同時に、アメリカ東海岸の都市や町や団体からも、日系人受け入れの意思が示された。

戦時転住局の関係者たちは、日系人に対して、このように呼びかけた。

〈アメリカのためにも、日系アメリカ人自身のためにも、あなた方が西海岸線にとどまることなく、アメリカのもっと広い地域に広がって、居住することをおすすめする〉

〈若者たちよ、東海岸へ行け〉

佳乃たちは強制収容所を出たあと、それまでにメグが東奔西走して確保していた部屋に身を寄せた。裕福なユダヤ系アメリカ人の所有する一軒家の地下にあるスペースで、一階から上には持ち主の親戚の家族が住んでいた。それまでは物置きとして使用されていたらしい地下室には、トイレと洗面所は付いていたものの、台所も風呂もなく、間仕切りもなかった。とても、五人が住めるような場所ではない。リサは、メグのアパート——ここもひと部屋しかなかったが——に転がり込むことにして、佳乃とジョーとアサとハンナの四人はとりあえず、この間借りの部屋で半月ほどをやり過ごした。ナオミが家族から離れていったのは、このときである。

メグがその情報を仕入れてきたのは、二月の初めだった。佳乃たちの事情を知った大学関係者が教えてくれたという。

「ニュージャージー州にね、西海岸で排斥されている日系人を積極的に雇って、その家族を手厚く保護してくれる農場経営者がいるらしいの。農場で働けば、住む部屋まで提供してくれて、就学年齢の子どもがいれば、ちゃんと学校へも行かせてくれるんだって。つまり、東部へ行けば仕事もあるし、西海岸と違って差別はないし、別天地でしょ。ね、みんなで考えてみない？」

とはいえ、メグには手にしたばかりの大学での仕事がある。リサは近く、前と同じ病院で目の再手術を受けることになっている。病弱なアサはとうてい、東部への引っ越しなどさせられない。となれば、東部へ行けるのは、佳乃とジョーとハンナということになる。

メグの話を聞いて、佳乃はきっぱりと言った。

「ジョーくんとハンナちゃんに、ぜひ、行かせてあげましょう。願ってもないことです。ジョーくんには仕事があって、ハンナちゃんは学校へ行かせてもらえる。こんないい話はありません」

「おかあさんは？」

「私はここに残ります」

「なぜ？　アサくんとリサちゃんはもう大人なんだから、おかあさんがいなくても」

メグの言葉を佳乃は遮った。

「あなたたちのお父さんがもどってきたとき、私はここにいなくてはなりません」


大原幹三郎が家族のもとへもどってきたのは、一九四六年一月。日本の無条件降伏から五ヶ月後、佳乃たちの解放からはちょうど一年後、自宅から連行されてから数えれば、実に四年以上が過ぎていた。

メグとリサは高速道路に車を走らせて、ニューメキシコ州サンタフェまで父親を迎えに行った。佳乃とアサは「お帰りなさい。お疲れさまでした」の心をこめて、リボンや小さな星条旗や折り鶴を飾りつけた玄関先で、三人を出迎えた。

その頃、佳乃とリサとアサは、狭いながらもマイホームで暮らしていた。デンバー郊外の町はずれにある低所得者層向けの集合住宅街、トレイラーパークのなかに借りた、簡素なプレハブ住宅。四年前まで暮らしていたオレゴン州の家——幹三郎の建てたお城のような存在——に比べれば、なんとも慎ましやかな、まさにうさぎ小屋さながらの家だった。それでも、佳乃たちは三人水入らずで、幸せに穏やかに暮らしていた。佳乃は自宅で裁縫や編み物や衣類の修繕を請け負い、リサは病院で介護の仕事をし、アサは寝たり起きたりの生活をつづけていたが、体調のいい日には、庭で草むしりをしたり、家事を手伝ったりしていた。

初めて目にする我が家の前に立ったとき、「ただいま」と、幹三郎は言わなかった。

佳乃、メグ、アサ、リサの顔をかわるがわる見つめながら、不思議そうな笑みを頬に貼りつけたまま、つぶやくように言った。日本語だった。佳乃にとってはひどくなつかしい、生まれ故郷の言葉でもあった。

「お？　ジョーとケンはおらんのか？　ナオミとハンナちゃんはどけえ行ったん？　ハンナちゃん、ダディがもどってきたよ、ハンナちゃーん」

佳乃の顔色がさぁっと変わった。ケンの戦死と、ジョーとハンナの東部への引っ越しは、メグからあらかじめ知らせてあるはずだ。知らないのは、ナオミのことだけのはずだ。それなのに、こんなことを言うなんて。

佳乃よりも先に、リサが答えた。手には父の荷物を抱えている。荷物といっても、くたびれきった頭陀袋がひとつきり。

「ダッド、さっきも言ったじゃない。何度、説明したらわかるの。いやだなぁもう、ぼけちゃったの？　ジョーとハンナは今、東海岸で暮らしてるの。ハンナちゃんはね、ここよりももっと素敵な場所で、りっぱなおうちで暮らしているのよ。犬も飼ってもらってるの。里親みたいな人たちに、すごく可愛がられているの、我が子同然に。ゆうべ、モーテルで写真も見せたでしょ？」

ケンのことは、口にされなかった。できなかったのだろう。リサは幼い頃から、ケンとは特に仲が良かった。

「お、そうじゃったな。そうじゃった。そうじゃった。思い出した」

幹三郎はふと我に返ったかのようにそう言うと、そのあとは能面のように無表情になり、押し黙ってしまった。

その瞬間、佳乃はすべてを悟ってしまった。

この人は……

ダイニングテーブルの上には、佳乃が朝からせっせとこしらえた、心づくしの料理が並んでいた。ばら寿司。だし巻き。魚と野菜を甘辛く煮つけたもの。五目豆。トマトスープ。どれも、幹三郎の好物ばかりだった。

幹三郎は少しだけ痩せてはいたものの、血色はよく、浅黒く日焼けして、散髪も済ませたばかりだったのか、さっぱりした感じで、全身に漂う精悍さは四年前とちっとも変わらなかった。けれども、黙って料理に箸を伸ばしている夫の横顔を見ながら、佳乃はついさっき自分の悟ったことをまざまざと確認させられていた。悟りは、直感的なものだった。だが今はすべてを理解してしまった。

この人はもう、前と同じ人ではない。

それは、長年連れ添ってきた夫婦だからこそできる、愛し合っている夫婦にしかできない、悲しい理解だった。

「トマトスープのおかわり、いかがですか?」

「おう、もらおうかな。佳乃さんのトマトスープは天下一品じゃ。黄金のトマトの味じゃ」

それは佳乃にとって、涙が出そうになるほど、うれしい言葉であるはずだった。若かった頃、確かにそう言われて、同じスープを褒められたことがある。一度ならず、幾度も。トマトスープを作ると必ず、トマトは果物なのか、野菜なのかという話題が食卓にのぼった。「トマトは畑のりんごじゃ」と幹三郎は言い、「それならトマトは果物ですね」と佳乃が返すと、幹三郎は「畑で穫れるもんは、野菜に決まっとろうが」と言い、「それならメロンも野菜ですか」と佳乃が切り返せば、幹三郎は「メロンは愛の果物じゃ」と言うのだった。

同じではないのだ、と、佳乃は古い傷痕を指でなぞるようにして、哀しい再確認をした。スープを褒める言葉は同じでも、それを発している魂はこの人の体を抜け出して、どこかへ行ってしまったのだ。

その晩、真夜中に目を覚ました佳乃の目にしたものは、空になっている隣のベッドと、その向こうにある壁の前に、鼻先がくっつきそうなほど顔を寄せたまま、微動だにせず正座している夫の姿だった。

大原幹三郎は、それから三年と八ヶ月を生きた。生ける屍と化して、何者でもない者として、静かに、細く寂しく、生きた。傷痕からうまく剝がれ落ちることのできない、かさぶたのように。

＊

小さな愛しいわたしの女の子へ

父が亡くなったとき、わたしは十三歳でした。けれど、精神年齢は三十歳くらいではなかったかと思うのです。無邪気な子どもであることを許されないような、つらい経験を重ねてきましたから。

中学二年生のとき、姉のメグから届いた手紙によって、わたしは愛する父の死を知らされました。亡くなってから一ヶ月あまりが過ぎていました。どうしてすぐに知らせてくれなかったのか、わたしからの抗議の問いかけに対して、姉からもどってきた返事は「お葬式を済ませて、何もかもがすっきりしてから、伝えようと思った。遠く離れたところにいるあなたに、余計な心配をかけたくなかった」とのことでした。

今にして思えば、姉の気持ちはよくわかります。最後の一年は、自殺未遂の回数が増えていたそうで、本人もつらかったでしょうが、まわりの者たちはもっとつらかったことでしょう。

どんなふうにして、父は死んだのか。父の最期は、どんなふうだったのか。母はわたしが大人になってからも長く、父の最後の日々については何も話してくれませんでした。姉たちも「知らなくてもいいことは、知るべきではない」などと言っていましたが、ある年の夏、三番目の姉のリサがご主人といっしょに、新婚旅行を兼ねてニューヨークを訪ねてきたとき、問わず語りに話してくれたのです。

自殺未遂をくり返していた父の最期は「病死だったの。膵臓の手術を受けるために入院して、手術自体は成功したらしいんだけど、医師からは『回復の見込みはない』と言われてね、病院から家に連れて帰ってきたの。本人もそう希望していたしね。家にもどってきて三週間後くらいだったかな、みんなに囲まれて、穏やかに眠るように息を引き取ったのは。だから臨終はとても安らかだったのよ」とのことでした。

ただ、それまでの日々があまりにもきつかったので、わたしや兄にはなかなか連絡できなかったのだと、メグと同じようなことを彼女も言っていました。

やり方はいつも決まっていて「クローゼットのポールに、ネクタイとかマフラーとか兵児帯《へこおび》などをかけて、首を吊ろうとするんだけど、床までの距離が足りなくて、うまくいかないの。ダッドは膝を折り曲げて自分の体重をかけて死のうとするんだけど、時間がかかるものだから、いつも誰かに見つかってしまって、紐を切られてしまうのね」。そんなことが何度もくり返されるうちに、家族たちもなんだか慣れてきて、父を叱りつけながら「また失敗したね」なんて、笑い飛ばしてさえいたようです。笑うことで、苦しみを乗り越えていこうとしていたのでしょう。

わたしは笑えませんでした。とても笑ったりなどできません。姉の話を聞きながら、ひとり、頭のなかをぐらぐら沸騰させていました。日本人であるというだけで尊厳を踏みにじられ、まじめに働いて築いてきた財産をことごとく取り上げられ、家から追い出され、家族とも引き離されたまま、あらぬスパイ容疑をかけられ、拘束され、丸裸にされ、囚人扱いを受け、終戦後もなお暗い牢獄同然の場所に長く閉じ込められていた父です。

父の自殺未遂はアメリカに対する、人種差別に対する、あるいは、それを利用してのさばろうとする権力や国家に対する、いいえ、それは神に対する抗議であったように、わたしには思えてなりません。キリスト教の教会では、自殺を固く禁じています。絶対にしてはならないものだと、わたしも幼い頃からくり返し、教わってきました。自殺をした者は天国へは行けない。父自身もよく子どもたちに、そう言い聞かせていました。その自殺を父が何度も試みていた。それは神に対する、神の定めた運命に対する抗議であったに違いないのです。

姉から聞いた話のなかに、たったひとつだけ、わたしの心の救いになったエピソードがありました。それは、父が亡くなる直前に残したという最後の言葉です。

「これからメロン畑へ行く。向こうでみんなに会《お》うてくる」

父の口もとに耳を寄せた母に向かって、虫の息の下から、父はそう言ったそうです。

「みんな」というのは、誰のことだったのでしょうか。亡くなったケン、アサ、レイモンド。生死のわからないエミ、そしておそらく、父母の故郷の家族たちだったのでしょう。そのなかには、戦争で亡くなった人たちが大勢いたはずです。父が最期にメロン畑で、自分の愛するすべての人たちに会えていたことを、わたしは祈らずにはいられません。願わくは、今も天国のメロン畑でみんなに囲まれていますように。


小さな愛しいわたしの女の子よ。

生きている父と別れたのは、わたしが五歳のときでした。

わたしの覚えている父は、家の前で手をふって別れた大きな背中、わたしを抱きしめてくれた、ごつごつした両腕、わたしの頭を撫でながら、髪の毛をくしゃくしゃにしてくれた、あたたかい手のひらです。

わたしはもう一度、父に会いたかった。生きている父にひと目でもいい、会いたかった。この思いは今、この文章を書いている今も、胸の奥に灯っている、吹き消そうとしても消えない、ろうそくの灯火です。父に会いたい一心で、東部へ行ってからも、いっしょうけんめい勉強し、いい子になろうと努力しつづけました。いい子になれば、きっと父に会える。そう信じて、がんばりつづけていたのです。

東部への引っ越しが決まって、兄とふたりでバスに乗ったとき、九歳だったわたしのスカートのポケットには、ゆで卵とりんごが入っていました。膨らんでパンパンになって、これ以上はもう何も入らないというほどに、母はわたしのポケットに、ゆで卵とりんごを詰め込んだのです。

それから別れ際に、母は一枚の写真をわたしに手渡しました。

「これを持っていきなさい。おとうさんがあなたを守ってくれます」

そう言われて渡された一枚の写真。父以外の人もたくさん写っていましたが、わたしには父がどこにいるか、一瞬にしてわかりました。父はそこにいました。父はその写真のなかにいました。笑顔で、わたしを見つめていました。

それが今、あなたの見ているその写真です。

あなたは祖父を見つけることができましたか？

――二〇一七年九月　ワシントンＤＣ

歩けども、歩けども、見つからなかった。

何度も道に迷って、そのたびに通りすがりの人に尋ねた。「さあ、知らないね」と答える人が多かった。「モールに行ってみれば、見つかるかもしれない」と言った人もいた。

モールというのは、ワシントンＤＣの観光名所になっている広大な国立公園「ナショナル・モール」のことで、東にそびえ立つ国会議事堂から、西に君臨するリンカーン記念碑までの距離はおよそ三キロほど。そのあいだに、つるつるで、ぴかぴかで、途方もなくだだっ広くて、アメリカの富と権力と軍事力を見せつけるためだけに造られたような施設や記念碑のかずかずが、これ見よがしに立っている。高校時代と大学時代に一度ずつ、大人になってからも数度、訪ねたことがある。歩くだけでもくたくたになるので、ローラースケートで回っている人もいるくらいだ。

私はさっきから、国会議事堂の近くにあるユニオン駅の周辺をうろつきながら「全米日系アメリカ人記念碑」を探し歩いている。

きのうの午後、DC在住の翻訳家と打ち合わせをしているとき、彼女が教えてくれた。「あなたにとっては、非常に興味深い場所かもしれない」と言って。ホテルの部屋にもどってから、インターネットで検索してみた。確かに非常に興味深い場所だった。ぜひ訪ねてみたいと思った。これまで、そのようなものがあるということさえ知らないでいたのだった。

三十分ほど迷って、やっと見つけることができた。

最初に目に入ってきたのは、二羽の鶴だった。

鶴？　それとも、折り鶴？

いかにも在米日本人のイメージだなと、その陳腐な発想に苦笑いが浮かんでくる。

近づいていくにつれて、私の笑いは頬の上で凍結した。なんと、二羽の鶴のブロンズ像には、本物の有刺鉄線が絡まっているではないか。ぎょっとした。グロテスクだと思った。悪趣味ではないか、とも。

このブロンズ像は、アメリカと日本が戦争をしていたとき、日系人たちが閉じ込められていた強制収容所と、そこで受けた日系人の苦しみと痛みを表現しているものなのだということは、もちろん理解できる。鶴の受け止めている痛みは、約十二万人の日系人たちの受けた痛みであり、傷であり、悲しみでもあるのだと。頭では理解できるのだけれど、胸のなかでは「こんなものじゃないだろう。こんな簡単なものではないはずだ」という反発が渦巻いている。

記念碑の近くにある池のふちに刻まれていたレーガン元大統領の言葉は私に、白々とした思いを喚起させただけだった。

〈我々はここに過ちを認める。法のもと、平等な正義に対する義務を負うことを、我々は国としてここに断言する〉

アメリカの歴代の大統領に、お願いしたいと思った。あとで認めるような過ちを、最初から犯さないで欲しい。あとで断言することなら、最初から実行して欲しい。

ゆっくりと、私は壁に沿って歩いた。二羽の鶴を取り囲んでいる壁には、戦時中、全米十カ所に築かれていたという強制収容所の名前と、収容されていた人数、そして、そこから出征していき、アメリカに忠誠を尽くすために戦死した日系人の名前が刻みつけられている。

〈カリフォルニア州トゥーリレイク強制収容所〉

母の残したノートブックに出てきた名前だ。

その文字の前にひざまずいて、私は思った。そこに刻まれている「18789」という数字を指でなぞりながら。「KEN　OHARA」という名前を押さえながら。

数字と名前。何千、何万という数字と、アルファベットの連なり。それらに、いったいどれほどの意味があるというのか。数字と名前がそれぞれの人の命であり、名誉であるというなら、私たち人間の行き着く先には、なんて無味乾燥な、なんて虚しいものが待っているのだろう。

そこまで思ってから、私は私の思いを打ち消した。そうではない。そうではないのだ。人の命は決して無味乾燥なものではないし、人生は決して虚しいものではない。

ゆうべ、泣きながら最後まで読んだ、ノートブックに書かれていた母の言葉を、私は反芻する。有刺鉄線に巻かれた二羽の鶴のそばで。

「何者でもない者として生まれてきた小さき者が、何者かになろうとして懸命に努力し、結局、何者にもなれないまま死んでいったとしても、その人が生きてきた時間は、決して無駄なものではないのです。それらの命は宇宙のかたすみで、一瞬であったかもしれないけれど、確かに輝きを放っていた星たちなのです。わたしたちはみな、流れ星と同じように、空に輝いたあと燃え尽きて、流れ落ちていくのです。その営みを、その儚い運命を、わたしは尊く美しいものだと思っています」

＊

小さな愛しいわたしの女の子へ
最後に少しだけ、あなたが生まれた日のことを書いておきましょう。
あなたは一九七〇年十二月十七日の早朝、この世に生まれてきました。小雪の舞う寒い朝でした。地面に積もった雪は朝の光を受けて、淡いブルーに染まっていました。あなたは、つやつやした髪の毛と、真っ黒でぱっちり開いたきれいな瞳を持った、可愛い赤ん坊でした。誰からも祝福されて、あなたは生まれてきたのです。

あなたの名前は、生まれてくる前から決まっていました。ロビン、チカの次に生まれてくる子は、ジュンコ。まるで日本人の女の子のようなこの名前に、わたしは当初、猛烈に反対したのですが、あなたのおとうさんは、小鳥のダーク・アイド・ジュンコから取ったこの名前がひどく気に入っていました。

あなたの黒いつぶらな瞳は、わたしの父のそれにそっくりでした。

あなたはわたしの母に似て、幼い頃から、本を読むのが大好きでした。ロビンよりもチカよりも、あなたは言葉を早く覚えましたし、言葉というものに対して、ひとかたならぬ興味と情熱を持っていたように思います。クリスマスや誕生日が近づいてくると、あなたは、お人形や洋服を欲しがるチカやフィービーとは違って「本が欲しい」とねだっていたものです。

わたしは長いあいだ、あなたの誕生日を素直に祝うことができませんでした。なぜなら、あなたの生まれた日は、わたしの父が別世界へ連れていかれた日であり、兄のケンの非業の戦死を知らされた日でもあり、まさにわたしたち家族の「恥辱の日」にほかならなかったからです。

あなたが成長するにつれて、わたしはあなたのなかに、父を見、母を見、姉たち、兄たちを見、わたしが忘れ去りたいと願っている「日本」を見ました。いえ、見せつけられたと言ってもいいでしょう。ジュンコ、あなたという女の子は、わたしに常に突きつけてきたのです。わたしのルーツを、わたしたちの過去を、歴史から引きちぎられるようにして死んでしまったわたしの父を。

恥辱の過去から目を背けたくて、悲しみの記憶を葬りたくて、わたしは無意識のうちに、時には意識的に、あなたをわたしから遠ざけようとしました。母親とは、なんと愚かな者なのでしょう。いいえ、愚かなのはこのわたしです。

言い訳はこれ以上、書きません。

老いた母や姉たちから聞き取った話を漏れなく書き残したこのノートブックを、あなたに手渡したいと思います。

黒い瞳を持った、わたしの小さな愛しい女の子、マイ・ディアレスト・ジュンコ。

あなたは語り部として、この世に生まれてきました。

わたしはあなたに、わたしたち家族の物語を完成させて欲しいと願っています。

どうか、書いてください。あなたの手で、あなたのペンで、いつになってもいいから、いつかきっと。

——二〇一七年九月　ニューヨークシティ

ここは、ニューヨークシティのミッドタウン、五十三丁目にあるニューヨーク近代美術館「ザ・ミュージアム・オブ・モダンアート」、通称「ＭｏＭＡ」。

私の目の前に、一枚の絵画がある。

タイトルは「旗」。

一九三〇年にアメリカの南部、ジョージア州オーガスタで生まれた画家、ジャスパー・ジョーンズの作品である。彼は旗をはじめ、ダーツの標的や地図など、二次元的な事物を平面に描いて、絵画自体が事物であることを強調しようとした作家として知られている。一九四八年にニューヨークに出てきたのち、徴兵され陸軍に入隊、五二年に除隊になっている。

ベニヤ板に貼りつけた新聞紙に古代の絵画技法——蜜蠟に顔料などを溶かし込んだものを焼きつけて描く手法——を使って創作された「旗」は三面つづきのコラージュ作品で、縦およそ一メートル、横およそ一・五メートルのスペースいっぱいに描かれているのは、一枚の星条旗だけ。星の数は、合計四十八個。なぜならこの作品は一九五四年から五五年にかけて制作されたものだから。当時、ハワイとアラスカはまだ、州にはなっていなかった。

青空を背景にしてはためく、輝かしく、誇らしい星条旗ではなく、ごわごわした手ざわり、あるいは芸術家自身の手のひらの感触を伝えてくるような、いっそ、泥臭いと言い表してもいいような旗である。軍隊経験のあるジョーンズが星条旗に見ていたものは、アメリカの理想や幻想ではなく、アメリカの現実であったということなのだろうか。

一歩、前へ足を踏み出して、顔を近づけて見てみた。

蜜蠟を溶かした顔料が、青地に白の星々から、赤と白の横縞から、幾筋も幾筋も垂れ下がっている。まるで窓ガラスを伝う雨の雫のように。その雨に、私は生まれてこの方、一度も目にしたことのなかった母の涙を見る。別れの朝、犬を抱きしめ泣きじゃくった幼子の涙の雨を。

古いアメリカ国旗、かつて両親が見ていた旗の前に立って、私は思い出している。母が亡くなったとき、姉の読み上げた弔辞。その最後に添えた短い詩。弔辞も詩も、私が書いた。

ひとりで空を見たことはなかった
ひとりで町を歩いたことはなかった
ひとりで風に吹かれたことも
ひとりで雨に濡れたことも
子ども時代、あなたはいつも私たちのそばにいた
さり気なく、何気なく、いつも見守ってくれていた
これからは、私たちがあなたを守る
あなたが新しい世界で平和に平穏に暮らせますように

母に捧げたこの詩を私は今、祖父母、大原幹三郎と大原佳乃、そして、私につながるすべての人々に捧げたいと思っている。星ちりばめたる旗の前で黙禱し、顔を上げたとき、私は、未来に私の書く物語の誕生を予感する。それは、このような一文で始まる。

アメリカで生まれ育ち、日本語を知らない、日本人の顔をした母は、アメリカで産んだ四人の子どもたちに、小鳥の名前を与えた。

参考文献

『不屈の小枝』（上）（下）　ローレン・ケスラー著　武者圭子訳　小学館
『他人の国　自分の国　日系アメリカ人オザキ家三代の記録』大谷勲著・写真　角川書店
『千枝さんのアメリカ　一日系移民の生活史』我妻洋監修　我妻令子・菊村アケミ共著　弘文堂
『一世としてアメリカに生きて』北村崇郎著　草思社
『渡米移民の教育　栞で読む日本人移民社会』横田睦子著　大阪大学出版会＊
『「日系アメリカ人」の歴史社会学　エスニシティ、人種、ナショナリズム』南川文里著　彩流社
『外国人をめぐる社会史　近代アメリカと日本人移民』粂井輝子著　雄山閣出版
『僕はアメリカ人のはずだった』デイヴィッド・ムラ著　石田善彦訳　柏艪舎
『帰米二世　解体していく「日本人」』山城正雄著　五月書房
『イサム・ノグチ　宿命の越境者』（上）（下）　ドウス昌代著　講談社文庫
『ユリ・コチヤマ回顧録　日系アメリカ人女性　人種・差別・連帯を語り継ぐ』
ユリ・コチヤマ著　篠田左多江・増田直子・森田幸夫訳　彩流社
『「肌色」の憂鬱　近代日本の人種体験』眞嶋亜有著　中央叢書　中央公論新社
『第三の開国と日米関係』松本健一著　第三文明社
『アメリカは日本をどう報じてきたか　日米関係二〇〇年』五明洋著　青心社
『アメリカはいかにして日本を追い詰めたか　「米国陸軍戦略研究所レポート」から読み解く日米開戦』
ジェフリー・レコード著　渡辺惣樹訳・解説　草思社＊＊
『ルーズベルトの開戦責任　大統領が最も恐れた男の証言』ハミルトン・フィッシュ著　渡辺惣樹訳　草思社
『アメリカの戦争責任　戦後最大のタブーに挑む』竹田恒泰著　ＰＨＰ新書
『日米開戦の人種的側面　アメリカの反省１９４４』カレイ・マックウィリアムス著　渡辺惣樹訳　草思社

『栄光なき凱旋』（上）（下） 真保裕一著 小学館
『太平洋の試練 真珠湾からミッドウェイまで』（上）（下） イアン・トール著 村上和久訳 文藝春秋
『アメリカ強制収容所 第二次世界大戦中の日系人』 小平尚道著 「アメリカ強制収容所」出版刊行会
『強制収容とアイデンティティ・シフト 日系二世・三世の「日本」と「アメリカ」』 野崎京子著 世界思想社
『還らない日本人 偏見と差別に耐えた北米日本人移民１００年史』 髙橋経著 同時代社
『日本の兵隊を撃つことはできない 日系人強制収容の裏面史』 デイ多佳子著 芙蓉書房出版
『アメリカ日系二世の徴兵忌避 不条理な強制収容に抗した群像』 森田幸夫著 彩流社
『ダニエル・イノウエ自伝 ワシントンへの道』
ダニエル・K・イノウエ ローレンス・エリオット共著 森田幸夫訳 彩流社
『なぜアメリカは日本に二発の原爆を落としたのか』 日高義樹著 PHP文庫
『検閲 原爆報道はどう禁じられたのか』 モニカ・ブラウ著 繁沢敦子訳 時事通信社
『アメリカの歴史教科書が描く「戦争と原爆投下」 覇権国家の「国家戦略」教育』 渡邉稔著 明成社
『広島・長崎への原爆投下再考 日米の視点』 木村朗 ピーター・カズニック共著 乗松聡子訳 法律文化社
『封印されたヒロシマ・ナガサキ 米核実験と民間防衛計画』 髙橋博子著 凱風社
『コレクション 戦争と文学 19 ヒロシマ・ナガサキ』 集英社
『コレクション 戦争と文学 9 さまざまな8・15』 集英社
『満州まぼろし』 西原そめ子著 西日本新聞社
『記憶の涯ての満州』 澤井容子著 幻冬舎
『移民たちの「満州」 満蒙開拓団の虚と実』 二松啓紀著 平凡社新書
『裂かれた大地 京都満州開拓民 記録なき歴史』 二松啓紀著 京都新聞出版センター ***
『少年の眼に映った満州 鞍山・七嶺子村の出来事』 手島清美著 サンライズ出版
『絶望の移民史 満州へ送られた「被差別部落」の記録』 髙橋幸春著 毎日新聞社
『コレクション 戦争と文学 16 満州の光と影』 集英社

『ニューメキシコ　第四世界の多元文化』　加藤薫著　新評論
『ニューメキシコのD.H.ロレンス「そこは時間の流れが違う」』　アーサー・J・バックラック著　松田正貴訳　彩流社
『ジョージア・オキーフ』　ランダル・グリフィン著　藤村奈緒美訳　青幻舎
『Japanese American Internment Camps』 Gail Sakurai 著　Children's Press
『ISSEI, NISEI, WARBRIDE Three Generations of Japanese American Women in Domestic Service』
Evelyn Nakano Glenn 著　Temple University Press

「渡米婦人心得」（第一章）については*から、ルーズベルトとフィッシュの議会演説（第四章）については**から、文言の一部を引用させていただきました。ただし、原文に付いているふりがなを割愛したり、改行を変更したりしている箇所があります。満州でのできごと（第五章）については***に描かれている歴史的事実をもとに創作いたしました。また、本作に出てくる固有名詞、団体名、雑誌や小冊子などの名称については、実在のものと虚構のものが混在しています。戦死者、死者の数などについては、複数の記事を参考にした上で、最も一般的であると推察できる数字を採用しました。右記の書籍のほかにも、インターネット上に掲載されている多数の記事や論文を参考にさせていただきました。著者、訳者、写真家、編者、研究者の方々に謝意と敬意を表します。

初出
「asta*」二〇一五年八月号〜二〇一七年三月号
単行本刊行にあたり加筆、修正を行いました。

小手鞠るい（こでまり　るい）
1956年岡山県生まれ。2005年に『欲しいのは、あなただけ』で第12回島清恋愛文学賞を受賞。著書に『空と海のであう場所』『望月青果店』『猫の形をした幸福』『九死一生』『美しい心臓』『アップルソング』ほか多数。エッセイ集に『愛しの猫プリン』『優しいライオン —— やなせたかし先生からの贈り物』など。米ニューヨーク州ウッドストック在住。

星ちりばめたる旗

2017年9月15日　第1刷発行

著者　小手鞠るい
発行者　長谷川 均
編集　吉田元子
発行所　株式会社ポプラ社
〒160-8565　東京都新宿区大京町22-1
電話　03-3357-2212（営業）　03-3357-2305（編集）
振替　00140-3-149271
ホームページ　www.webasta.jp
組版・校閲　株式会社鷗来堂
印刷　中央精版印刷株式会社
製本　株式会社ブックアート

N.D.C.913 374p 20cm ISBN978-4-591-15574-5

小手鞠るいの本

空と海のであう場所
ウッドストックの森の日々
愛しの猫プリン
カクテル・カルテット
ガラスの森
はだしで海へ
猫の形をした幸福
アップルソング

ポプラ社